新潮文庫

剣客商売番外編

黒（こくびゃく）白

上巻

池波正太郎著

版

剣客商売番外編

黒白《こくびゃく》

上巻

有《あり》明《あけ》行《あん》燈《どん》

一

暗い。

暗いようでいて、仄《ほの》あかるい。

だが、道もなければ、周囲の風景もない。

つまり、薄暗い空間の中で、波切八郎《なみきりはちろう》は必死に走りつづけている。

道の土を踏んでいる感触もなく、ふわふわと空間に浮いているようでいて、しかも全力をつくして疾走しているのだから、そのたよりなさと不安は、たとえようもないものであった。

波切八郎は逃げている。

大刀を抜きはらい、八郎を追いかけて来るのは、すでにこの世の人ではないはずの、父・波切太兵衛《たへえ》なのだ。

父は、無言で追って来る。
逃げる八郎との距離が少しずつ、ちぢめられてきた。
「ち、父上……父上、おゆるしを……」
叫びながら、八郎は逃げる。
父の足音が、背後にせまって来た。
(あ……斬《き》られる。父上に斬られる……)
双腕《もろうで》を突きあげるようにして、八郎は、
「助けてくれ!!」
と、喚《わめ》いた。
その瞬間に、走っている八郎の両足が闇《やみ》の底に沈んだ。
深い穴のようなところへ落ち込んだらしい。
「あ、あっ……」
八郎は悲鳴をあげた。
いや、夢の中だけではなく、ほんとうに気味の悪い声を発したらしい。
その自分《おのれ》の声に、八郎は悪夢からさめた。
二十八歳の、剣術に鍛えぬかれた波切八郎の逞《たくま》しい体躯《たいく》が、脂汗《あぶらあせ》に濡《ぬ》れつくしている。

八郎は臥床《ふしど》へ半身を起し、深いためいきを吐いた。

この夜も、なかなか寝つけなかったが、思い疲れて、いつの間にか眠ったらしい。

ようやくに眠れたら、ひどい夢を見たのだ。

枕元《まくらもと》に、小さな箱型の有明行燈が微《かす》かに灯《とも》っている。

この行燈は亡父・太兵衛が手造りのもので、

「八郎。お前にやろう」

亡《な》くなる前の年の初夏の或日《あるひ》に、八郎へくれたものだ。

立ちあがった八郎は、東に面した縁側へ出て雨戸を少し引き開けた。

まだ梅雨へ入る前だというのに、屋内にたれこめている闇が、まるで真夏の夜のように蒸し暑かったからである。

風絶えた戸外の闇も、重苦しかった。

縁側の左手の、厠《かわや》の外の、椎《しい》の老木が淡黄色の花をつけていて、これが夜になると一際《ひときわ》濃い匂《にお》いを放つ。

「ああ……」

また、八郎は嘆息を洩《も》らした。

母屋《おもや》の南にある、別棟《べつむね》の道場の方で、しきりに野良犬《のらいぬ》が啼《な》いていた。

雨戸を閉めぬままに、寝間へもどりかけた波切八郎が振り向いた姿勢のまま、身じろぎもしなくなった。

寝間の向うの、納戸《なんど》をへだてた台所へ、だれかがそっと入って来る気配を感じたからである。

（帰って来た……）

八郎の門人で、いまは、この家に暮している水野《みずの》新吾《しんご》が外出《そとで》からもどって来たらしい。

盗賊なら別として、新吾のほかに、この時刻に台所へ入って来る者はいない。

五日ほど前にも、この時刻（午前一時）に新吾は外出から帰って来ている。

下僕《げぼく》の市蔵《いちぞう》は、台所に接した長《なが》四畳で眠りこけているにちがいなかった。

八郎は、厠と湯殿の前の廊下を左へ曲った。

廊下の突き当りが台所だ。

台所へ近づくにつれ、廊下の闇に血の匂いがただよってくるような気がした。

むろん、これは八郎の気の所為《せい》なのである。

たとえ、人を斬ってもどったにせよ、匂うほどの返り血をあびるような水野新吾ではないはずだ。

と……。

台所の板敷きへあがった水野新吾の足が、ぴたりと停《とま》った。

同時に、音もなく廊下を歩んでいた八郎の足も停った。
八郎は、納戸の前まで来ていた。
すぐ前に、台所の板戸がある。
しかし八郎は、その戸を開けようともしなかった。
開けて、愛弟子《まなでし》の新吾の姿を、顔を見るのがおそろしかった。
板戸一枚をへだてて、この師弟は気息《いき》をつめ、たがいに様子をうかがっている。
ややあって、水野新吾が板敷きの向うの小廊下へ出たようだ。
小廊下をへだてて、新吾が寝起きしている六畳の間がある。
その部屋の障子が開き、また閉まる音が、八郎の耳へ入った。
自分の部屋へ入るときの、新吾の薄笑いが、眼《め》に見えるようなおもいがする。
波切八郎は、ためていた息を吐いた。
そのまま、凝《じっ》と立ちつくしている。

二

水野新吾《しんご》についての、聞きながすわけにはゆかぬ悪評を波切八郎が耳にしたのは、つい三日前のことであった。

その日。

八郎が、八千石の大身《たいしん》旗本・酒井《さかい》内蔵助宗行《くらのすけむねゆき》の屋敷へ出稽古《でげいこ》におもむいたとき、

「波切先生。かようなことを、お耳に入れてよいものか、どうか……」

と、酒井家の家老・中根《なかね》半兵衛《はんべえ》がいう。

「何のことでありましょう？」

「実は、な……」

「はあ……？」

そこは、屋敷の御用部屋で、中根家老が、あらかじめ人ばらいをしてあった。

「ずいぶんと思案をしてみたのでござるが、どうも、先生が御存じないようにおもわれるので……」

前置きをしてから、中根家老が洩《も》らしたうわさ……というよりも、水野新吾の所業は、師の波切八郎にとって、

（おもいもかけぬ……）

事実であったといってよい。

芝の愛宕下《あたごした》の、三千坪におよぶ酒井邸内には、立派な道場が設けられている。

いま、徳川将軍の側《そば》近く仕える〔御側衆《おそばしゅう》〕の一人として、幕府内でも声望が高い酒井内蔵助の家では、代々、剣術に熱心で、殿様みずから木太刀を取って道場へあらわ

れる。

したがって、家来の中にも修行にはげむ者が少くない。

家老の中根半兵衛も若いころは、八郎の亡父に、

「みっちりと、鍛えられた……」

という。

波切八郎は、小野派一刀流の剣客である。

八郎の祖父・波切八郎《はちろう》右衛門《えもん》高元《たかもと》が、剣客として独立し、目黒の行人坂下《ぎょうにんざかした》へ道場をかまえることができたのも、酒井家の庇護《ひご》があったからだ。

以来、祖父から父、父から八郎へ引きつづき、酒井家の庇護を受けてきたことになる。

それだけに、中根家老の八郎へ対する態度は真情があふれていた。

「ときに波切先生。ちかごろは、水野新吾が供をしてまいらぬようでござるな」

「新吾は、目黒の道場で、門人たちへ稽古をつけております」

「ふむ、ふむ……」

しきりにうなずきながら、中根半兵衛が、

「丹精の甲斐《かい》がありましたな」

「新吾は、剣をつかうために、この世へ生まれてきたような若者にて……」

「なるほどのう」

六十をこえた中根家老の端正な顔へ、わずかに血がのぼり、白い眉毛《まゆげ》がひくひくとうごいたのを、八郎は見のがさなかった。

(御家老は、何をいわむとしておられるのか……?)

このようなことは、はじめてであった。

人ばらいをし、自分が、まだ知らぬことを、中根半兵衛は思案を重ねた上で、語り出そうとしている。

波切八郎としても、緊張せざるを得ない。

だが、まさかに、それが愛弟子《まなでし》の水野新吾についてのことだとはおもわなかった。

中根家老は、冷えてしまった茶を一口のんでから、

「ところで、水野新吾は、そこもとの道場のほかに、他の道場へも出向き、稽古などをいたしておりますかな?」

「………?」

咄嗟《とっさ》に、中根家老の言葉が八郎にはのみこめなかった。

「いずこの道場にても見さかいなく、乗り込んで行っては、凄《すさ》まじいばかりの術を見せるそうな」

「新吾がで?」

「さよう」

「では、新吾が他流試合をしてまわっていると申されますか？」

「わしが、この目でたしかめたわけではござらぬ。なれど、当家の岩田丈助《いわたじょうすけ》が、たしかに見とどけてござる」

岩田丈助は、酒井内蔵助の納戸役《なんどやく》をつとめている壮年の家来だが、これは中条流の剣をまなんでいるので邸内の道場へはあらわれぬ。

そのかわり、芝の備前町《びぜんちょう》に道場をかまえる、中条流の平山蔵人《ひらやまくらんど》の門人になっていた。

酒井内蔵助は、わが家来だからといって、

「当家の道場にて、一刀流をまなべ」

などと、強要することはない。

剣術を好まぬ家来たちへ対しても、同様であった。

さて……。

いまから半月ほど前の或日《あるひ》。

岩田丈助が備前町の平山道場での稽古を終え、帰り仕度をしているところへ、水野新吾があらわれたというのである。

「平山道場へ、新吾が……」

「さよう。岩田丈助が嘘《うそ》をいいたてても、はじまりますまい」

と、中根家老がいった。そのとおりである。

岩田は、今年の春ごろまで、師の波切八郎の供をして、酒井屋敷へあらわれていた新吾の顔を見知っている。

新吾は、

「これといって流儀もなき者です。姓名は岡田《おかだ》新太郎と申す」

と、変名をつかい、

「平山先生に、一手《いって》の御指南をねがいたい」

はきはきとした声で申し入れるのを、門人たちの仕度部屋にいた岩田が聞き、廊下から道場をのぞいて見ると、まぎれもなく水野新吾だったものだから、

(はて……?)

岩田丈助は不審をおぼえた。

新吾の師・波切八郎は、主家の人びとの指南をつとめているわけだし、しかも八郎は、みだりに他流との試合をおこなうことを禁じていると聞いた。

(これは、どうしたわけなのか?)

岩田は帰るのをやめて、物蔭《ものかげ》から様子をうかがった。

いきなり、つかつかと道場内へ踏み込んで来て、胸を張り、傲然《ごうぜん》と立っている水野新吾の姿にも、岩田は、

「いささか、戸惑いをおぼえました」

と、中根家老へ告げている。

波切八郎の供をして、酒井屋敷へあらわれたときの新吾は体躯《たいく》も細っそりしてい、色白の、やさしげな顔だちで、つつましやかに見えた。

岩田には、そうした印象がある。

ところが、そのときの水野新吾は別人のようであった。

平山蔵人の門人たちが、

「当道場は、平山先生のおゆるしを得ぬ立合いは禁じられております」

「平山先生は、いま、御不在でござる」

と、ことわった。

すると新吾が、いきなり、

「居留守をつかわれるのか」

薄笑いと共にいった。

「何と申される」

道場には、まだ五名の門人が残っていたが、居留守をつかったわけではない。

師の平山蔵人は、ほんとうに他行中《たぎょうちゅう》であった。

「平山先生は、私めを恐れてか」

と、新吾は、さらに痛烈な言葉を門人たちへあびせかけた。

門人たちにとって、これは師の平山がはずかしめられたことになる。

たまりかねて、山口東馬《やまぐちとうま》という門人が、

「よし。拙者がお相手をいたそう」

と、立ちあがった。

水野新吾の、おもう壺《つぼ》に嵌《はま》ったことになる。

前髪こそつけていないが、新吾は十九歳の若者で、躰《からだ》も細いし、その白面《はくめん》が少女のように見えるときがあるほどだが、人を人ともおもわぬ不敵さに、山口東馬は、

(よし、痛めつけてやろう)

何となく嗜虐的《しぎやくてき》なおもいにそそられたらしく、木太刀をつかむや、

「岡田殿。さ、まいられい」

「木太刀を、お借りいたしたい」

「好みのものを取るがよい」

新吾は無造作に、板壁に掛けならべてある木太刀の一振《ひとふり》を手に取り、襷《たすき》も鉢巻《はちまき》もせず、するすると道場の中央へすすみ出た。

一礼し、蹲居《そんきょ》して、たがいに木太刀を合わせ、ぱっと飛びはなれて間合いがきまったと見えた、その瞬間である。

弦《つる》をはなれた矢のように、水野新吾の躰と木太刀が山口東馬へ襲いかかった。

「その早わざというものは……」

と、岩田丈助が中根家老へ、

「どのように申してよいか……申しようがありませぬ」

そのときのありさまを、おもい浮かべたかして、岩田は息がつまったような声になった。

どこをどうされたものか、

「むうん……」

唸《うな》り声《ごえ》を発した山口東馬は木太刀を落し、

「くるくると躰がまわって、どーんと打ち倒れ……」

てしまったそうな。

その山口の口から、おびただしい血がふきこぼれてきた。

「これまで」

いうや、水野新吾は木太刀をほうり捨て、さっさと道場を出て行った。

これを追う者もいないほどに、門人たちは圧倒されてしまったらしい。

「まず、こうしたわけでござる」

中根半兵衛が語り終えたとき、酒井内蔵助が、

「あたかも、武者人形を見るような……」

と評した波切八郎の面《おもて》が、灰色に変じている。

濃い眉毛の下の、いつもは涼しげな両眼が虚《うつ》ろに見ひらかれ、髭《ひげ》の剃《そ》りあとが青々としている八郎の顔に、ねっとりと脂汗《あぶらあせ》がにじんでいた。

三

水野新吾《しんご》に打ち倒された、平山道場の門人・山口東馬《とうま》は当年二十四歳。飯田町《いいだまち》に屋敷がある千五百石の旗本・山口主膳《しゅぜん》の次男だそうな。

新吾の強烈な一撃を受けた山口は、肩と頸《くび》の骨が折れ、重傷である。

道場においての、剣士どうしが納得ずくでの立合いゆえ、これは文句のつけようがない。

むしろ、山口東馬のほうが、

「軽率の謗《そしり》をまぬがれぬ」

ことになるのだ。

外出《そとで》から帰って来て、異変を知った平山蔵人《くらんど》は、

「わしのゆるしを得ず、みだりに他流の者と立合ってはならぬと、あれほどに申して

おいたではないか。何故《なにゆえ》、山口を押しとどめなかったのだ」

あのとき、道場に居合わせた門人たちを、きびしく叱責《しっせき》した。

物蔭《ものかげ》にいた岩田丈助は、師の平山がもどる前に道場を出て、酒井屋敷へ帰って来た。

それというのも、主家と波切八郎の関係を、

（おもえばこそ……）

であった。

それがなければ、敢然、岩田は道場へ出て、水野新吾と勝負をしたにちがいない。

岩田は、いまだに、平山道場の人びとへ、岡田《おかだ》新太郎の変名であらわれた水野新吾の正体を打ちあけていない。

それのみか、十日ほどは、家老の中根半兵衛《はんべえ》にも洩《も》らさなかった。

よくよく考えてみると、道場破りなどはめずらしくもない。

ただ、他流との試合を禁じられている双方が、気ままに立合ったわけで、それで負けたにせよ、重傷を負ったにせよ、自業自得《じごうじとく》というものではないか。

それゆえ、岩田丈助は沈黙したままでいた。

ところが……。

岡田新太郎と名乗る白面の若者が、ちかごろ、諸方の道場を荒しまわり、重傷を負わされた者はさておき、岡田の木太刀を受けて死亡した者が二人もいたことがわかっ

た。

これは、平山道場の門人たちが、山口東馬の一件を知り合いの剣士たちへ語るうち、

「おお。おれも、そのようなことを耳にした」

とか、

「本所《ほんじょ》の長井道場へもあらわれたそうな」

「まさに、少年《こども》のような、細身の若者だったというぞ」

とか、

「浅草・鳥越《とりごえ》の寺島道場へあらわれ、門人三名を打ち倒したというのは、たしか岡田某《なにがし》と聞いた」

などと、情報が入ってきた。

「いったい、何処《どこ》の何者なのか？」

「わからぬ」

「憎いやつではないか」

「胸が、むかむかしてくる」

平山道場で、門人たちの、こうした声を聞くにつれ、岩田丈助も黙ってはいられなくなった。

（水野新吾の、こうした所業がつづいて、波切先生に迷惑がかかるようなことになっ

ては……)

それは取りも直さず、主人の酒井内蔵助《くらのすけ》の、

(恥にもなる)

と、岩田は考えた。

現代とちがって、江戸時代の人びとは身分の上下にかかわらず、連帯の責任の上にもなる)生きていたのだから、岩田丈助の思案は正しい。

そこで岩田は肚《はら》を決め、中根家老へすべてを打ちあけたのである。

「このことを、まだ、当家のあるじには打ちあけておりませぬが……」

と、中根半兵衛が、

「波切先生。そこもとを前に申すのはいかがかと存ずるが……岩田丈助が申すには、平山道場へあらわれたときの水野新吾が、勝ちほこり、さも得意げに引きあげて行った素振りの醜さは、何とも見ぐるしいものであったそうな」

波切八郎は、うつむいたまま、声もなかった。

蒼《あお》ざめた八郎は、茫然《ぼうぜん》自失の体《てい》であった。

愛弟子《まなでし》の傲《おご》りたかぶった姿に気づいていなかった迂闊《うかつ》さに、八郎は身の置きどころもない。

「そこもとに申したがよいか、申さぬがよいかと迷いましたが……波切先生の名折れ

にもなろうかと存じて申しあげたのでござる」

中根家老に、こういわれて、波切八郎は両手をつき、

「ありがたく……うけたまわりました」

「いまのうちに、水野を戒《いまし》めておくならば、世上の評判も、さしてひろまることもないと存ずる」

「は……」

いまにして、八郎は、

(おもいあたる……)

ことがあった。

たしかに、この二ヶ月ほどの間に、水野新吾の外出が多くなっている。

(あのことがあってから、新吾は変った……)

と、八郎は感じているし、

(おれも、また、あのことがあってから、以前のおれではなくなってしまった……)

これもまた、事実なのだ。

新吾は、九歳のときに父を失い、そのときすでに生母も病歿《びょうぼつ》していたので、八郎の父・波切太兵衛《たへえ》が手許《てもと》に引き取った。

新吾の父と八郎の父は、剣客としての交誼《こうぎ》が長く、深かったのである。

八郎と新吾は、兄弟のように暮してきたわけだが、それにしても、あのこ、と、が起る前までは、新吾が八郎へ無断で外出をするようなことはなかった。

また、そうしたことがあれば、

「無断の外出はゆるさぬ」

八郎が、きびしく叱《しか》ったはずだ。

それが、叱れなくなってしまった。

われながら、

(おもいもかけぬ……)

所業を、八郎は新吾に見られてしまった。

見られたというよりも、

(何故、あのとき、おれは、新吾に、あのような振舞いをしたのだろうか……)

悔んでも、おそいことながら、

(なるほど。先生は、そうしたお人だったのですか……)

新吾が、いかにも軽蔑《けいべつ》の念をふくめた薄笑いを浮かべて自分を見ると、居ても立ってもいられなくなる。

叱りつけようとしても、新吾が薄笑いを向けてくると声が出ぬばかりか、眼《め》を逸《そ》らしてしまう。

道場で、稽古《けいこ》をつけてやる気も起らぬ。

中根半兵衛から、新吾の道場破りの件を耳にしてのち、波切八郎の苦悩は、さらに痛切なものとなった。

しかも、新吾は夜間の外出をするようになった。

夜間、何をしに出かけるのであろう。

はじめに気づいたときは、

(女でも抱きに行くのか……?)

と、おもった。

しかし、中根家老に注意を受けたとき、はっと直感したことがある。

(新吾は、夜、人を斬《き》りに……辻斬《つじぎ》りをしに出て行くのではあるまいか……)

このことであった。

四

去年の秋ごろから、水野新吾《しんご》は波切道場の若い門人たちへ、

「この道場で、どれほど稽古《けいこ》をしたところで、身にはつかぬような気がしてきた」

それゆえに、

「やはり、真剣をもって立合い、斬《き》るか斬られるかの境界を体得しなくては、真《まこと》の剣客とはなれまい」

などと、口走るようになった。

これは、波切八郎が、わが耳にたしかめたことではない。

父の代からの古参の門人・三上達之助《みかみたつのすけ》が耳にはさみ、

「先生。ちかごろの新吾の様子が、気にかかってなりませぬ」

と、八郎へ告げたのである。

冗談ばなしであったら、三上も聞きながしていたろうが、

「そうしたときの新吾の両眼の光りは、殺気にみちみちて、異様と申してよいのか、異常というてよいのか……まさに、血に飢えた獣のごとく見えましてござる」

と、三上はいった。

「まことか？」

「はい」

三上が表裏のない人物であることは、八郎もよくわきまえている。

ここ一年ほどの間に、波切門下の中でも、

「それと知られた……」

三上達之助が、稽古で水野新吾をもてあますようになってきている。

それほどに、新吾の進境はいちじるしかった。

三上がおそれたのは、新吾の増長慢心だったのであろう。

剣の上達につれて、

(人を斬ってみたい……)

と、おもいはじめたのではないだろうか。

「よし。わかった」

「先生。私は、このことを、だれにも申しませぬ」

「そうしてくれ。よく告げてくれた」

「いえ。それもこれも、ただ、新吾の身をおもうたまでで……」

「わかっている」

新吾が胸の内で真剣の勝負を考えているとなれば、どのようなことから他人と喧嘩《けんか》にでもなって、刀を抜くことになるやも知れぬ。

三上の不安も、そこにあった。

三上の言葉をきいた波切八郎の心境は、複雑であった。

だれにも打ちあけてはいないが、八郎は、去年の時点で二年後の三月七日に、ある剣客と真剣の勝負を決する誓約をしてある。

ということは、中根半兵衛《はんべえ》から水野新吾の道場破りの一件を耳にした現在……すなわち寛延《かんえん》三年（一七五〇年）の翌年の三月ということになる。

相手の剣客は、無外流《むがいりゅう》の秋山小兵衛《あきやまこへえ》で、八郎より四つ年上ときいたから、いま三十二歳になったはずだ。

相応の手練のもちぬしである剣客なら、だれしも、一度は真剣の立合いをのぞむに相違ない。

八郎自身が、そうだったのである。

いわゆる〔戦国の世〕が終りを告げ、徳川将軍の威光の下に、

「天下泰平《てんがたいへい》の世」

となってから、百三十余年を経ている。

徳川幕府の封建の制度はゆるぎないものとなり、諸国の大名、小名は幕府の威令に屈服してから年久しい。

このような時代に、人を斬る、人を殺すということは犯罪になるのみだ。

だが、剣客の世界は特別であった。

双方が、双方の承諾のもとに、しかるべき立合人をつけて真剣の勝負をし、一方が斬って殪《たお》されても、これは罪にならぬ。

ところで……。

波切八郎の目には、水野新吾の様子が、三上達之助がいうように、格別、異常にな

ったとはおもえなかった。

諸家への出稽古について来るときも、以前と変らなかったし、師弟の礼もわきまえているように見えた。

けれども、人の心に傲《おご》りが育《はぐく》まれるときは、男女の別なく、

「余所目《よそめ》にはむろんのこと、その当人も気づかぬものよ」

と、亡《な》き父が八郎に語ったことがある。

それをおもい出して、波切八郎は、

「久しぶりに相手をしてやろう」

道場で、水野新吾を、おもうさま叩《たた》きのめした。

しかし、意外に骨が折れた。

新吾が跳躍するように打ちかかって来るときは、三上達之助の言《い》い種《ぐさ》ではないが、
それこそ、

「獣じみている……」

のである。

この身の軽さ、疾《はや》さは、天性のものといってよい。

それは、新吾の父が亡くなる前年のことであったが……。

八郎の亡父・波切太兵衛《たへえ》が、新吾の家を訪れたことがある。

新吾の父・水野勘介《かんすけ》は、本所も外れの小梅代地町《こうめだいちまち》に小さな道場をかまえていた。道場に接して、わら屋根の二間《ふたま》きりの住居があり、そこで太兵衛と勘介が酒を酌《く》みかわしていると、

「小父《おじ》さま……波切の小父さま……」

庭の板塀《いたべい》の向うで、当時は、まだ八歳だった新吾がよびかけてきた。

塀の節穴から、のぞいていたらしい。

「おお……」

波切太兵衛が、笑顔を振り向けると、

「父上、そこへまいってもかまいませぬか?」

「かまわぬぞ」

と、父の勘介がこたえた瞬間に、塀の向うの道から、新吾の細くて小さな躰《からだ》が宙へ躍りあがった。

高さ六尺余の板塀なのだ。

塀を飛び越えた新吾が、ふわりと庭草の上へ立ったのを見て、

(や……?)

波切太兵衛が、目をみはった。

水野勘介は、

「仕様のないやつ」

苦笑しながらも、うれしげに、瞠目《どうもく》している太兵衛をそっと見やったものである。

その翌年に、水野勘介が病歿《びょうぼっ》し、新吾は波切太兵衛に引き取られたのであった。

水野勘介が、どのように一人息子の新吾を育てたか、それは波切八郎も知らぬし、新吾も幼い日のことを語ろうとはせぬ。

いずれにせよ、物心《ものごころ》がつかぬうちの、かたまらぬ躰が特殊の鍛え方によって、恐るべきちからを蓄えたものと看《み》てよい。

師の八郎の一撃を斜め前方へ飛んで躱《かわ》すときなど、新吾の躰は三尺余も躍りあがり、

「やあっ!!」

飛び抜けつつ、左の片手打ちに反撃して来る木太刀の鋭さは、これまでにないものであった。

ともかくも、八郎に打ち据《す》えられ、叩《たた》きのめされたときの新吾の顔には、まだ、あの妙な薄笑いは浮かんでいなかった。

「新吾をたのむぞ。きびしく育て、一剣をもって、世をわたるほどの男にしてやってくれい」

と、いい遺《のこ》した亡父・太兵衛の言葉を、波切八郎は忘れていない。

また、新吾も修行にはげみ、倦《う》むことを知らなかったのだ。

八郎は新吾を打ちのめしたとき、特に、注意をあたえたりはしなかった。

「慢心はならぬぞ」

とも言わなかった。

稽古によって、無言のうちに、新吾を叱咤《しった》したつもりだ。

八郎もまた、そのようにして亡父から薫陶《くんとう》を受けてきたのである。

年が明けてから、

「新吾の様子に、変ったことは？」

八郎が三上達之助へ尋ねると、

「別に……」

三上も、ほっとしたように、

「今度は、妙に……神妙になってしまいました」

やはり、あのときの激しい稽古が、

（効いたらしい……）

と、八郎はおもった。

そして、この春。

突如として、水野新吾が豹変《ひょうへん》した。

五

豹変《ひょうへん》というなら、あのとき、あの一瞬における波切八郎の行動もそれであった。

今年の三月（現代の四月）の或夜《あるよ》。

この日、波切八郎は、五千石の旗本・秋山出雲守為永《あきやまいずものかみためなが》の屋敷へ招かれた。

秋山邸は麻布《あざぶ》の竜土町《りゅうどちょう》にあり、出雲守為永の家来が三名ほど、八郎の門人になっている。

さらにはまた、秋山出雲守が宝蔵院流《ほうぞういんりゅう》の槍《やり》の名手であり、年に何度か、八郎を自邸へ招き、武芸について語り合うのを、たのしみにしているらしい。

それは、つまり、秋山出雲守が八郎へ好意をよせていることにもなる。

八郎も、六十に近い出雲守の快活な気性が好きで、招かれるのをたのしみにしていた。

その夜、波切八郎が目黒の道場へもどったのは五ツ半（午後九時）ごろであったろうか……。

まだ、酒の酔いが八郎に残っていた。

下僕《げぼく》の市蔵が入浴の仕度をしておいてくれたので、

「そうか。お前は朝が早いのだから、もう寝るがよい」

八郎は、そういって湯殿へ入った。

父の代から、はたらきつづけてきた市蔵は六十をこえているだけに、

（いつまでも、達者でいてもらいたい）

と願う八郎は、元気といっても、そこは年齢《とし》の所為《せい》か、ちかごろは衰えが見える市蔵を何かにつけて庇《かば》うようになっている。

八郎の後から湯殿へ入って来た水野新吾《しんご》が、

「背中を流します」

八郎へ声をかけ、裾《すそ》をからげ、肌《はだ》ぬぎとなった。

八郎が入浴のときの習慣ではないが、格別にめずらしいことではない。

湯船の前の、八郎のたくましい裸体が湯気に包まれていた。

年少のころから鍛えに鍛えぬかれた八郎の体軀《たいく》は、まるで守護神・金剛力士の彫像のように素晴らしい筋骨であった。

胸毛も濃い。

住居は間数も少く、質素なものなのだが、湯殿だけは亡父の好みで、ひろくつくられていた。

久しぶりの、秋山出雲守との夜話《やわ》と酒の酔いとに上きげんとなっていた波切八郎が、

「新吾。お前も共に入れ」

と、いった。

これも滅多にあることではないが、なかったわけではない。

八郎のゆるしを得たときの新吾は、裸体となって入り、師の背中を洗い流すわけだ。

「では……」

「よし、入れ」

こういったときの八郎には、別に何の邪心もなかったのである。

おもえば、これがいけなかったのだ。

「ごめん下さい」

新吾が裸体となり、流し場へ入って来た。

師の入浴が終ってから、自分も入浴し、湯殿の始末をするつもりの水野新吾であった。

新吾が、湯船から出た八郎の背中を流しはじめる。

昼すぎから気温があがり、夜になっても初夏のように生あたたかく、八郎の額にも、
新吾の躰《からだ》にも汗がふき出してきた。

背中を流し終えた新吾へ、

「さ、今度は、おれが流してやろう。背中を出せ」

と、八郎がいった。

これも、はじめてのことではない。

新吾が少年のころには、よく、流してやったものだが、ここ二年ほどは絶えていた。

当時の十九歳といえば、元服もすみ、大人の仲間入りをしたことになる。

「いえ……自分で流します」

「よいわ。向うをむけ」

「は……」

新吾が流し場へ坐《すわ》り、八郎へ背中を向けた。

細身の新吾であるが、さすがに筋肉は引きしまってい、天性の白い肌が鮮やかに血の色を浮かべていた。

湯殿の温気《うんき》に蒸れた新吾の躰から、若者の濃い体臭がただよっている。

八郎が、

(弟のごとく……)

おもっている新吾の背中を、流しはじめた。

たちこめた湯気の中で、生娘《きむすめ》のように白くなめらかな新吾の背中が、わずかにゆれうごいた。

捩《ねじ》った手ぬぐいで、その背中を擦《こす》っていた波切八郎の手が、ふっと止った。

新吾の躰を見、流しているうちに、おもいもかけぬ衝動が八郎を襲ったのである。

それは、いったい何だったたろう……。

二十八歳の今日まで、女の肌身も知らず、剣一筋に打ち込んできた波切八郎だけに、意識や理性がはたらく間もなく、突然、急激に自分の躰へ起った衝動を、何といって自分自身へ納得させたらよいのか、後になってもわからなかった。

むろん、八郎に性欲がなかったわけではない。

けれども、倦《う》むことなく剣の修行へ心身を打ち込んできた八郎のような男には、もろもろの禁欲に耐えることができる。

まして、ただの一度も女の肌身を抱いたことがなければ、尚更《なおさら》に耐えられるものなのだ。

それは、これまで、水野新吾に対しておぼえたこともない衝動であった。

つぎの瞬間に……。

波切八郎は、新吾の躰を背後から双腕《もろうで》に抱きしめていた。

そして八郎の唇《くち》が、新吾の項《うなじ》へ押しつけられた。

「あ……」

おどろいた新吾へ、

「し、新吾……」

呻《うめ》くようにいった八郎が、抱きすくめた新吾の躰を激しく揺さぶりはじめた。

波切八郎にとって、夢魔のような一瞬であった。

「何をなされます」

水野新吾は八郎の双腕をふりほどき、流し場から脱衣の板敷きへ走り、衣類を抱えて湯殿から逃げ去った。

残された八郎は、愕然《がくぜん》となっていた。

剣客の中には男色を好む者が少くない。

いうまでもなく、八郎は、その経験もないわけだし、他の男に性欲を感じたこともない。

また、当時は、男色についての考え方が現代とはちがう。

男色だからといって、さほどに、世をはばかることもなかったのである。

しかしながら、波切八郎は男色を好んでいたのではない。

なればこそ、水野新吾もおどろいた。

いや、八郎自身が後になって、おどろいたのだ。

二十八歳の男の生理が、このようなかたちで暴発しようとは、おもいもかけぬことであった。

湯殿に、ひとり残った波切八郎は、顔を伏せたまま、身じろぎもしなかった。

六

その翌日から、師の波切八郎へ対する水野新吾《しんご》の態度が一変した。

といっても、三上達之助《たつのすけ》はじめ、五十余名の門人たちの目には、それとわからなかったろう。

門人たちの前での新吾は、これまでと少しも変らぬ……ように見えた。

ただ、五日に一度ほど、昼すぎから姿が見えなくなるのだが、早朝からの稽古《けいこ》を怠《なまけ》るわけではないし、八郎には無断の外出《そとで》も、門人たちから見れば、

(先生の御用で、何処《どこ》かに出向いたのだろう)

と、いうことになる。

それに、高弟の三上達之助は隔日の早朝に道場へあらわれ、昼すぎには帰ってしまうので、新吾の行動に気づかなかった。

けれども、波切八郎には、新吾の変貌《へんぼう》が、はっきりと看《み》てとれた。

目と目が合ったとき、新吾の口辺へ浮かぶ薄笑いには、あきらかに軽侮がふくまれている。

(先生は、あのような人だったのですか。あのように埒《らち》もない人だったのですね)

その、新吾の声が薄笑いの中からきこえてくるようだ。

八郎は、新吾の視線を避けるようになった。

男色を好む者にとっては、

「何だ、つまらぬことではないか。おのれが目をつけた若者に……しかも、おのれの門人に、さしのべた手を払い退《の》けられたからといって、それがどうしたのだ。相手にきらわれたのだから仕方もあるまいに。いや、おれなら、その若者を捩《ね》じ伏せてでも、わがものにしてみせるわ」

事もなげに、いってのけるにちがいない。

八郎にも新吾にも、男色の気配とてなかった。

ゆえに、双方が喫驚《きっきょう》した。

そのおどろきが、新吾にとっては軽侮に変り、八郎には、

(これまでの、おれの修行は何の為《ため》だったのか。いわれもなく突然に、新吾へ、あのような振舞いをするとは……)

自身への屈辱と悔恨に変った。

それは、新吾が向けてくる視線と薄笑いに気づくたびに、深く重く、八郎の胸の底へ澱《よど》み、溜《たま》ってきたのである。

実の弟とも思っている愛弟子《まなでし》を厳しく教導し、八郎は、おのれの行動をもって、真

の剣士のありようを新吾へ伝えようとした。

いや、伝えてきたつもりであった。

その自信が、たちまちに崩れ、消え去ったといってよい。

これが、もし……。

湯殿の異変後に、水野新吾のほうが師の視線を恥じらって、顔をうつ向けたりしたら、どうなったろう。

おそらく、八郎が心に受けた傷は軽く、長い時間をかけぬうちに癒《い》えてしまったろう。

「おどろいたろうな」

と、新吾へ、

「おれも、実は、おどろいた。すまぬことをした。忘れてくれい」

それで、すんだやも知れぬ。

しかも、三上達之助の進言によって、新吾を道場へ引き出し、門人たちが見ている前で、血がふき出すまでに打ち据《す》えた後だけに、新吾の軽侮が身にこたえた。

こうして、一つ家に住み暮す二人の師弟の変容は、八郎が中根半兵衛《はんべえ》の告知をうけたことにより、

「ぬきさしならぬ……」

ものになろうとしている。

いまの波切八郎にとっては、湯殿での一件どころではなかった。

水野新吾の傲慢《ごうまん》が、ついに、

(辻斬《つじぎ》りをするようになってしまったか……)

この一事に、八郎の苦悩はしぼられていた。

刀剣の切れ味を試すために、あるいは自分の腕試しに、夜間、物蔭《ものかげ》に隠れ、何も知らずに通りかかる人を無惨《むざん》に斬殺《ざんさつ》する。

このような非道が、あってよいものではない。

波切道場の門人に、辻斬り犯が出たとしたら、冥府《めいふ》にある父へ、

(何と、申しわけをしてよいか……)

であった。

これまでに、八郎は、新吾の夜間外出に三度ほど気づいていた。

それとなく、下僕《げぼく》の市蔵へ、

「ちかごろ、新吾が夜更《よふ》けに帰って来ることは、たびたびなのか?」

尋ねると、

「私は、いったん寝床へ入ったら、もう目がさめませぬが、一度だけ、帰って来るのを見たことがございます」

「何処へ行くのであろう?」

するると市蔵は、苦笑を浮かべ、

「新吾さんも、お若《わこ》うございますからね」

「女でも買いに行くというのか?」

たびたび、女を買えるほどの金を、新吾は所持していないはずだ。

「さあて……」

市蔵は困ったように、

「何しろ新吾さんは、あんなに美《い》い男でございますから……」

いいさして、口を噤《つぐ》んだ。

金をつかって女を抱かなくとも、女のほうから言い寄ってくるというのであろうか。

十日ほど前に、波切八郎は酒井屋敷の稽古からの帰途、目黒川に架かっている太鼓橋のたもとにある〔正月や〕という茶店へ立ち寄り、好物の甘酒をのんだ。

橋を東へわたれば行人坂《ぎょうにんざか》を経て、白金《しろがね》へ出る。

西へ行けば、目黒の不動尊だ。

太鼓橋は、石造りの、太鼓の胴を二つに割ったような形容から、人びとが呼びならわすようになったらしい。

この橋を造ったのは、享保《きょうほう》のころ、近くに住んでいた木食上人《もくじきしょうにん》だそうな。

太鼓橋の東詰《ひがしづめ》を目黒川に沿って行けば、すぐに、波切道場の門前に出る。

波切八郎が〔正月や〕で甘酒をのんでいると、近くの細川越中守《ほそかわえっちゅうのかみ》・下屋敷（別邸）の侍が二人、これも甘酒をのみながら、辻斬りのうわさをしはじめた。

「白金二丁目の、正源寺《しょうげんじ》の裏道に斬り倒されていたそうな」

「四ノ橋の、稲垣家《いながきけ》の家来だと聞いたが、まことか？」

「さよう。主人《あるじ》の使いに出ての帰り途《みち》に、襲いかかられたらしい」

「ここのな、ほれ、左の喉元《のどもと》から頸《くび》の急所を刎《は》ね切られ、一太刀で絶命していたとか」

「ふうむ……ひどいやつだが、相当な腕前だな」

「遺恨か？」

「いや、斬られた侍は、他人《ひと》に怨《うら》みをうけるような男ではなかったという」

「では、辻斬りじゃな」

「物騒なことよ」

などと語り合う声を耳にしたとき、波切八郎は、その辻斬りと水野新吾とを、まだ一つにむすびつけることができなかった。

だが、いまとなれば、左の喉元から頸の急所を一太刀に刎ね切って殪《たお》したという業から推しはかってみても、

(どうも新吾らしい……いや、新吾だ)

推測が、ほとんど断定に近いかたちとなって、八郎の胸裡《きょうり》をみたしはじめてきた。

中根家老より報知をうけてから、水野新吾の二度目の夜の外出を見とどけた波切八郎は、その翌日、新吾が道場で稽古に熱中している隙《すき》に、

(よし……)

おもいきって、母屋《おもや》へ引き返し、新吾の部屋へ入った。

もし、新吾が気づき、後を追って来ても、

「いささか、おもうところあって見とどけた」

きっぱりといえるだけの肚《はら》が決まったのである。

新吾の大刀を抜いて調べて見ると、果して血曇りがしている。

堀川国弘《ほりかわくにひろ》二尺三寸余の銘刀は、水野勘介《かんすけ》が形見として、息子の新吾へあたえたものであった。

これで、すべてがわかった。

翌日。

道場へ来る門人のひとりが、波切八郎へ、

「一昨夜、私の屋敷の近くで、辻斬りがあったと申します」

と、いう。

その門人は、父の屋敷が高輪《たかなわ》にある。

辻斬りの現場は伊皿子台町《いさらごだいまち》の路上で、斬られたのは大番組の小出某《こいでなにがし》という幕臣だという。

「さようか……」

うなずいた波切八郎の様子が、門人には、いたって物静かに見えた。

稽古が、はじまっている。

門人たちの向うに坐《すわ》っている水野新吾と八郎の目と目があった。

新吾の口元に、例の薄笑いが浮かんだ。

今日の八郎は、それを見ても眼《め》を逸《そ》らさぬ。

七

これまでの波切八郎は、水野新吾《しんご》の薄笑いを受けとめることができなかった。

それが、どうだ。

ぴたりと、新吾の眼《め》へ視線を合わせ、八郎は身じろぎもせぬ。

二十坪の道場には、数名の門人たちが入り乱れ、稽古《けいこ》に励んでいた。

四十歳の三上達之助《たつのすけ》が、

「さあ、来《こ》い。それ、太刀筋が狂っているぞ」

元気よく叫ぶ。

門人たちの気《き》合声《あいごえ》と、木太刀が打ち合う激しい響音で、道場の板壁が割れ返るかとおもわれるほどであった。

南側の武者窓から、近辺の百姓の子たちが目をみはり、見物をしていた。

波切八郎は、一段高い見所《けんぞ》の中央に坐《すわ》っている。

稽古を終えたばかりの新吾は、西側の出入口に近い武者窓の下にいた。

自分が向けた軽侮の視線に、今朝の師は、いささかもたじろがぬ。

凝《じっ》と見返してくる八郎の両眼の光りに、新吾は、われ知らず目を逸《そ》らしてしまった。

(何の……)

ふたたび、新吾が面《おもて》をあげて、彼方《かなた》の八郎を見やった。

八郎は、まだ、新吾から目をはなさぬ。

新吾は肚《はら》にちからをこめ、鋭く見返した。

見返して、薄笑いを浮かべようとした。

したが、その笑いは口元へ凍りついたようになり、すぐに消えた。

八郎は、そうした新吾を、尚《なお》も凝視しつづけている。

今朝は曇り空だが、蒸し暑い。

道場には、闘う男たちの体臭と汗の匂《にお》いが充満していた。

水野新吾が、つと立って西側を走り抜け、門人たちの仕度部屋へ通じている廊下へ出て行った。

八郎は、見所の下にいて、汗をぬぐっている若い門人へ、

「これ、結城《ゆうき》」

「はっ」

「これへ……」

「は……?」

「市蔵を呼んで来てくれ」

「はい」

稽古中の道場内へ、八郎が下僕《げぼく》の市蔵を呼ぶことなど、かつてなかったことだ。

結城は一瞬、不審の表情を浮かべたが、すぐに道場を出て行った。

間もなく、下僕の市蔵が道場へあらわれたので、八郎は手招きをした。

見所の下へ来た市蔵へ、

「いま、新吾が出て行ったが……」

「へ……?」

「目をはなすな」

「え……？」

「新吾が、外へ出て行ったなら、おれに知らせてくれ」

と、八郎が市蔵の耳へ口を寄せて言った。

市蔵はうなずき、道場から出て行った。

市蔵にしてみれば、

(先生は、修行中の、新吾さんの女遊びを気にかけていなさるのだろう)

そう思ったやも知れなかった。

市蔵を見送ってから、波切八郎は木太刀をつかみ、見所から下りて、

「三上。久しぶりで立合おうか」

と、声をかけた。

「はい」

三上達之助が、相手をしてやっていた門人へうなずいて見せ、八郎の前へ来て、

「かたじけのうござる」

と、一礼した。

三上は、八郎の代稽古をつとめるほどの手練者《てだれ》である。

門人たちは、いっせいに両側へ散って坐り、八郎と三上の立合いを見まもった。

まだ、市蔵はもどって来ない。

水野新吾は、台所の外にある石井戸の水を浴びて汗をながし、自分の部屋へ入ってしまったのだ。

この石井戸の水は清冽《せいれつ》で、井戸の三方が板囲いになっているのは、門人たちが水を浴びるからであった。

午後も遅くなって、門人たちが帰った後も、新吾は部屋から出て来ない。

八郎は、湯殿で汗をながした。

それから居間へ入り、端座して、庭へ目をやったまま、身じろぎもせぬ。

庭の南天が、小さな白い花をつけている。

梅雨の入りも、今日か明日かというところだ。

夕暮れになり、市蔵が夕餉《ゆうげ》の膳《ぜん》を居間へ運んで来た。

市蔵がつくる献立は質素なもので、鯵《あじ》の干物《ひもの》に大根の浅漬《あさづけ》、それに梅ぼしが二つ。

それのみであった。

箸《はし》を手にした波切八郎が、

「給仕はよい」

「へ……？」

「新吾から目をはなすな」

そういった八郎の眼の色は、おだやかなものだったが、暗く沈んでいた。それに市蔵は気づいていない。

市蔵が、出て行きかけるのへ、

「待て」

「はい？」

「今日のみではない。新吾が外出《そとで》をしたときは、すぐに知らせてくれ。稽古中でもかまわぬぞ」

「承知いたしました」

市蔵は、居間から出て行った。

これから台所の板敷きで、市蔵と新吾の食事がはじまることになる。

波切八郎が食事を終えて間もなく、下僕の市蔵が廊下を小走りに来て、

「先生。いま、新吾さんが、台所から出て行きました」

「よし」

すでに身仕度はととのえてある。

「市蔵。先へやすめ」

八郎は、河内守国助《かわちのかみくにすけ》二尺四寸五分の愛刀をつかみ、廊下へ出て行きながら、不安そうな市蔵へ、

「案ずるな、市蔵」

微《かす》かに笑って見せ、玄関から外へ出た。

このとき水野新吾は、道場の前の目黒川に沿った道を、太鼓橋の東詰《ひがしづめ》へ向っていた。ゆっくりとした足の運びである。

八郎は、それと知りながら、門を出るや新吾とは反対の方向へ、川沿いの道を早足ですすみ、しばらく行ってから田圃《たんぼ》の中の道を左へ切れ込んだ。

それから、八郎が走り出した。

田圃の道から木立の中へ走り込むと、細い道が曲りくねって、上《のぼ》りになっている。日は沈み切り、夕闇《ゆうやみ》も濃かったが、初夏の空はわずかに明るみを残していた。

八郎は、細道を一気に上りつめた。

木立をぬけると、幅一間半《はばいっけんはん》の道が横たわってい、道の向うに森対馬守《もりつしまのかみ》（播州《ばんしゅう》・三ケ月《みかづき》一万五千石）の上屋敷の練塀《ねりべい》が見えた。

この塀に沿って左へ行くと、ちょうど、行人坂《ぎょうにんざか》の上へ出るのだ。

やがて、道は森・細川両家の塀にはさまれる。

日暮れともなれば、この道に人影は全く絶えてしまう。

波切八郎は、森屋敷の塀へ身を寄せて屈《かが》み込み、目を凝らした。

行人坂をのぼりきった水野新吾があらわれたのは、それから間もなくのことだ。

八郎の予測は、まさに適中した。

袴《はかま》をつけ、両刀を帯した新吾は、白金《しろがね》へ通じる往還へ出た。

この通りは、行人坂を経て目黒不動の参道へむすびついているだけに、通りの両側には、寺院や武家屋敷にまじり、種々の店屋や茶店などもたちならび、夜に入っても、彼方此方《あちこち》に提灯《ちょうちん》がうごいて見える。

水野新吾は、道場を出るときから、提灯に火を入れていた。

八郎も提灯を持って出たが、すぐに走らなければならぬことを考え、火を点じてはいない。

そこで、白金十一丁目へさしかかったとき、まだ店を開けている小間物屋の軒下へ入り、

「すまぬが、提灯に火を入れてくれぬか」

「ようございますとも」

店の女房《にょうぼう》が、すぐさま、火を入れてくれた。

この間にも八郎は、先を行く新吾から目をはなさぬ。

夕闇が、夜の闇に変りつつあった。

新吾の後姿《うしろすがた》も定かではないが、ただ、新吾が手に持つ提灯のあかりが、はっきりと見えた。

このとき、八郎は通りの右側を歩み、新吾は左側を歩んでいる。

両者の間隔は十五メートルほどだ。

他《ほか》にも、歩む人の提灯がうごいているし、新吾が八郎の尾行に気づいた様子はない。

提灯に火を入れてもらった八郎は、小間物屋の女房へ〔こころづけ〕の銭をわたし、

「これはどうも、相すみませんでございます」

礼をのべる女房の声を背に、新吾を追った。

八

白金《しろがね》六丁目に、黄檗《おうばく》派の禅林《ぜんりん》・紫雲山瑞聖寺《しうんざんずいしょうじ》という大寺院がある。

その門前に〔佐竹屋《さたけや》〕という茶店があり、夜になると酒飯《しゅはん》の客を相手に、八ツ（翌日の午前二時）ごろまで店を開けている。

近辺の商家の人びとも客になるし、このあたりには大名の下屋敷が多いので、そこの奉公人たちにとって、

「なくてはならぬ……」

店なのである。

水野新吾《しんご》は、この佐竹屋へ入って行った。

（時間《とき》を、つぶすつもりらしい）

と看《み》た波切八郎は、瑞聖寺の塀外《へいそと》に佇《たたず》み、新吾が出て来るのを待つことにした。

提灯《ちょうちん》の火は消さぬ。替りの蠟燭《ろうそく》も用意してきていた。

ときに五ツ（午後八時）ごろであったろうか。

佐竹屋は、戸を開け放しての、昼間の茶店のかまえとはちがい、戸障子二枚のみを残し、あとは板戸を閉めている。

佐竹屋が客で込み合うのは、いま少し、夜が更《ふ》けてからのことになる。

どれほどの時間がすぎたろう。

八郎には長かったが、さほどの時間でもなかったようだ。

半刻《はんとき》（一時間）ほどではなかったか……。

佐竹屋の戸障子が開き、店の中の灯影《ほかげ》を背に、水野新吾が通りへ出て来た。

八郎は気づかれぬように、目黒の方向へ歩みつつ、新吾から目をはなさぬ。

新吾の提灯が通りを横切り、瑞聖寺の向うの道へ消えた。

振り向いた八郎は小走りにもどり、瑞聖寺の塀の曲り角へ身を寄せた。

新吾が入って行った道は幅三間ほどで、道の両側から奥へ行くにつれ、大名の下屋敷や武家屋敷のみとなる。

したがって、人の足も絶える。

波切八郎は、ふところから黒い布を出し、提灯にかぶせ、さらにそれを後ろ手に持った。

前方の闇《やみ》に、水野新吾の提灯が見える。

新吾の背後から尾行している八郎には、提灯そのものが見えるわけではないが、新吾の足許《あしもと》を提灯が照らしているわけゆえ、見失うことはなかった。

この時刻ともなれば、大名・武家の屋敷内は寝静まっている。

起きているのは、中間《ちゆうげん》部屋で博奕《ばくち》でもしている連中だけであろう。

瑞聖寺の広大な境内の南の裏側に、一柳《ひとつやなぎ》家の下屋敷がある。

その前を行き過ぎた新吾の提灯が、ふっと消えた。

八郎は左側の武家屋敷の塀に沿って歩みつつあったが、それと見て、塀際《へいぎわ》へ屈《かが》み込んだ。

(後を尾《つ》けていることに気づいたのか。または……?)

一柳家の向うの右手は、たしか雑木林になっているはずだ。

左手は南部・毛利両家の下屋敷の塀がつらなり、道は幾重《いくえ》にも曲って、二本榎《にほんえのき》と品川台町へ通じている。

八郎は、年少のころから、このあたりの道を何度も通っているし、地形にくわしい。

いまにも雨が落ちて来そうな闇の中で、屈み込んだままの八郎は、しばらくうごこうともせぬ。

前方の雑木林のあたりで消えた新吾の提灯の火は、これも、そのままであった。

夜気は、冷え冷えと湿気をふくんでいた。

何処《どこ》かで、猫《ねこ》の鳴き声がした。

波切八郎が立ちあがったのは、そのときである。

八郎は、提灯の上へ掛けていた黒い布を取り去って、これを頭へかぶった。布の両端を片手でむすび合わせてから、提灯を右手へ持ち替えた。

八郎が、静かに歩み出した。

歩調を変えず、呼吸をととのえながら、一柳家の門前を過ぎた。

その八郎の足許を、野良猫《のらねこ》が一匹、矢のように走りぬけて行った。

しかし、八郎の足の運びには、いささかの乱れもない。

一柳家の塀が尽きた。

右手の雑木林へ近づく波切八郎へ、木立の中から突風のように走り出た黒い影が、物もいわずに斬《き》りつけて来た。

水野新吾だ。

同時に、提灯を捨てた八郎の躰《からだ》も、地を蹴《け》っている。

新吾が八郎めがけて送り込んだ一刀は、凄《すさ》まじい刃風《はかぜ》を生じ、八郎の左頬《ひだりほお》から肩先を掠《かす》めた。

「ぬ!!」

必殺の初太刀を躱《かわ》され、向き直った新吾が息もつかせず二の太刀を打ち込もうとするとき、これも向き直った波切八郎がすっと身を引きざま、河内守国助《かわちのかみくにすけ》の大刀を抜きはらった。

「む……」

おもいのほかに手強《てごわ》い相手と知って、新吾は打ち込みかねた剣を八双《はっそう》にかまえた。

新吾は、斬りつけた相手が師の八郎だと知っていない。

これまで、四度にわたっておこなった辻斬《つじぎ》り同様に、

(ただ一太刀に……)

通りかかった侍を斬殺《ざんさつ》し、後も振り返らずに引きあげるつもりだったのだ。

八郎は木立を背に腰を沈め、剣を抜きはらったままのかたちにとどめている。

八郎の提灯が地に落ちて消えたので、月も星もない暗闇となった。

新吾は、南部家の塀外の道にいて、八双にかまえた剣を正眼《せいがん》につけた。

「これ……」

八郎の、低い声がきこえた。

「………？」

新吾が、はっとしたようである。

「おのれは、まだ、わからぬか……」

「あっ……」

「おのれは、おのれの師匠と知らずに斬りつけたのか」

「………」

「愚か者め」

新吾が、じりじりと後退し、南部家の塀へ背中をつけるばかりになった。

八郎は、すっくと背筋を伸ばし、

「刀を捨てよ」

厳然といった。

「刀を捨てて、お上《かみ》へ自首して出よ。おれが附《つ》きそって行ってやろう」

新吾はこたえぬ。

しかも、剣のかまえをくずそうとはしなかった。

「名も知らず、縁《ゆかり》もなく、憎しみも怨《うら》みもなき人を暗がりに待ち受け、獣のごとく飛びかかって殺害《せつがい》する。おのれは何とおもって、そのようなことをした」

「………」

「おのれの亡《な》き父御《ててご》・水野勘介《かんすけ》殿は、わが息子が、かような所行《しわざ》をするような男になり下ろうとは、よもや、おもわなかったろう」

剣を右手《めて》に引っ提げた波切八郎の声は高くもならず、乱れもせぬ。

「いまとなっては、いさぎよく罪を償え。おれも道場を閉ざすつもりだ」

水野新吾が剣をかまえ、一歩、二歩と塀際をはなれた。

新吾の躰から、新たな殺気が噴き出してきた。

九

「新吾《しんご》。刀を捨てよ」

また、波切八郎がいった。

新吾は、こたえず、じりじりと八郎へ迫りながら、正眼《せいがん》の大刀を脇構《わきがま》えに移した。

「罪を償え。おれは道場を閉ざし、お前が自首を……」

いいさした八郎が、すっと身を引き、木立の中へ退《の》いた。

迫って来る水野新吾の全身から噴き出している殺気は、もはや、どのような説得をも、

(受けつけまい)

と、看《み》たからであろう。

では、どうしたらよい……?

（新吾は、狂ったのか……）

このことである。

天性の剣の冴《さ》えが驕《おご》りとなり、その傲慢《ごうまん》は、新吾の理性をも情緒をも奪い取ってしまったのか。

波切八郎は、木立の端《はな》の、櫟《くぬぎ》の木の蔭《かげ》に立っている。

新吾は、南部家の塀際《へいぎわ》から幅三間の道の中程まで、進み出て来た。

大名・武家の屋敷がたちならぶ道には、まったく人影がない。

「新吾……」

木蔭《こかげ》で八郎の、呻《うめ》くような声がした。

「おれのいうことが、どうしても聞けぬか」

「………」

「聞けぬらしいな」

こたえぬ新吾が、一歩、二歩と木立へせまる。

「む……これまでだ」

と、八郎が姿を木蔭からあらわし、

「血に飢えた狂人を、門人にしておくわけにはゆかぬ」

新吾がにっと笑い、わずかに腰を沈めて、脇構えの刀を正眼につけた瞬間、波切八郎が木立から突風のように走り出た。

同時に、水野新吾は跳躍し、八郎の左へ飛びぬけつつ、

「たあっ……」

すくいあげるように、八郎の胸もとを斬《き》りはらった。

八郎は、むしろ前へ飛んで、これを躱《かわ》し、振り向きざまに、木立へ走り込もうとする新吾の背へ、無言の一刀をあびせている。

これは、届かなかった。

届かなかったが、新吾に振り向く余裕をあたえなかったことはたしかだ。

波切八郎は、猛然と木立の中へ躍り込んで行った。

木立の闇《やみ》の中で、刃《やいば》と刃が嚙《か》み合う凄《すさ》まじい音がきこえた。

それきり、音も、声も絶えた。

少し先の、毛利家・下屋敷の裏門からあらわれた中間《ちゅうげん》がふたり、何やら語り合いつつ木立の前を通り過ぎ、白金《しろがね》の方へ去った。

中間たちの提灯《ちょうちん》が見えなくなり、しばらくして波切八郎が木立の中から道へあらわれた。

すでに、八郎の愛刀・河内守国助《かわちのかみくにすけ》は鞘《さや》へおさめられている。

八郎は、凝《じっ》と立ちつくし、あたりを見まわした。

闇の中ゆえ、その表情は定かではない。

それから間もなく、波切八郎は二本榎《にほんえのき》の路上へ姿をあらわした。

このあたりも、大名・武家屋敷と寺院のみである。

その一角に、波切道場の高弟・三上達之助《たつのすけ》の屋敷がある。

屋敷といっても、三上は百石五人扶持《ぶち》の御家人《ごけにん》ゆえ、板塀に腕木門《うでぎもん》という小さなものであった。

その腕木門の扉《と》を叩《たた》く音に、三上家の下男が起きて来て、

「何御用でござります？」

「波切八郎だ」

「あ……」

下男は、何度か三上家を訪れている八郎の顔も声も、よく知っている。

「三上を、よんでもらいたい」

「ま、お入りを……」

扉を開けた下男へ、

「いや、これへよんでもらいたい」

そういって、ともかくも八郎は門の内へ入った。

「そこでは、あの……」

「かまわぬ」

下男が入って行って、すぐに、三上達之助が走り出て来た。

師の八郎が、このような深夜に訪れたことは一度もない。

「先生……」

「おお、三上」

「何事です?」

三上は、異変を感じたらしい。

「外へ出てくれ」

「何と……?」

「たのむ。出てくれ」

と、先に八郎が門外へ出た。

後から出て、扉を閉じた三上が、そこは年配のことゆえ、声もしずかに、

「先生。どうなさいました?」

「身仕度をしてきてもらわねばならぬな」

「何処《どこ》かへ、お供を?」

「たのむ」

「それは、よろしいのですが、いったい何事が起ったので?」

「む……」

一瞬、声をのんだ後に、波切八郎が、

「水野新吾を、斬って殪《たお》した」

「え……」

さすがに、三上達之助の顔色《がんしょく》が変った。

「まことで？」

「おぬしに、このような嘘《うそ》がいえようか」

「先生……」

「たのむ。いっしょに来てくれ。道々にはなすが……新吾の死骸《しがい》の始末をしなくてはならぬのだ」

「わかりました」

三上は、いったん屋敷内へ入り、やがて身仕度をととのえ、提灯を手に外へあらわれ、送って出た妻女へ、

「案ずるな。すぐにもどる」

という声が、やや離れた場所に立っている波切八郎の耳へきこえた。

「先生……先生……」

「此処《ここ》だ」

「さ、お供いたします」

「すまぬな」

「何の……」

十

それから一刻《いっとき》（二時間）後に、波切八郎は三上達之助《たつのすけ》を伴い、目黒の波切道場へもどって来た。

三上は、大きな荷物を背負っている。

いや、荷物ではない。

三上が自邸から用意してきた二枚の大風呂敷《おおぶろしき》へ、水野新吾《しんご》の死体を包み、細引縄《ほそびきなわ》で絡《から》げ、背負ってきたのである。

あれから八郎は、新吾の死体を隠しておいた木立の奥へ三上を連れて行き、死体の始末をし、田地や雑木林の道をえらび、南へ迂回《うかい》して目黒川をわたり、道場へ着いた。

下僕《げぼく》の市蔵は、まだ、起きていた。

八郎と共に、三上があらわれたので、市蔵はおどろき、

「いったい、何が起ったのでございます？」

「市蔵。外の椎《しい》の木の根本《ねもと》へ、穴を掘ってくれ。深くだぞ」

「何で、穴なんぞを？」

「わけは、その後でいってきかせよう。ともかくも穴を掘ってくれ。幅三尺、深さは……七尺。よいな」

「へ……」

「さ、行け」

新吾の死体は、道場の南側の草地へ横たえてある。

市蔵が穴を掘っている間に、八郎と三上は新吾の死体を石井戸へ運び、洗い清めた。

「ただ、一太刀でしたな」

と、三上。

「うむ……」

「おみごとです」

「可哀相《かわいそう》なことをした」

「いたしかたありませぬ。新吾が、そのように狂うてしまっては……」

「…………」

「まして、辻斬《つじぎ》りを重ねていたとは……おもいもよりませぬでした」

「辻斬りを重ねるうちに……しだいに、狂うてきたのか、どうか……」

「はあ……」

波切八郎は新吾の部屋へ行き、着物を出して来て、新吾の死体へ着せた。

これを二人が、椎の木の傍《かたわら》まで運んで行くと、市蔵は、まだ穴を掘っていた。

ここで、はじめて新吾の死体を見た市蔵は、目をみはったけれども、激しい衝撃を受けた様子もない。

穴を掘っているうちに、

(あ……)

おもいあたることが、あったのであろう。

「新吾さんで?」

その市蔵の問いに、八郎は黙ってうなずいたのみだ。

「やはり、あの、何処《どこ》かの女が……?」

「女ではない」

「え……では何で?」

「まあ、待て。ともかくも穴を掘ってしまおう」

三上達之助が市蔵に替って穴を掘った。

やがて、八尺余も掘り下げた深い穴の中へ、新吾の死体が埋められた。

穴へ土をかぶせつつ、波切八郎は、何やら経文《きょうもん》を唱えているようであった。

三上は、道場の周囲を見まわりはじめた。

（大丈夫だとはおもうが……）

目撃者の有無をたしかめたのである。

「市蔵」

「はい？」

「お前は、父の代から、この家に奉公をしてくれて、気性もわかっているゆえ、申しきかせるが、他言はならぬぞ」

「はい」

しっかりと、市蔵がうなずく。

「新吾は、な……」

「はい？」

「辻斬りをしていたのだ」

「げえっ……」

これには、市蔵も驚愕《きょうがく》をした。

「ま、まことのことなので……？」

「まことだ。なれば師匠として見逃すわけにはまいらぬ。それで、斬って捨てた。いや、その前に、おれは道場を閉じ、つきそって行ってやるゆえ、自首して出るようにすすめたが……」

「それを、きかずに？」

「新吾は、半ば狂うていたようにおもわれ……」

いいさして、波切八郎が絶句してしまった。

万感のおもいに、胸が引き裂かれそうであった。

「さ、さようでございましたか……」

市蔵は、そこへ坐《すわ》り込み、すっかり埋めつくされた穴へ向って両手を合わせた。

八郎は、三上へも市蔵へも、湯殿での新吾との一件を語らなかった。

あのことが原因で、新吾が辻斬りをはじめたというならば、語ってきかせもしたろうが、それとこれとは、別の事だと、八郎はおもっている。

「市蔵。新吾は、わけも語らずに出奔し、行方知れずになった、ということにしておきたい。よいな」

「それが、ようございます」

「三上のみへは、すべてを語っておいたから、そのつもりでいるがよい」

「は、はい」

三上達之助は、この夜、波切道場へ泊った。

市蔵に酒を運ばせ、二人して酌《く》みかわしつつ、

「三上。先刻の約束を、おぼえていてくれたろうな」

「はい。なれど先生。そこまでなさらずとも……」

「いや、わが門人を……ことに弟ともおもうていた新吾を、手にかけたからには、他の門人たちを、教えみちびくことはできぬ」

「先生……」

「私が明日にも道場を出て行ったのでは、却《かえ》って怪しまれよう。さよう……あと一月《ひとつき》ほどは此処《ここ》にいるが、その後は、おぬしにたのむよりほかに仕方はない」

「道場を出て、何処へまいられるのです？」

「いまは……まだ、わからぬ」

と、八郎は、傍に置いた水野新吾の大小の刀を指し、

「おぬしが、あずかってくれ」

「はい」

「道場は、おぬしが、おもうようにやってくれればよい」

「先生。おもい直すことは、できませぬか？」

「うむ」

「どうあっても？」

「いずれにせよ……」

何かいいかけて、八郎が口ごもった。

(いずれにせよ、一年後には、生きておらぬやも知れぬ)

このことである。

一年後の、剣客・秋山小兵衛との真剣勝負の約定《やくじょう》だけは、何としても果したい。

(勝てる!!)

という自信はない。

また、

(負けるだろう!)

とも、おもわぬ。

勝敗は、五分と五分だ。

そのときの決闘の場には、自分の附添人《つきそいにん》として、三上達之助をたのむつもりだったが、三上には、まだ語り洩《も》らしてはいなかった。

おそらく、相手の秋山小兵衛も附添人をたのむにちがいないが、

(それでよい。おれは一人でよい)

と、いまはおもいきわめている波切八郎であった。

三上達之助が、ふと、口へもってゆきかけた盃《さかずき》の手をとめ、凝《じっ》と八郎の胸もとに見入った。

八郎は、まだ着替えをしていない。

その着物の、左の衽《おくみ》から胸もとへかけて五、六寸が切り裂かれてい、そこから覗《のぞ》いている胸肌《むなはだ》が、わずかに傷つけられている。

血は、すでにとまっていた。

三上は先刻から気づいていたのだが、口には出さなかった。

八郎が三上の視線に気づき、おのれの胸もとを見て、

「新吾に、切られた」

「はあ……」

「せっかく、これまでに腕を上げたというに……」

そこへ、市蔵があらわれ、

「先生。湯が沸きましたで」

と、告げた。

「そうか。いろいろとすまなかった。湯を浴びてから、また飲む。燗《かん》はせぬゆえ、仕度をしたなら、先へ寝《やす》むがよい」

「はい」

「それから三上の着替えもたのむ」

「承知いたしました」

八郎は湯殿で躰《からだ》を洗い、着替えをした。

その間に、三上が湯を浴びた。

そして二人は、また、冷酒《ひやざけ》を酌みかわした。

「先生。これよりの出稽古《でげいこ》の事は、いかがなされます？」

「私が此処を出るまでは、これまで同様に、私が行く」

「どうあっても、道場を、お捨てなされますか？」

「いまは、そのつもりだ。私は、もはや、人に剣を教えることができなくなってしまった」

すると三上達之助は、坐り直して、

「お気が弱いと存じます」

たしなめるようにいった。

父の代からの門人だけに、三上は、いざとなると、かつては「若先生」とよんでいた八郎にも遠慮をしなかった。

十一

三上達之助《たつのすけ》は、辻斬《つじぎ》り犯人の門人・水野新吾《しんご》を、師の八郎が自ら成敗をしたのだか

ら、いまさら何も、

「当道場を、お捨てになることはありますまい」

と、力説した。

だが、波切八郎の心境としては、

(それだけではすまぬ……)

ことなのである。

ともかくも、空が白みかけてから、三上は八郎の居間から出て行き、いまは亡《な》き新吾の部屋で仮眠をとった。

八郎は、居間に端座したまま、一睡もせずに朝を迎えた。

(新吾が、自首をしてくれていたなら……)

いま、おもうことは、この一事であった。

そのときは、むろん、自分がつきそって行ったのだし、新吾の処刑はまぬがれまいが、師の八郎も、奉行所の申しわたしを受け、何らかのかたちで責任をとらねばならない。

これが、

(おれのためにも、新吾のためにも、もっともよかったのだ)

けれども新吾は、八郎のすすめに耳をかたむけず、恐るべき殺意をもって、これにこたえた。

(あのとき、おれは何故《なにゆえ》、抜き合わせたのか……?)

こちらも抜刀しなければ、新吾の必殺の一刀を身に受けねばならなかった。

それでも尚《なお》、刀を抜かずに、

「自首せよ」

と、すすめたなら、新吾は素直に、師のことばに従ったろうか。

おそらく従うまい。

そう感じとったからこそ、八郎は抜刀し、ついに成敗をした。

成敗をしなかったら、水野新吾は、尚も人の血をもとめ、兇刃《きょうじん》を揮《ふる》ったろう。

この一件を、奉行所へ届け出るべきか、どうか……八郎は、いま、迷っている。

届け出れば事件は明るみに出る。

したがって、何も知らなかった波切道場の門人たちへも、多大の困惑をあたえることになる。

さらに……。

八郎が出入りをしている酒井内蔵助《くらのすけ》や、秋山出雲守《いずものかみ》などの諸家へも迷惑がおよぶ。

同時に、新吾の兇刃に殪《たお》れた人びとの遺族へ対しても、事件を明るみに出さねば、

(相すまぬ……)

ことになるのだ。

その苦悩と共に、愛弟子《まなでし》を成敗したことによって、遺族の人びとには、

（ゆるしてもらうより、仕方もあるまい）

との決意が、しだいに八郎の胸の内へ定着しつつある。

これ以上、他の門人たちを苦しませたくなかった。

そして、亡父の代から、何かにつけて庇護《ひご》を受けている諸家へ、迷惑をおよぼしたくなかった。

そのかわり、自分が道場を三上達之助へゆずりわたし、一年後にせまった秋山小兵衛との、念願の真剣勝負へ、すべてをかける。

勝敗は別である。

（これぞ!!）

と、目星をつけた好敵手に負ければ死ぬ。

もし、勝てば……。

勝って生き残ったときは、亡き父の墓前で腹を切り、道場の誇りを汚《けが》した自分の、

（不肖を詫《わ》びる……）

決心であった。

二日、三日と、波切八郎は道場へ出て、いつものように稽古《けいこ》をつけた。

酒井屋敷ほかの出稽古にも出かけて行く。

八郎の言動は、以前と少しも変らなかった。

それを見て、三上達之助が、

（さすがに……）

と、感銘したようだ。

三日、四日と経過するうちに、

「水野さんが見えぬようだが……」

「どうしたのだ？」

「わからぬ。先生の御用事で、何処《どこ》か遠出をしているのではあるまいか？」

などと、門人たちがうわさをするようになってきた。

そこで三上達之助が、門人一同をあつめ、

「水野新吾は数日前に、突如、出奔をしてしまった」

と、告げた。

「いったい、それは、どのような……？」

門人の結城《ゆうき》が尋ねると、三上は眉毛《まゆげ》一筋うごかさずに、

「知らぬ。波切先生も、私も、市蔵も知らぬ」

「はあ……」

門人たちは顔を見合わせるばかりであったが、ちかごろの水野新吾は門人たちに好

意をもたれていない所為《せい》もあって、

「新吾は、何やら失態を仕出かしたのではないか」

「なるほど、それで、先生が破門を申しわたしたのだな」

「そうらしい。そうとしかおもえぬ」

「いや、それにちがいない」

というところへ、風評が落ちついたようである。

そうなると彼らは、水野新吾のことなど、もう、念頭から消えてしまったらしい。

じめじめと、雨が降りつづく毎日であった。

梅雨に入ったのだ。

波切八郎が水野新吾を成敗してから十日目の午後になって、

「三上。私の居間へ来てもらいたい」

稽古を終えて、仕度部屋で帰り仕度をしている三上達之助へ、廊下から波切八郎が声をかけた。

(到頭、きたな)

三上は緊張し、八郎の居間へおもむいた。

八郎は、開け放った障子の向うの、庭へ降りしきる雨をながめていた。

「先生……」

「お……入ってくれい」

「ごめん下され」

「これを、な……」

と、すでに手許《てもと》へ置いてあった有明行燈《ありあけあんどん》を指して、

「知っていような、三上。亡き父上が手造りになされた形見の品だ」

「存じています」

四角の、小型の有明行燈は寝間で使用するものだ。当時は電灯のように便利なものはない。行燈の火を消してしまうと真暗闇《まっくらやみ》になってしまい、いざというときに何もできない。たとえば小用に立つときでも灯《あか》りがなくては不便をきわめる。

そこで有明行燈を枕元《まくらもと》へ置き、光りを調節し、朝の光りが差し込むまで火をつけておくのである。

八郎の父・波切太兵衛《たへえ》が造った有明行燈は、注油・点火がうまく出来るようになってい、手提げもつけられていた。

変哲もないものだが、老剣客が手造りの物としては、なかなかよく出来ている。

「この行燈、三上が使ってくれぬか」

と、波切八郎が、しずかにいった。

三上達之助は、こたえる術《すべ》を知らなかった。

蝙《こう》蝠《もり》

一

つぎの日。

道場へあらわれた波切八郎《なみきりはちろう》の挙動には、いささかも平常と変ることがなかった。

実は、この日の朝も暗いうちに、三上達之助《みかみたつのすけ》は、波切道場の前をながれる目黒川の対岸の木立に身を隠し、道場を見まもっていたのである。

八郎の出奔に、そなえてであった。

前夜、道場から帰った三上は、一睡もせずに考えつくしたあげく、

(何としても、夜が明けぬうちに屋敷を出たのだ。

と、夜が明けぬうちに屋敷を出たのだ。

その日は、何事もなく過ぎた。

三上は何度も、

「何としても、思いとどまっていただきたい」

八郎の決意を翻《ひるがえ》させようとしたが、いざとなると口がきけなかった。

他の門人には、平常と変りがないように見える波切八郎の態度が、三上達之助の目には、侵しがたい、毅然《きぜん》とした決意を秘めたものに見えて、

（とどめても、とどめきれぬ……）

絶望感を、どうすることもできなかったのである。

だが、三上はつぎの日の未明にも、道場の門を見張りに来た。

常識として、八郎が夜の旅立ちをするはずがないとみてよい。

この日も、八郎の日課に変りはなかった。

つぎの日は、酒井内蔵助《さかいくらのすけ》の屋敷へ、単身で出稽古《でげいこ》におもむいた八郎の後を三上が尾行した。

いまの三上は、八郎の出奔を制止しようというのではない。

せめて、

（先生の行先《ゆきさき》を、見とどけたい）

その心境になってきている。

ゆえに、三上は懐中に相応の金を用意し、家人へも、

「もし、わしが帰らぬ日があっても、決して心配をするな」

念を入れてあった。

酒井屋敷の稽古を終えた波切八郎は、そのまま何処《どこ》へも立ち寄らず、目黒の道場へ帰った。

さらに、二日、三日と過ぎた。

未明の、三上達之助の見張りは、まだ続いている。

八郎の日常には、まったく変化がみとめられぬ。

(よし、こうなれば……)

どこまでも見張りをつづけようと、三上は決意をした。

それから三日ほど後の午後になって、稽古中の波切八郎が、三上達之助へ、

「三上。明日の夜は、こちらへ泊ってくれぬか」

と、いい出た。

「明日の夜……」

「うむ。少々、書き写してもらいたいものがある。おぬしの筆跡《ふで》は見事ゆえ、な」

「何を、書き写しますので?」

「ま、明晩、ゆるりと聞いてもらおう」

「先生……」

「案ずるな、三上。さしたることではないのだ」

「は……」

「当家には、陸《ろく》な筆がない。おぬしの使いやすい筆を持参してもらいたい」

「承知しました」

何のことやら、三上にはわからぬ。

わからぬが、

(何やら、大切な筆写らしい)

と、おもった。

「では、たのむぞ」

「はい」

「うむ……」

と、微笑してうなずいた波切八郎が木太刀をつかみ直し、道場の中央へ取って返し、

「つぎは村上、まいれ」

門人のひとりへ、声をかけた。

三上達之助は、日暮れ近くまで道場にいてから、帰宅した。

(明朝は、見張りの必要もあるまい)

と看《み》て、筆写のための筆紙をえらび、包みにした。

ちょうど、そのころ、波切道場では……。

波切八郎が、夕餉《ゆうげ》の膳《ぜん》に向っている。

八郎は以前から、下僕《げぼく》の市蔵《いちぞう》に食事の給仕をさせなかった。

独りで、膳に向うのが好きなのである。

ややあって、市蔵が居間の廊下へ来て、

「おすみになりましたか？」

八郎へ声をかけた。

返事がない。

「もし、先生……」

よびかけて障子を開けて見ると、居間に八郎の姿はなかった。

これが以前であったら、八郎が食後の散歩にでも庭から出て行ったのだろうとおもい、気にもとめなかったろうが、水野新吾《しんご》の事件があっただけに、下僕の市蔵は、

（あっ……）

顔色を変え、跣《はだし》のままで庭へ飛び下りた。

直接に八郎から、

「近いうちに、私は道場を出る」

と、聞かされていなかった市蔵だが、三上達之助からは、

「先生に、いささかでも変ったことがあったなら、おれに知らせるのだ。よいな」

堅く念を押されていただけに、

「先生……せ、先生……」

大声によばわりつつ、市蔵は、庭から道場の周辺や、敷地の南側の小さな菜園のあたりを走りまわった。

この日は梅雨の晴れ間で、濃い夕闇《ゆうやみ》の中に蛍《ほたる》が飛んでいる。

「先生……どこにおいでなさいます、先生……」

門外へ出て、あたりを見まわしたが人影もない。

台所から石井戸のあたり、湯殿の外から居間の縁側のところまで探しまわった市蔵が、

「ああ……」

ふとい溜息《ためいき》を吐き、その場に、へ、へ、へなへなと坐《すわ》り込んでしまった。

そのとき……。

波切八郎は行人坂《ぎょうにんざか》をのぼりきり、足早に、白金《しろがね》の通りを東へ急いでいた。

両刀を帯した八郎は、細長い包みを斜めに肩へ背負い、手に風呂敷《ふろしき》包《づつ》み一つを提げ、袴《はかま》をつけていたが、旅姿には見えぬ。

一方、下僕の市蔵は、菜園の向うの百姓家へ、

「甚七《じんしち》つぁん。急ぎの用で出ますから、留守をたのみますよ」

「いいともね」
こたえるのを聞くや、道場の門を走り出て行った。
二本榎《にほんえのき》の三上達之助の許《もと》へ駆けつけたのである。
「何と……」
明夜の筆写の約束をしていただけに、三上はおどろいた。
(先生に、看やぶられた……)
このことであった。
(もう、追いつくまい……)
が、ともかくも道場へ行ってみなくてはならぬ。
取るものも取りあえず、三上は市蔵と共に波切道場へ向った。
市蔵が息をはずませて、
「三上さま。もしやすると先生は、帰っていなさるやも……」
三上のこたえは、なかった。
市蔵はさておき、三上達之助にしてみれば、
(出奔なされたにちがいない)
それは、ほとんど確信に近いものといってよかった。
提灯《ちょうちん》をたよりに急ぐ足の運びが、われながらもどかしい。

道場へ着いてみると、果して、波切八郎は帰って来ていない。

「ああ、やっぱり……」

と、市蔵が泪《なみだ》を浮かべ、

「先生が、お気の毒で……」

「市蔵。先生は、何も申されぬまま、出て行かれたのだな？」

「は、はい。ですが、いったい何処へ行きなすったのでございましょう？」

二

「わからぬ……」

「ですが、一応は心当りを探してみなくては……」

下僕《げぼく》の市蔵の問いかけへ、三上達之助《たつのすけ》はかぶりを振って、そのこたえとした。

波切八郎は、着替えや肌着《はだぎ》を一包みにし、自分の差料《さしりよう》のほかに、納戸《なんど》の刀箪笥《かたなだんす》から、亡父形見の越前康継《えちぜんやすつぐ》二尺四寸余の銘刀を刀箱へ入れ、持って行ったらしい。

そのほかに、八郎が持ち出した物は、ほとんどない。

三上達之助へも、市蔵へも書き置いた手紙すらない。

「これから、この道場は、どうなるのでございましょう？」

「市蔵は、これまでどおり、此処《ここ》にいてくれればよい」

「そりゃ、まことでございますか？」

「お前に出て行かれては困る。八郎先生が行方知れずになったとて、いつなんどき、帰って見えられるやも知れぬのだ」

「そ、そうでございました、そうでございました」

三上達之助や市蔵がわきまえている、八郎の知《し》る辺《べ》を探しまわったところで、そうした場所へ八郎が姿を見せる筈《はず》はない。

八郎は、三上や市蔵が、おもいおよばぬようなところへ、

（姿を消した……）

に、ちがいない。

すでに、八郎は三上へ、

「自分が去った後、道場は、おぬしのおもうようにしてもらいたい」

そういってある。

三上は、

（何年か後には、かならず、八郎先生は帰って来るであろう）

確信に近いものが胸中に生じてきはじめた。

辻斬《つじぎ》り犯人の弟子を成敗した責任を、これほどまでにきびしく、我身《わがみ》へ背負いぬこ

うとする波切八郎だが、四十歳の三上達之助からみれば、十二歳も年下の師なのである。

八郎の剣は、すばらしいものといってよいが、二十八歳の若さゆえの、

(つきつめたおもいを、御自分で、どうしようもなく、道場を捨てられた……)

のではないかと、三上は考えている。

おそらく八郎は、日本の諸国をまわり歩くか、または何処《どこ》ぞの山中に籠《こも》り、独自の修行に打ち込もうとしているのではあるまいか。

(どうも、そのように……)

三上には、おもわれてならぬ。

一年後にせまった、波切八郎と秋山小兵衛《あきやまこへえ》との真剣勝負の件も、その後の八郎の決意も、三上は知っていない。それは三上や市蔵にとって、想像外のことであった。

「こうなったからには、市蔵。何としても、先生のお帰りまで、この道場をまもりぬかねばならぬ」

「は、はい」

「たのむぞ」

「はい。一所懸命に……」

「ま、酒を出してくれい」

「あ、気がつきませぬで……」

「朝までに、いろいろと打ち合わせをしておかねばならぬ」

こうなると、三上達之助の存在は、いかにも、たのもしかった。

百石五人扶持《ぶち》の幕臣といえば、将軍家に目通りもゆるされぬ軽い身分であるが、八郎の亡父・波切太兵衛《たへえ》高久《たかひさ》に目をかけられ、十六歳の年から心身を鍛えぬかれてきた三上達之助だけに、いざとなると肚《はら》が据《す》わり、決断も早かった。

三上が波切道場へ入門したころ、八郎は四、五歳の童児《こども》だったのである。

ゆえに、少年のころの八郎は、父のみではなく、三上からも厳しい教導を受けた。

けれども、八郎十七歳の折、父の波切太兵衛が病歿《びょうぼつ》するや、それまでは、

「おい、若先生。もっと腰を入れて、かかって来《こ》ぬか」

などと、打ち解けた態度で八郎に接していた三上達之助の言動が、がらりと変ったものだ。

あくまでも、師弟の礼をくずさず、八郎との相対《あいたい》の火を噴くような稽古《けいこ》は、門人たちの前でおこなわぬようになった。

当時は、まだまだ、三上のほうが八郎に勝《まさ》っていたからであろう。

この一事をもってしても、三上達之助という男の人柄《ひとがら》が知れよう。

父の波切太兵衛が急死する一年ほど前に、八郎をよんで晩酌《ばんしゃく》の相手をさせたとき、

「いずれは、お前に語り聞かせておこうとおもうているが……三上達之助は、一方《ひとかた》ならぬ辛酸をなめてきた男なのじゃ」

そう洩《も》らしたことがあった。

波切太兵衛は、八郎が十五歳になるや、

「酒をのみならうがよい」

と、晩酌の相手をさせるようにしたのである。

太兵衛は元文《げんぶん》四年（一七三九年）の晩春の或朝《あるあさ》、起き出て寝間の外の雨戸を一枚、引き開けた途端に、

「むうん……」

唸《うな》り声《ごえ》を放って打ち倒れ、そのまま、息絶えた。

心《しん》ノ臓《ぞう》の発作でもあったのだろうか。

長じて後……というのは、つい一年前の或夜、波切八郎が三上達之助と酒を酌《く》みかわしていて、

「実は、亡《な》き父上が……」

と、三上の、一方ならぬ辛酸について洩らしたことを言い出て、

「父上のかわりに、聞かせてもらえぬか」

「先生の、お耳へ入れるような事ではありませぬよ」

「かまわぬではないか」

「いえ、ごめんをこうむります」

三上は笑いながら、

「そのようなことよりも、先生は、もうそろそろ、妻帯なさらぬといけませぬな」

「早い。おもっても見ぬことだ」

「いかがです。三上に、おまかせ下さいませんか。かならず、よい女子《おなご》を……」

「よしなさい。むだなことだ」

「では、こういたしましょう。先生が妻帯なされば、私の苦労ばなしを聞いていただこうではありませぬか」

「まことか?」

「嘘《うそ》は、申しませぬ」

「よし。おぼえておこう」

といったが、そのときの波切八郎は、すでに秋山小兵衛との決闘を誓約していたのだ。

強敵であった。

その日にそなえての練磨《れんま》におこたりはないつもりだが、相手も同様なのだし、

(かならず勝てる)

とは、おもっていない。

だからといって、負けるつもりはない。

父から伝えられた小野派一刀流の神髄と化し、

（無念無想に闘えれば、それでよい）

わけだが、実に、この一事こそ至難なのである。

生涯《しょうがい》を独り身で通す決意をかためたわけではないが、秋山小兵衛との決闘がすむまでは、おのれの結婚のことなど、八郎の念頭にはなかった。

三

波切八郎出奔の翌日。

三上達之助《たつのすけ》は、道場に門人たちをあつめ、八郎失踪《しっそう》の事を告げた。

今度は、水野《みずの》新吾《しんご》のときとはくらべものにならぬ動揺が起った。

まして、新吾の姿が消えてより一ヶ月も経《た》っていない。

「よくはわからぬが、波切先生は、何やら突如として発心《ほっしん》なされた事があるのではないか。私は、そのようにおもう。一剣をもって、御自分を尚《なお》も高めて行こうと決心をされ、道場を出られたのではあるまいか」

と、三上達之助は門人一同へいった。

或意味《あるいみ》において、この三上の説明は当っていないこともない。

だが、門人一同にとっては、それだけで、八郎の失踪を納得するわけにはまいらぬ。

彼らは口ぐちに、三上を問いつめてきた。

三上が、まだ何か隠している事があるにちがいないと看《み》て取ったからであろう。

「いや、私も困惑をしている。わからぬものはわからぬと申してよい。これは、二十年も先生の身のまわりにつきそっている市蔵ですら、わからぬと申しているのだ」

「市蔵もですか?」

「さよう。いずれにせよ、先生は、かならず道場へ帰る。私は、そのことに一点のうたがいを持たぬ。何となれば、この波切道場は、先生にとって父祖三代にわたってのものゆえ……」

「三上先生に申しあげます」

と、門人のひとりが、

「波切先生が出奔なされたのは、水野新吾に関《かか》わることなのではありませぬか?」

「さて、いかがなものか。私には、そのようにおもわれぬ」

こういった三上達之助は、眉《まゆ》の毛一筋もうごかさなかった。

つまるところ、三上達之助を筆頭に、高弟たちがちからを合わせ、波切八郎の帰還

まで、

「この道場を、まもりぬいて行こう」

と、いうことになった。

それもこれも、かねてから三上を中心にして、門人たちの結束が緊密だったからであろう。

三上は、それほどに門人たちの人望をあつめていた。

酒井内蔵助《くらのすけ》、秋山出雲守《あきやまいずものかみ》など、波切八郎が庇護《ひご》を受けていた諸家へは、三上達之助が高弟三名と共に出向き、八郎の失踪を告げて詫《わ》び、門人たちの決意をも披瀝《ひれき》することにした。

波切八郎の出奔を、諸家の人びとは何と受け取るだろうか。

さだめし、奇異の事と驚くにちがいないし、八郎がいない波切道場が、以前のままの庇護を受けることはできまい。それは三上達之助も覚悟をしていた。

翌日から、三上は、土屋孫九郎《つちやまごくろう》・佐々木要《ささきかなめ》・井本新右衛門《いもとしんえもん》の三高弟をともない、諸家を歴訪することにした。

先《ま》ず、四人は、愛宕下《あたごした》の大身《たいしん》旗本・酒井内蔵助邸を訪れ、家老の中根半兵衛《なかねはんべえ》に面会をした。

波切八郎の出奔を聞いた中根家老は、両眼を閉じ、しばらくは沈黙をしていたが、

「では、当屋敷の出稽古《でげいこ》には、どなたがまいられます？」

と、尋ねた。

「出稽古を、これまでどおりに、おゆるし下さいますか？」

「三上殿。貴殿に来ていただけましょうかな？」

「は。三上達之助にてかまいませぬか？」

「お願い申す」

中根半兵衛には、まったく、こだわりの色が見えなかった。

三上たちは、感動をした。

「かたじけなく存ずる」

両手をついた三上達之助へ、中根家老が、

「波切先生の御手許《おてもと》にて修行を積んでいる水野新吾と申す門人、ちかごろは、いかがしておりますかな？」

「は……？」

三上は、やや目をみはるかたちになった。

中根半兵衛が、凝《じっ》と、三上の眼《め》の色を見つめている。

三上は、ちょっと戸惑った。

何しろ、酒井家と波切道場との縁は深い。水野新吾の道場荒しの一件を、中根家老

の口から聞いたことについて、波切八郎は三上に洩《も》らしてはいないが、
酒井家では、或程度のことをわきまえているのではないか、と、三上は直感した。

(もしや して……？)

そこで、三上は正直に、

「水野新吾は、すでに行方知れずと相なりまして……」

「ほう……」

中根家老は格別の反応もしめさず、

「さようでござったか……」

そういったのみである。

「酒井様へも、よろしゅう、おとりなし下されますよう」

「心得申した」

この一件について、中根家老は主人の内蔵助宗行《むねゆき》へ報告をせず、独断で取りしきったことになる。三上達之助は、そこに不安を感じたのだが、つまりは、それほどに〔家宰《かさい》〕としての中根半兵衛の信頼が厚いことになる。

「先ず、よかった」

酒井邸を出た四人は、安堵《あんど》した。

この日は、つぎに麻布《あざぶ》の竜土町《りゅうどちょう》にある秋山出雲守邸へ向った。

秋山家からは、家来が三人、波切八郎の門人になっていることから、すでに、道場の異変は出雲守為永《ためなが》の耳へきこえていた。

出雲守は、三上ら四人を書院へ通し、みずからあらわれて、

「波切八郎殿は、あれほどの人物ゆえ、案ずることもあるまい。なに、さほど遠からぬうち、かならず道場へもどってまいられよう」

好意のこもった言葉をかけてくれた。

秋山家にいる門人が、これまでどおりに道場へ通って来ることはいうまでもなく、

「これは、三上達之助へ申しおくが、何ぞ、苦労の事あれば、遠慮なく申し出てくれるように」

と、秋山出雲守は、どこまでも懇《ねんご》ろであった。

翌日、翌々日と歴訪した他の諸家も、八郎失踪についての不審や驚きはさておき、悪い印象をおぼえたところは一つもなかった。

それもこれも、一に、波切八郎という剣客の人柄《ひとがら》に好意を抱いていてくれたからであろう。

高弟たちは、胸を撫《な》でおろすと共に、

「何としても、先生が帰られるまでは……」

ちからを合わせて、道場をまもりぬこうと誓い合った。

道場には、四人の高弟が交替で泊り込むことになった。

その部屋は、水野新吾が起居していた部屋にきめられたが、

「三上さまだけは、どうか、先生の御部屋に……そのほうが、先生もおよろこびになりましょうし、私も、気もちが安まります」

しきりに、市蔵がすすめるので、三上は泊りの第一夜を八郎の居間へ入り、夕餉《ゆうげ》の膳《ぜん》についた。

多摩川で獲《と》れた鮎《あゆ》の塩焼きに瓜《うり》の塩もみ。市蔵が手づくりの菜は、この二品のみであったが、酒はたっぷりと出た。

「市蔵も、いっしょにのもう」

「いえ、私は……」

「かまわぬ。相手をしてくれ。さ、そこの湯のみをとれ」

「こんな大きなものでは……」

「お前がのむことは、知っている。遠慮をするな」

「これは、どうも……」

「また、雨になったな」

「梅雨明けが、待ち遠しゅうございます」

「ちかごろ、食がすすまぬときいた。くれぐれも躰《からだ》に気をつけてくれよ」

「ありがとう存じます」

頭を下げた市蔵が、口へ持ってゆきかけた湯のみを置いて、

「三上さま……」

「む？」

「いまごろ、先生は、何処においでなのでございましょうなあ」

市蔵が、泪声《なみだごえ》になった。

「江戸から、遠く離れてしまわれたろう」

と、三上達之助は感じたままを口に出した。

暗い庭に、雨音が強くなってきはじめた。

その雨音を、波切八郎は、意外に江戸から近い場所で聴いていた。

その場所とは……。

現代は東京都内だが、当時は、武州《ぶしゅう》・北豊島郡《きたとしまぐん》・雑司《ぞうし》ヶ谷《や》である。

四

雑司《ぞうし》ヶ谷《や》は、有名な〔鬼子母神《きしもじん》〕で知られている。

ここの鬼子母神堂は、近くの法明寺《ほうみょうじ》の支院で、本尊の鬼子母神は、

〔求児・安産・幼児保育の守護神〕

であって、江戸市中からの参詣《さんけい》が、四季を通じて絶えたことがない。

「……よって、門前の左右には貨食屋《りょうりや》・茶店軒をつらね、十月の御会式《おえしき》には、ことさら群集絡繹《らくえき》として織るがごとし。風車《かざぐるま》、麦わら細工の獅子《しし》、水飴《みずあめ》を、この地の名産となす」

などと、物の本に記されてある。

豊島郡《としまぐん》・野方領《のがたりよう》の雑司ヶ谷は、江戸市中の西郊にあたる。

現代は東京都豊島区の一部であるが、当時は、まったくの田園風景の中に松・杉《すぎ》・槙《まき》・銀杏《いちょう》などの古木が鬼子母神の境内にそびえ、門前には藁屋根《わらやね》の茶店や茶屋が立ちならび、名物の芒《すすき》の穂でつくった木菟《みみずく》の玩具《おもちゃ》や芋田楽《いもでんがく》、焼だんごなどを売っている。

ところで……。

いま、波切八郎が独り雨の音を聴いているところは、この鬼子母神の境内と、

「目と鼻の先……」

にある料理茶屋・橘屋忠兵衛《たちばなやちゅうべえ》方の離れ屋であった。

橘屋は、鬼子母神の参道の一ノ鳥居より手前を西へ入ったところにあって、他の料理茶屋とは、

「格式がちがう……」

のだそうな。

橋屋忠兵衛は、徳川御三家の一、紀伊中納言《きいちゅうなごん》の〔御成先《おなりさき》・御用宿《ごようやど》〕という格式をもっていた。

なるほど、杉木立に囲まれた橋屋の表構えは立派なもので、表口には、〔紀伊御本陣〕の、大看板が掲げられている。

通りがかりの人が橋屋へ入って酒飯《しゅはん》をしようとおもっても、ていねいにことわられてしまうにちがいない。

橋屋を利用する客すじは、ほとんど決まってしまっている。

紀州家のほかにも、九鬼《くき》・真田《さなだ》などの大名家が利用をするし、大身《たいしん》旗本の客も少くない。

ひろい敷地には、藁屋根の、三間《みま》つづきの風雅な離れ屋が四つほどあり、こみ入った談合や、隠れ遊びには、うってつけであった。

波切八郎が起居している離れ屋は、そうした客のためのものではない。

それは、先代の橋屋の主人が造った茶室で、母屋《おもや》の裏手にあり、二間つづきの離れ屋であった。

それにしても、剣客の波切八郎と橋屋とは、どのような関《かか》わり合いがあるのだろう。

橋屋の当主・忠兵衛は、たしか六十二歳になっているはずだから、八郎の亡父の波切太兵衛《たへえ》とは同年である。

太兵衛は、元文《げんぶん》四年（一七三九年）に五十一歳で急病で亡《な》くなってしまったが、その前年の正月に、八郎をともない、雑司ヶ谷の橋屋を訪問した。

このとき、はじめて、八郎は橋屋忠兵衛を見た。

八郎は十六歳で、あまりにも父の鍛え方が苛烈《かれつ》なため、連日の激しい稽古《けいこ》に心身を消耗しつくし、背丈は高くとも、常人《じょうじん》の目には、

「骨と皮ばかり……」

の、病人に見えたやも知れぬ。

忘れもしない。

波切八郎が、三日三夜の立切試合《たちぎりしあい》を父から命じられたのも、この年の秋であった。

立切試合とは、やすむことなく先《ま》ず半日。

つぎに一昼夜の立合い。

そして一夜を眠り、つぎの日から入れかわり立ちかわり、つぎつぎに入れ替って打ちかかる剣士たちの木太刀を迎え撃つ。

そして三昼夜を、やすむ間もなく、闘って闘って、闘いぬく。眠ることもゆるされない。

波切道場の跡を継ぐ身として、これは、どうあっても切りぬけねばならぬ関門なのだ。

夜になって、このために招かれた他の剣士たちや門人が帰ってしまうと、今度は、父の波切太兵衛と高弟の三上達之助《たつのすけ》が交替で打ちかかってくる。

この間、八郎は立ったままで、一日に二度、市蔵がこしらえた温《ぬる》い重湯《おもゆ》をすすり込むのみであった。

決して、腰を下ろしてはならない。

「あのときは、この躰《からだ》が粉々に砕け散り、四方へ飛び散ってしまうのではないか……そうおもったものだ」

後に八郎は、市蔵へ洩《も》らしている。

三上達之助も、この難関を切りぬけてきており、

「若先生。そのまま死ね。死んでしまえばよいのだ」

血尿血痰《けったん》を発し、紫色に腫《は》れあがった口中へ重湯も通らなくなり、

(生きているのか、死んでいるのか……)

それもわからぬまま、無我夢中で木太刀を揮《ふる》っている八郎を、三上は、

「死ね。死んでしまえ」

と、はげましたのである。

三上達之助が後に、

「私のときは、三日目の夜が明けたとき、それはもう、口にも筆にもつくせぬような……清らかで心強いちからが、この五体へみなぎりあふれてくるのを感じました」

と、八郎へ語ったが、

（まさに、そのとおり……）

であった。

剣術のみならず、たとえ芸事にせよ、むかしの人びとの修行というものは、現代人の想像を絶するものがあったといってよい。

はなしを、もどそう。

その年の正月、波切太兵衛にともなわれて橘屋を訪れた八郎を、あるじの忠兵衛はまじまじとながめ、

「太兵衛さん。これはまあ、何とよい跡取りができたものだ」

ためいきを吐くようにいったのを、いまも八郎はおぼえている。

太兵衛も、このときばかりは微笑を浮かべていたようだ。

父と橘屋忠兵衛とが、なみなみの親しさではないことを、たちまちに八郎はさとった。

それでいて、忠兵衛が波切道場を訪れたことは一度もない。少くとも八郎は見たこ

とがなかった。

となれば、父のほうから橋屋を訪れていたものであろう。

「忠兵衛さん。八郎がことを、よろしゅうな」

と、波切太兵衛は忠兵衛と酒を酌《く》みかわしつつ、しみじみといった。

食膳《しょくぜん》には、鯛《たい》の尾頭《おかしら》がつき、八郎も忠兵衛と盃《さかずき》を交した。

何気ないやりとりのうちにも、何か微妙な、あらたまったものを八郎は感じた。

その席で橋屋忠兵衛は、養子で跡つぎに決まっている豊太郎《とよたろう》を、八郎へ引き合わせた。

豊太郎は、八郎より二つ年上だそうな。

この日。

波切父子は夕暮れ前に橋屋を出て、帰途についたが、その折、太兵衛が、

「わしが死んだ後も、年に三度《みた》びほど、橋屋を訪れるがよい。このことを、母はわきまえているが、道場のだれにも洩らさぬがよい。さよう、三上達之助や市蔵にも、な」

と、いう。

「それは、どのような？」

「わけを尋《き》かずともよい」

父の一言には、厳しい重味があり、それ以上の問いかけをゆるさなかった。

おもえば父は、翌年にせまった自分の死を直感していたのやも知れぬ。

「いま一つ」

「は……？」

「父亡き後、万一にも、余人には洩らせぬような重大事でも起り、始末に困るようなことになったときは、だれよりも先ず、橋屋をたよるがよい。忠兵衛さんも、このことを跡つぎの豊太郎につたえておいてくれてある」

「………？」

「わかったか」

「はい」

「また、さようなことはないとおもうが、もしも橋屋から、お前へたのみごとのあるときは、ちからをつくして助けてやるがよい」

「わかりました」

これだけのことをいうのだから、父と橋屋との関係は、

（啻《ただ》ならぬものがある……）

といえよう。

夕闇《ゆうやみ》が濃くなった道を歩みつつ、八郎が、

「橘屋忠兵衛という方は、むかし、侍だったのでしょうか?」

「何故《なにゆえ》?」

「何やら、そのようにおもわれました」

父のこたえはなかった。

ないままに、間もなく、父も母も死んだ。

五

ひそやかな雨音の中に、離れ屋の外の石畳を近づいて来る庭下駄《にわげた》の音を聴いて、波切八郎は形をあらためた。

その足音が、橘屋忠兵衛《たちばなやちゆうべえ》のものであることを八郎は知っている。

目黒の道場を出て、橘屋へ身を寄せてから六日が経過していた。

「夕餉《ゆうげ》は、おすみかな?」

「はい」

次の間の向うの戸が開き、忠兵衛が離れ屋へ入って来た。

八郎の夕餉の膳《ぜん》は、少し前に、橘屋の中年の女中が下げて行ったばかりである。

十余年前に八郎が、はじめて見たときと、橘屋忠兵衛はあまり変っていない。

中肉中背の、腰の据《す》わった、いかにも均整のとれた体軀《たいく》や、落ちついていてむだのない身のこなしも以前と変らぬ。

それゆえに、少年の八郎が、

(もしや、むかしは侍だったのでは……?)

と、感じたのであろう。

忠兵衛の妻は、十五年ほど前に病歿《びょうぼつ》しており、以来、後添《のちぞえ》を迎えぬ橋屋忠兵衛であった。

養子の豊太郎《とよたろう》は三十歳になってい、これは、お八重《やえ》という妻を迎え、今年三歳になる女の子をひとりもうけた。名を、お琴《こと》という。

豊太郎は色白の、ふっくりとした顔だちで、躰《からだ》も肥え、無口だが、いかにも大様な風貌《ふうぼう》のもちぬしだ。

「外出《そとで》もせずにいて、退屈ではないかな?」

と、忠兵衛は、まるで八郎の伯父のような親しみぶかい口調で、

「八郎さんにたのまれた事は、間もなく方《かた》がつこう。いま少し、待って下され」

「勝手なことを、お願い申しまして……」

「何の……」

わずかに手を振って見せた忠兵衛が、くろぐろとした瞳《ひとみ》を凝らして、

「昨日から人をやって、よそながら目黒の道場の様子を探らせてきたが……」

と、いう。

おもわず、八郎は身を乗り出した。

「門人衆が、ちからを合わせ、一日として稽古《けいこ》もやすまず、八郎さんの帰りを待っているらしい」

「それは、まことのことでしょうか？」

「信用のできる人に探らせたのゆえ、先《ま》ず、間ちがいはない」

「かたじけなく……」

と、声をのみ、八郎は頭を垂れた。

（三上が、きっと、うまく事を運んでくれたのだ）

このことであった。

波切八郎は橘屋忠兵衛に、水野新吾《しんご》を成敗した事情を包み隠さず、打ちあけている。

ただし、来年にせまった秋山小兵衛との真剣勝負については語っていない。

これは、このたびの八郎の出奔とは無関係だからだ。

波切八郎は、これから、丹波《たんば》の国の田能《たのう》というところへ行くつもりでいる。

田能は、京都の西方四里ほどの山村で、明神岳《みょうじんだけ》という山の南麓《なんろく》にある。

ここに石黒素仙《いしぐろそせん》という、小野派一刀流の剣客が棲《す》み、むかしから道場を構えており、

八郎の亡父・波切太兵衛《たへえ》は元服の後に、

「素仙殿の許《もと》で、両三年ほど修行してまいれ」

父（八郎の祖父）八郎右衛門高元《はちろうえもんたかもと》に命じられ、田能へおもむいて修行を積んだ。

山の中の道場ゆえ、体裁も何もなく、まるで山小屋を大きくしたような構えなのだが、それでも石黒素仙の剣名を慕って来る剣士たちが、半年、一年と滞留をし、修行を積む。

諸藩の家来の中にも、藩庁の許可を得て、田能へやって来る者が少くないそうな。

石黒素仙は、山中に棲んで動こうともせぬほどの人物ゆえ、たとえば、江戸の剣術界などでは知らぬ者が多い。

しかし、素仙は、

「知る人ぞ知る……」

当代の名剣士だという。

いまは八十に近くなっているらしいが、依然として健在で、三人の高弟と共に田能に在住し、

「わが目に適《かな》った……」

剣士のみを選み、教導をつづけている。

今年の正月に、素仙から八郎の許へ手紙がとどき、

「父亡《な》き後、道場の様子はいかが？」

と、尋ねてよこした。

八郎も、これまでに何度か、まだ会ったことがない石黒素仙へ手紙を送っていたが、このたびの事件が起り、出奔を決意したとき、

（そうだ。秋山小兵衛との立合いまで、素仙先生の許で、おのれの剣を鍛え直そう）

おもい立ったのである。

そのためには、諸国を通行し、関所を抜けるための往来切手（身分証明）を所持していなくてはならぬ。

そこで、八郎は、諸大名や大身《たいしん》旗本とも関係が深いといわれる橘屋忠兵衛へ、切手の調達《ちょうだつ》をたのんだのであった。

忠兵衛が、八郎にたのまれた事は、

「間もなく、方がつこう」

といったのは、八郎を、

（どのような身分にして、切手を調達したらよいか？）

それを、忠兵衛なりに、検討していたからにちがいない。

たとえば、紀州家なり、九鬼家なり真田家《さなだけ》なり、昵懇《じっこん》の大名家の家来ということにして、往来切手を発行してもらったほうがよいか、それとも、自分の身内の者として

切手の申請をするか……。

（どちらが、八郎さんのためによいのか？）

と、橘屋忠兵衛は考えていたらしい。

忠兵衛は、八郎が一、二年の間を旅に出て、水野新吾事件を忘れた後、ふたたび波切道場へもどるものと、おもい込んでいる。

尚《なお》、八郎は亡父の遺金五十両を所持していた。

「ともかくも八郎さん。いまこそ、気をゆるめ、のびのびとしていなさるがよい。旅立ちをするにしても急《せ》かずともよいのじゃ」

という忠兵衛の言葉に、八郎は素直にうなずいた。

雨音が微《かす》かになった。

そのとき、石畳を近づいて来る足音が聴こえた。

それは、まぎれもなく、女の足音であった。

「八郎さん。ちょいと、あなたに引き合わせたい人があるのじゃ」

忠兵衛がそういったとき、離れ屋の戸が開き、女の足音が中へ入って来た。

六

「お信《のぶ》。こちらへ入るがよい」

橘屋忠兵衛《たちばなやちゅうべえ》の声に、次の間へあがって来た女が姿を見せた。

肥《ふと》ってはいないが、大柄《おおがら》な女である。

ちょっと見たところでは、年齢《とし》のころもわからぬ。

それというのも、栗梅色《くりうめいろ》の地味な着物に白の帯という姿《いでたち》だからであったろうが、島田髷《まげ》を結いあげた面《おも》だちをよくよく見ると、二十五、六歳のようにもおもわれる。

もっとも、当時の二十五、六歳の女といえば年増《としま》であって、嫁いでいれば、子供の三人ほどは生まれていよう。

双眸《ひとみ》が黒ぐろとしており、美しい顔だちというのではないが、薄化粧も程よく、女にしては太目の鼻すじが何やら親しみやすい。

「信と申します」

と、女……お信が両手をつき、波切八郎へ挨拶《あいさつ》をした。

お信は、この橘屋の座敷女中をしている。

橘屋では客筋がよく、さらには、大名や武家の密談の席へ出て取り持ちをするわけだから、なまなかな女中ではつとまらぬ。

むろん、若い女中もいるが、

「これぞ……」

という客席へ出る座敷女中は、主人の忠兵衛の眼《め》がねにもかない、その上で、何年かをきびしく仕込まれた上でなくてはつとまらぬ。

お信も、そうした一人なのであろうけれど、橘屋では四十、五十の座敷女中もめずらしくはない。

となれば、お信は、これでも年齢が若いほうなのやも知れぬ。

「八郎さん。今夜から、このお信が、あなたの身のまわりを世話することになったゆえ、よろしゅうな」

と、橘屋忠兵衛がいう。

「はあ……」

八郎は、きちんと両膝《りょうひざ》へ手を置き、

「こちらこそ……」

頭を下げた。

「八郎さんは、将棋《しょうぎ》を差すそうな」

「よく御存じで……」

「亡《な》くなった、あなたの父上から聞いていますよ」

「父が手ほどきをしてくれました。私が七ツ、八ツのころでしたろうか……」

「ふむ、ふむ……」

「剣術のほかには、将棋を差すことしか知らぬ男です」

「なるほど……」

現に八郎の傍《かたわら》には、この離れ屋にあった将棋盤に駒《こま》が並べられてあった。あまりにも無聊《ぶりょう》の明け暮れだったので、八郎は独りで詰め将棋をしていたのだ。

「では、お信。たのみましたよ」

「はい」

お信は次の間で、八郎へ煎茶《せんちゃ》を入れていた。

忠兵衛が離れ屋から出て行くと、入れ替るようにして入って来て、八郎の前へ茶と菓子を置いた。菓子は芝の浜松町の栄寿堂《えいじゆどう》から取り寄せる汐美饅頭《しおみまんじゆう》であった。

「さ、どうぞ、おあがり下さいまし」

「はあ……」

お信があらわれるまでは、客の座敷へは出ていない中年の女中が八郎の世話をしてくれていた。そのほうが八郎にとっては、気が楽であったといえよう。

前にいる、お信の化粧の匂《にお》いが、ことさらに八郎を困惑させる。

木太刀の打ち合う音と気合声《きあいごえ》と、剣士たちの汗と体臭に慣れ育ってきた波切八郎なのである。

と……。

お信が立った。

出て行くのかとおもったら、そうではない。

八郎の傍の将棋盤と駒を両手に抱えあげた。

片づけるつもりなのかと見て、いま少し、其処《そこ》へ置いておいてもらいたいと言いかけようとした八郎の前へ、お信は将棋盤を置いた。

「………?」

不審の眼《まな》ざしを向けた八郎へ、お信が笑いかけた。白い歯が唇《くち》の間から光るように洩《も》れて見えた。

「お相手をいたしましょうか?」

この、お信の声に、八郎は目をみはって、

「将棋を?」

「はい。波切様同様に、私も亡くなった父親に手ほどきをされまして……」

「ほう」

「お相手を……」

「さようか」

「よろしゅうございましょうか?」

「お願いする」

差してみると、お信の将棋はなかなかに強い。駒の持ち方、盤へ置く手つきも堂に入っている。

三番差して、八郎は二番も負けてしまった。

「強い」

「おはずかしゅう存じます」

「おどろきました」

「まあ……」

お信は目を伏せて、

「おはずかしゅう存じます」

こうなると波切八郎も、お信という女へ対して、別の興味をおぼえた。

往来切手がととのえられるのは、おそらく数日のうちのことだろうが、それまでは、お信が自分の身のまわりを世話することになったという。

そうなれば、また、将棋の相手をしてくれるのではあるまいか……。

これはよい。

何しろ、道場での稽古《けいこ》に明け暮れて倦《う》むことを知らなかった八郎ゆえ、この離れ屋での退屈は、それこそ心身ともに、

（まいってしまった……）

のであった。

独り盤に向う詰め将棋よりも、相手がいてくれるほうがよいにきまっている。

しかも、この相手は将棋に強いのである。

「明日も、相手をしてもらえようか？」

おもわず言った。

「はい。私でよろしければ……」

何となく、二人の眼と眼が合って、ごく自然に微笑を交し合った。

そのあとで八郎は、手水《ちょうず》に立った。

厠《かわや》は、屋根つきの石畳の通路を母屋《おもや》へわたったところにある。

厠から出て、離れ屋へもどると、すでに、お信の姿はなく、奥の間に臥床《ふしど》が敷きのべられていた。

何とも早い手ぎわといわねばなるまい。

八郎が厠へ入っている間に、臥床の用意をし、音もなく石畳の通路を、お信は母屋へ去ったらしい。

八郎は、臥床の上へ坐《すわ》り込んだ。

意識はしていないが、そこはかとなく、心残りの感覚があって、八郎は、拍子がぬけたような顔つきになっていた。

ふっと、八郎の口からためいきが洩れた。

間もなく八郎は、臥床へ入った。

枕元《まくらもと》の盆の上には水差しが用意してあり、有明行燈《ありあけあんどん》が灯《とも》っている。

亡父が手製の有明行燈とはちがい、形は似ていても黒漆塗りの見事な細工で、行燈の中には香を薫《た》くようになっている。

臥床へ躰《からだ》を横たえ、八郎が両眼を閉じたとき、離れ屋の戸が開く音がした。

われ知らず、八郎の胸が高鳴った。

どうしてなのか、わからぬ。

次の間の向うの土間で、お信の声がした。

「何ぞ、御用はございませんか?」

「あ……いや、別に……」

「では、おやすみなさいまし」

「あ……いろいろと……」

「ごめん下さいまし」

しずかに戸が閉まって、お信が出て行った。

今度は、石畳の通路を去って行く、お信の足音が八郎の耳へ入った。

(あの女……いや、お信さんは、母屋へもどっていたのではなかったのか……)

そうとしかおもえない。

いま、土間へ入って来たときは、足音がきこえなかったのだ。

(おれが寝床へ入るのを外で待っていて、それから挨拶の声をかけてよこした……寝床を敷きのべたところにいては、何か、おれが悪さでもするとおもったのだろうか……?)

八郎は苦笑を浮かべた。

そうした自分の推測が、われながらおかしい。

その翌日。

お信は、日中に三番。夕餉《ゆうげ》の後で三番。将棋の相手をしてくれた。合わせて六番。

そのうち、八郎が勝ったのは二番にすぎない。

将棋は亡き父も強かったし、時折、三上達之助《たつのすけ》とも差すが、三上も強い。ゆえに八郎も相当に強くて、三上が相手なら三番に二番、ことによると三番とも八郎が勝つ。

出稽古先の、たとえば酒井家の家老・中根半兵衛《はんべえ》なども、酒井家ではもっとも将棋に強いといわれている人物だが、八郎には、

「歯が立たぬ」

のである。

その波切八郎より強いのだから、お信の将棋がどのようなものか、およそ知れよう。

七

その翌々日の朝。

八郎は、久しぶりで橘屋《たちばなや》を出て行った。

お信《のぶ》が相手をしてくれる将棋《しょうぎ》だけでは、到底、八郎の無聊《ぶりょう》はなぐさめられなかった。

(目黒の道場は、その後、どうなっていようか……?)

このおもいは前々から、八郎の胸底に蟠《わだかま》っていた。

橘屋忠兵衛《ちゅうべえ》は人をさしむけて、波切道場の様子を見とどけ、八郎に告げてくれたけれども、それだけで満足ができるものではない。

祖父・父とつづいて、自分へゆずられた、自分の道場なのだ。

おもいきって、出奔はしたものの、

(旅立つ前に一度でよい。わが目に道場の様子をたしかめたい)

と、八郎が念ずるのも、むりはないところであろう。

その朝。八郎が朝餉《あさげ》をすますと、膳《ぜん》を片づけに来たのは、お信の前に八郎の世話をしていた中年の女中であった。

「あの、お信さんは、ちょっと向うに用事がございまして……」

と、女中がいった。

「さようか。私は、これから出てまいる。日暮れまでにはもどってまいるゆえ、御主人へ、そのようにつたえてもらいたい」

「かしこまりました」

そこで八郎は、着ながしのまま、両刀を帯し、塗笠《ぬりがさ》を手に離れ屋から出て、裏庭づたいに外へ出た。

橘屋忠兵衛は、

「たまさかには、外へ出てごらんなされ。なに大丈夫、大丈夫」

そういってくれていたし、そのために、

「これに面《おもて》を隠しておけば、知人《しりびと》に出おうても大丈夫」

わざわざ、塗笠を離れ屋へ持って来てくれたほどだから、八郎の外出《そとで》を怪しむこともあるまい。

（ただ一目でよい。この笠をかぶり、目黒川をへだてた木蔭《こかげ》から、いま一度、道場の様子を……)

この熱いおもいを、ついに、波切八郎は堪《こら》え切れなくなってしまったのだ。

八郎は、雑司《ぞうし》ヶ谷村《やむら》の畑道を南へ行き、下雑司ヶ谷町の通りへ出た。

このところ、梅雨は中休みのかたちで、ここ三日ほどは晴天がつづいていたが、今日は薄く曇っている。

しかし、日暮れまでは保《も》つだろう。

空は曇っていたが、こうして久しぶりに外の道を歩むのは、八郎にとって、たしかにこころよいことであった。

しばらく稽古《けいこ》をしていない五体の鬱積《うっせき》が、いくらかは解きほぐれてゆくようなおもいがして、八郎は塗笠の縁をあげて、深く大気を吸い込んだ。

よくよく考えてみると、波切八郎は別に犯罪をおかしたのではない。

むしろ、犯罪人を成敗したのである。

捕吏《ほり》に追われているわけでもない。

(だが、新吾《しんご》は……水野新吾は、なぜ、あのようになってしまったのか……?)

そこが、何としてもわからぬ。

あのときの湯殿での、自分の行為が、その後の新吾の狂気の殺人をうながしたとはおもわれない。

（ああ、父上。私でなく、父上であったなら、新吾の教導を誤らなかったろうに……）

霽《は》れかかった胸の内が、また、暗く沈んできた。

八郎は下雑司ヶ谷町の通りを横切り、細い道を南へ下りつつあった。

この道を下りきって、神田上水《かんだじょうすい》へ架けられた姿見橋《すがたみばし》をわたると、道はまた急坂《きゅうはん》となり、高田の馬場へ出る。

そこから渋谷《しぶや》へ出ると、目黒・行人坂《ぎょうにんざか》の波切道場への道のりは、さして遠くない。

八郎が歩んでいるあたりは砂利《じゃり》場村《ばむら》といい、左側は崖地《がけち》の下の木立が深く、右手は一面の田畑であった。

前方に、南蔵院《なんぞういん》の杜《もり》がのぞまれた。

南蔵院は真言宗の寺で、大塚《おおつか》の護国寺《ごこくじ》に属している。

細い道だが、牛込《うしごめ》と雑司ヶ谷をむすんでいるだけに、八郎の前後にも牛をひいた百姓や、鬼子母神《きしもじん》へ参詣《さんけい》に行くらしい老夫婦などが歩んでいた。

このとき、八郎は、前方からやって来る中年の侍を見て、

（あ……あれは……）

はっとして、左側の木蔭へ走り込んだ。

中年の侍は、牛込の若松町に屋敷がある二百石の幕臣・小林惣蔵《こばやしそうぞう》という。

小林惣蔵は、八郎の亡父・波切太兵衛《たへえ》の門人だった人物で、長い病気にかかったた

め、剣術をあきらめてしまったが、年に二度ほどは、いまも波切道場を訪れて来てくれる。

それだけに、いまの波切八郎としては、顔を合わせる気にはなれなかったのであろう。

この日、小林惣蔵は母の命日だったので、菩提所《ぼだいしょ》の下雑司ヶ谷町にある本住寺《ほんじゅうじ》へ墓参におもむくところであったが、八郎はそれを知るよしもない。

若党ひとりを供に、小林惣蔵は、八郎が身を隠している木立の前を通り過ぎて行った。

(何で、おれは、小林殿の目を避けねばならぬのか……)

このように、肩身のせまい身の上となってしまった自分が、いまさらながら哀《かな》しかった。

小林惣蔵の姿が見えなくなってから、波切八郎は木蔭から道へ出ようとした。

そのとき……。

木立の奥で、女の悲鳴のようなものが起った。

八

このとき波切八郎が、もし、小林惣蔵《そうぞう》の姿を見かけなかったら、木蔭《こかげ》へ隠れることもなかったろう。

八郎の、橘屋《たちばなや》を出る時刻が、いま少し早かったか、または遅かったりしたら小林を見なかったはずだ。

また、去る小林を見送って木蔭を出るのが一瞬早かったなら、女の悲鳴も八郎の耳へとどかなかったにちがいない。

それは、悲鳴というほどの高い叫びではなかった。

なかったが、あきらかに、女が危急にのぞんでいる声であった。

木立は崖《がけ》の下までつづいており、奥深い。

その木立の奥で、切迫した女の声が、たしかにきこえた。

(何であろう?)

二歩、三歩と木立の中へ入って行き、八郎は耳を澄ました。

と……何か、呻《うめ》き声《ごえ》のようなものがきこえた。

あとは、何もきこえぬ。

こうなると、八郎は木立から出て行くことができなくなってきた。

木立の中は、新緑のにおいが濃厚にたちこめている。

青い蛇《へび》が、八郎の目の前をゆっくりと横切って行った。

八郎は、おのれの気配を消し、呼吸をつめ、しずかに奥へすすむ。

そして、立ちどまった。

崖下の小さな窪地《くぼち》へ、若い女を押し倒した浪人者が、何やら怪《け》しからぬまねをしかけているではないか。

若い女は、このあたりの農家の娘らしい。

ぐったりとなって、中年の浪人のなすがままになっているのは、当身《あてみ》でも受け、気をうしなったものか……。

よれよれの袴《はかま》こそつけているが、いかにも垢《あか》じみた浪人者は、大小の刀を帯から外し、娘の躰《からだ》へ伸しかかった。

浪人の、せわしない躰のうごきにつれて、娘の白い太腿《ふともも》がちらりと見えた。

「これ、何をしている」

木蔭から出た波切八郎の声に、浪人は振り返っておどろき、大刀をつかんで、娘の躰からはなれた。

それが実に敏捷《びんしょう》だったし、

「去れ!!」

叱《しか》りつけた八郎へ躍りかかり、猛然と抜き打って来た刃風も鋭かった。

ばさっと、八郎が被《かぶ》っていた塗笠《ぬりがさ》の縁が浪人の一刀に切り割られている。

飛び退《しさ》った八郎へ、浪人は逃げようともせず、

「くそ!!」

喚《わめ》いて、二の太刀を送り込んできた。

切り割られた笠をぬぎ捨てる間とてなく、八郎は、さらに飛び退《の》き、櫟《くぬぎ》の木蔭へまわり込み、ようやくに腰の大刀を抜き合わせた。

いまの江戸市中には、諸国から群れあつまる浪人者が増えるばかりだという。

その中には、両刀を捨てて、いさぎよく町人となる者や、商家へ出入りをして奉公人に読み書きを教えたり、家族と共に内職に精を出したりする者も多いが、なまじ、武芸に自信のある者ほど、無頼の群れに投じて悪事をはたらくようになるのである。

戦国の世が終りを告げ、徳川幕府の威風の下《もと》に、天下《てんが》泰平《たいへい》の世となってから百三十余年が経過しているが、その間に、幕府が取りつぶした大名は、大形《おおぎょう》にいうなら、

「数えきれない……」

ほどで、そうした大名家の家来たちが、いずれも浪人となっているわけだから、二代、三代におよぶ浪人も少くない。

近年は、ことに浪人たちの犯行が増え、幕府も奉行所も頭を悩ませているそうな。

彼らは、もう半ば自暴自棄となっているから、むしろ、死ぬことを恐れない。

いま、八郎へ切りつけてきた浪人者も、そうした部類の男なのであろう。

波切八郎が河内守国助《かわちのかみくにすけ》の大刀を抜きはらうと、

「む……」

さすがに、無頼浪人も切り込めなくなった。

だが、八郎も笠をぬぎ捨てる余裕はない。

足場がせまい木立の中で、二人は二間の近間《ちかま》で刀を構え、睨《にら》み合っているのだ。

浪人者の、のびきった月代《さかやき》の下の両眼が野獣のような光りを放っている。

頬骨《ほおぼね》の突き出した顔の、左の耳から顎《あご》へかけて刀痕《とうこん》があった。

八郎が右手に刀を構え、左手で笠の緒を外しかけると、浪人がすかさず、切りつけようとする。

(これほどの手練者《てだれ》が、何で、あのような乱暴をはたらくのか……)

これはもう、追いはらうことも、浅い傷をあたえて始末することもできそうになかった。

八郎は笠をかぶったまま、刀を下段《げだん》につけ、

「去れ」

もう一度、いった。

浪人のこたえは、

「うるさい!!」

という怒声であった。

浪人の怒声をきくと同時に、今度は八郎が刀を下段につけたまま、浪人へ迫った。

大胆きわまる肉薄である。

浪人が、はっとなった。

なったが、これも、ぶつかるようにして八郎へ刀を打ち込んできた。

波切八郎の愛刀・国助は、この打ち込みを下から摺《す》りあげておいて、右手《めて》へ飛びぬけた。

二人の躰が飛びちがったことになる。

飛びちがって、同時に向き直ったと見えたが、八郎のほうが一瞬早かった。

「鋭《えい》!!」

向き直りざま、切りはらった八郎の一刀が、浪人の左の頸筋《くびすじ》の急所を撥《は》ね切った。

ぴゅっと、血がはねた。

ぐらりと浪人の躰が揺らいだ。

八郎は身を引いて腰を落し、刀を脇構《わきがま》えにした。

浪人が八郎を見て、声もなく笑った。

浪人の手から刀が落ち、撥ね切られた頸筋から、おびただしい血がふきこぼれてきた。

音をたてて、浪人の躰が倒れ伏し、息絶えた。

向うの窪地で、農家の娘が半身を起し、蒼《あお》ざめてふるえている。息を吹き返したのだ。

それに気づいた波切八郎が、塗笠をかぶったままで、

「立てるか?」

と、尋ねた。

「お前の躰は無事だ、安心してよい。さ、行け。何もなかったのだ。行け、行け」
十七、八歳の娘は八郎へ両手を合わせ、身を起して窪地から出ると、這《は》うようにして南蔵院の裏手の方へ去った。
どこかで、老鶯《うぐいす》が鳴いている。

しばらくの間、波切八郎は其処《そこ》に立ちつくしていた。

おもいもかけぬことになった。

剣士となって以来、八郎は人を殺《あや》めたことが一度もなかったが、それが一月《ひとつき》もたたぬうちに水野新吾《しんご》と、浪人者と、二人を斬《き》って殪《たお》したことになる。

新吾にも浪人にも、やむを得ず、その悪行《あくぎょう》に対して剣を揮《ふる》ったのだから、八郎に落度はない。

水野新吾については、彼の師としての責任《せめ》を負い、自分の道場を捨てた波切八郎だ

が、今日の浪人者には、いささかも疾《やま》しいところはなかった。

いまここで、八郎が成敗をしなかったら、この浪人は悪行をつづけて人びとを苦しめるにちがいない。

浪人の死体を見つめているうちに、激しい身ぶるいが起った。

それは、筆にも口にもつくせぬ感覚をともなったものである。

快感というのではないが、それに近いようなものだ。さりとて、そうもいいきれぬ。

剣士が真剣をもって闘い、相手を斬って殪したときの感覚を、このとき八郎は初めて知ったといってよい。

新吾を斬ったときには、このような感覚をおぼえなかった。

やがて……。

波切八郎は木立の中から道へ出て、あたりを見まわし、異状がないことをたしかめると、身を返して、雑司《ぞうし》ケ谷《や》の方へもどりはじめた。

しばらく歩んでから、八郎は浪人の刀を受けた塗笠をぬぎ、道端の木蔭へ投げ捨てた。

九

波切八郎は道へ出て間もなく、金乗院《こんじょういん》という密宗《みっしゅう》の寺の前の細道を左へ切れ込んで行った。

それから、人気《ひとけ》もない畑道へ出て、しばらく行くと、右手に藤杜稲荷《ふじのもりいなり》の社《やしろ》の藁屋根《わらやね》が木《こ》の間《ま》にのぞまれた。

八郎は、小山の上の藤杜神社へ参詣《さんけい》をするつもりはない。

その裏手の狭間《はざま》をながれている小川を見つけると、

「む……」

うなずいて、小川のほとりへ行き、帯と衣類をぬいだ。

下帯ひとつになり、顔や頸筋《くびすじ》、腕などを丹念に洗いはじめた。

先刻、無頼浪人の頸筋を切ったとき、血がはねた。

切った瞬間は多量の血が迸《ほとばし》ったわけではなく、八郎も身を引いているから、

(返り血が附《つ》いてはいまい)

と、おもった。

だが念のために、自分の上半身を洗ったのである。

それから、衣類をあらためた。

一点の返り血もついていない。

そこで衣類を身につけ、帯をしめた。

悪事の殺人をしたのではないが、もしも、どこかに返り血をつけたまま橘屋《たちばなや》へもどれば、忠兵衛《ちゅうべえ》なり、お信《のぶ》なりの目につかぬともかぎらぬ。

それは、

(面倒なこと……)

であった。

怪しまれた上、黙っていられたのでは、尚更《なおさら》のことだ。

道もついていない、小川のほとりの草原へ、八郎は仰向けに寝た。

藤杜稲荷の社の方で、松蟬《まつせみ》が鳴きはじめた。

日ざしは、夏のものといってよい。

いつの間にか、八郎は眠り込んでしまったらしい。

気がつくと、日が傾いている。

七ツ(午後四時)ごろになっていたろう。

八郎は立ちあがって、もう一度、冷たい小川の水で顔を洗った。

それから、藤杜稲荷の鳥居の傍《かたわら》にある茶店へ入り、

「何か、食べるものは？」

尋ねると茶店の老婆《ろうば》が、

「饂飩《うどん》がございやす」

「もらおう」

「へい、へい。よいあんばいに、お天気がつづきます」

「そうだな」

手打ちの饂飩を、八郎は二杯食べた。

汁《つゆ》に味噌《みそ》が少し入っているらしく、まことに旨《うま》い。今朝早く食べたきり、いままで何も口にしていなかったのだ。

波切八郎が橘屋へもどったのは、それから半刻《はんとき》（一時間）後であった。

裏庭から離れ屋へ入った。だれの目にもふれなかった。

八郎が衣類を着替えていると、石畳に足音がする。お信の足音ではない。下働きの、中年の女中の足音であった。

「あれ、お帰りでございましたか……」

「うむ……」

「お風呂《ふろ》の仕度ができております。お入りなさいまし」

「かまわぬか？」

「へえ、どうぞ」

その湯殿は客用のものではなく、母屋《おもや》の裏手にあり、橘屋の家族用のものである。

「お信さんは？」

離れ屋を出て行きかける女中へ、八郎は、おもわず声をかけてしまった。

なぜか、わからぬ。

「お信さんは、旦那《だんな》さまの御用事で出かけました。もう、そろそろ、もどってまいりましょう」

「さようか……」

湯殿で、ざっと躰《からだ》を洗い、もどって来ると、行燈《あんどん》に灯《あかり》が入っていた。

八郎は行燈の傍《そば》へ坐《すわ》り、河内守国助《かわちのかみくにすけ》の大刀を抜きはらい、刀身へ目を凝らした。

念入りに拭《ふ》き清めた刀身だが、むろん、血くもりがしている。

刃長二尺四寸五分。刃文は互《ぐ》の目乱れ、この初代国助の銘刀も父からゆずり受けたものだ。

今日の浪人の一刀を摺《す》りあげたときの痕《あと》が歴然と残っている刀身を見つめているうち、波切八郎の満面へ血がのぼってきた。

今日の浪人の凄《すさ》まじい太刀筋がおもい出されてくる。

それに対応した自分の太刀筋が、顧みられた。

微《かす》かに、八郎が唸《うな》り声《ごえ》を発した。

五体の血が、さわぎはじめている。

(真剣で斬《き》り合い、相手を殪《たお》すということは、このようなものか……)

木太刀をもって、激しく闘って勝ったときの感覚とは、まったくちがう何かがある。

その感覚を忘れかねて、水野新吾《しんご》は、つぎつぎに人を斬るようになったのではあるまいか。

濃い眉《まゆ》を顰《ひそ》めて、八郎は刀を鞘《さや》へおさめた。

(おれは、どうかしている……)

動悸《どうき》をしずめようとし、両眼を閉じ、大きく深く息を吸い込み、吐いた。

石畳に足音がして、先刻の女中が夕餉《ゆうげ》の膳《ぜん》を運んで来た。

「遅うなりまして……」

「いや……」

先《ま》ず、酒肴《しゅこう》の膳が運ばれてきて、それから時を見はからい、食事の膳が運ばれてくる。

橘屋は名うての料理茶屋だけに、八郎が二十八歳の今日まで、

(口にしたこともない……)

料理が膳にならぶ。

まずいことはないが、これまでは心が霽《は》れなかったので、特に旨いともおもわなかった。出奔以来、もっとも旨かったのは、今日の藤杜稲荷の茶店で食べた饂飩であった。

夕餉を終えても、まだ、お信は顔を見せなかった。

女中が臥床《ふしど》を敷きのべ去った後に、波切八郎は、またしても愛刀の鞘をはらい、飽くことなく刀身に見入った。

十

どれほどの時間《とき》が過ぎたろう。

刀身を見つめて、波切八郎は身じろぎもしなかった。

我を忘れていた八郎の耳へ、石畳を近づいて来る足音がきこえた。

お信《のぶ》の足音である。

あわて気味に、八郎が刀を鞘《さや》へおさめたとき、離れ屋の戸が開いた。

「もし……」

まぎれもなく、お信の声だ。

「あ……」

「まだ、お寝《やす》みではございませんでしたか？」

「起きて、います」

「旦那《だんな》さまのお使いで外出《そとで》をしておりましたので、おかまいもできませんで……いま、お湯を浴びて出ましたら、こちらに、灯《あか》りがついておりましたので……」

いいながら、お信が、つぎの間へあがって来て、

「あの……」

「む……？」

「お相手をいたしましょうか、よろしければ……」

将棋《しょうぎ》の相手を、しようというのである。

「よろしいのか？」

「はい。かまいませぬ」

「では、お願いしよう」

襖《ふすま》が開き、お信が入って来た。

「あ、これは……」

と、二十八歳になる今日まで、女の肌身《はだみ》を知らぬ波切八郎だが、さすがに気づいて、

「寝床《とこ》をのべてある。いま、片寄せましょう」

「かまいませぬ」

お信は、こだわりもなく、将棋盤と駒《こま》を運んで来た。

化粧は落してしまっていたお信だが、湯あがりの肌の匂《にお》いが否応《いやおう》もなく、八郎の嗅《きゆう》覚《かく》を目ざめさせた。

「今日は、お出かけだったそうでございますね」

「さよう」

将棋盤をへだてた向うへ坐《すわ》った、お信の髪油の匂いも濃かった。

少し前まで、刀身を凝視していたときの静かな昂奮《こうふん》が、さらに別の刺激をあたえられ、盤上へ駒をならべる八郎の手指が微《かす》かにふるえている。

生《なま》あたたかい夜気が部屋の内にたちこめてい、駒をうごかしているうち、波切八郎の額へ、ねっとりと汗が浮いてきた。

（いかぬ……これは、おかしい……）

八郎の頭の中が、虚《から》になっている。

それでいて、駒をうごかしているのに気づき、八郎は愕然《がくぜん》となった。かつてないことではある。

「もし……」

「あ……何か……？」

「いかがなされました？」

「え……？」

「あの、波切さまの飛車が……」

「あ、これは……」

将棋の駒のうごかし方までも忘れてしまっていたらしい。飛車が、とんでもないところへうごいてしまっている。

「や、失礼をした」

声もなく、お信が笑ったようだ。

「これはいかぬ。はじめから差し直して下さい」

「はい」

お信の口調には、どことなく品格があり、町家の出ともおもわれぬ。それが無意識のうちに感じられ、八郎の言葉づかいも他《ほか》の女中へ対するときとは、何やらちがっているようであった。

駒をならべ直したとき、お信と八郎の眼《め》と眼が合った。

その視線を、お信は外そうとしない。

行燈《あんどん》の灯影《ほかげ》に、お信の眼が光っている。

八郎のほうから眼を逸《そ》らし、

「では……」

と、駒を手にした。

お信の、こたえはない。

「………?」

不審におもい、八郎が向けた眼《まな》ざしを、お信の眼がとらえた。

瞬《まばた》きもせず、八郎を見つめたままでいたらしい。

その妖《あや》しい光りをたたえた、お信の双眸《そうぼう》に、八郎は我にもなくひきつけられた。

大きな茶わんで冷酒《ひやざけ》を呷《あお》りつけたときのように、八郎の満面が朱を灌《そそ》いだようになった。

お信の両手が、そろりとうごいた。

その手は、駒がならんだ将棋盤を左へ片寄せようとしている。

八郎の喉《のど》が鳴った。

生唾《なまつば》をのみこんだのである。

お信の唇《くち》が、わずかにうごいた。

何か、ささやいたらしいが、八郎には言葉の意味がわからなかった。

八郎の頭は、熱し切っている。

息づまるような、短い時がながれ、突然に激しく夜気がゆれうごいた。

波切八郎の躰《からだ》が、まるで打ち当ったかのように、お信を抱きすくめた。

お信は、逃げなかった。

お信の双腕《もろうで》が差しのべられ、やわらかい唇《くち》がひたと八郎の口へ押しあてられた。

八郎が何かいった。

何をいったのか、八郎にもわからなかったし、言葉にもならなかった。

得《え》もいわれぬ甘美な感覚が、八郎の五体をつらぬいた。

八郎の頸《くび》を巻きしめている、お信の双腕へ、女ともおもえぬ強いちからが加わってきた。

翌朝……。

八郎が目ざめたとき、すでに、お信の姿は離れ屋から消えている。

いや、まだ朝には遠い時刻に、お信が臥床《ふしど》から起き出し、そっと出て行ったのを八郎は知っていた。

それから八郎は、まんじりともせずに朝を迎えたのだ。

(人間《ひと》という生きものには……いや、男と女の間には、このような世界があったのか……)

このことであった。

(女の躰の奥底には、あのようなものが秘められていたのか……)

なのである。

お信の肌身のやわらかさ。その薄汗を滲《にじ》ませた乳房や腕、太腿《ふともも》などの感触が、朝になっても八郎の躰から消えようとはせぬ。

女の肌身の匂いは、まだ、八郎の躰からただよってきている。

小野派一刀流の手練《てだれ》者である波切八郎が無我夢中の一夜をすごしてしまい、お信と、どのように抱き合い、どのように愛撫《あいぶ》し合ったのか、それすらもよくおぼえていない。

お信は、すぐに、八郎が童貞であることをさとってしまったらしい。

それからは、お信の躰のうごき、手足のはたらきが積極となった。

「波切さま……」

何度も、お信がささやきかけてきたことを、八郎はおぼえている。

自分の躰の上へ、お信の嫋《しな》やかでいて、女の量感にみちた肌身が被《おお》いかぶさってきたことも、おぼえている。

「ああ……」

臥床へ半身を起し、八郎は深いためいきを吐いた。

雨戸を少し開けてみると、あかつきの闇《やみ》が桔梗色《ききょういろ》に明るみをたたえてきていた。

たくましい八郎の躰が、汗ばんでいる。

裏の石井戸で、

(水を浴びようか……)

おもいたち、つぎの間へ出て行ったが、胸もとからたちのぼってくる匂いは、お信の肌身のものであった。

それを、水で洗いながしてしまうのが惜しくなってきた。

昨日までの波切八郎は、このようなおもいを、まったく知らなかったのである。

(おれは……おれは、まるで、別の男になってしまった……)

かのようにさえ、おもえてくる。

いまの自分が、昨日までの自分とは全くちがう生きものになったような気がしてきた。

十一

朝餉《あさげ》の膳《ぜん》を運んで来たのは、お信《のぶ》ではなかった。

「お信さんは？」

尋ねようとしたが、声にならなかった。

下ばたらきの中年の女中が、給仕をしながら、怪訝《けげん》そうに八郎を見つめている。

(これは、いかぬ)

おもいつつも、顔へ血がのぼってくるのを八郎は押えきれなかった。

けれども、女中は女中で別の感じ方をするらしく、

「波切さま。どこか、おかげんでも悪いのでございますか?」

問いかけてきた。

「む……いや、別に……」

「食《しょく》が、おすすみにならないようでございますけれど……」

いわれてみれば、たしかに八郎の箸《はし》の運びが鈍《のろ》い。

食べているものも、何やら味がしなかった。

女中が去った後でも、八郎は落ちつかぬ。

将棋盤《しょうぎばん》を持ち出し、駒《こま》をならべてみた。

詰め将棋をしようとするのだが、頭がうごいてくれない。

波切八郎の脳裡《のうり》には、お信の顔や肌身《はだみ》、声などがいっぱいに占められていて、昨日、斬《き》って殪《たお》した無頼浪人のことも忘れ果ててしまっている。

(おれは、いけないことをしてしまったのだろうか?)

昨夜の事を、

(お信さんは、怒っているのではあるまいか?)

だが、あのときの、お信の優しくて激しい仕ぐさをふり返ってみれば、怒るはずもないではないか。

（それとも……？）

もしやして、昨夜の事が、だれかに知られてしまったのか。

あるいは主人の橘屋忠兵衛《たちばなやちゅうべえ》が知って、お信が叱責《しっせき》されたのであろうか。

昼近くなっても、お信はあらわれぬ。

母屋《おもや》の方へ行って見ようとおもったが、やはりためらわれた。波切八郎が人の目をはばかるようなおもいをしたのは、これがはじめてといってよい。

水野新吾《しんご》を斬ったときですら、八郎は、おのれの決断に迷いを生じなかったし、

（これでよいのだ）

悲しみの内にも、自分の行動に引け目をおぼえてはいなかった。なればこそ、新吾を斬って後の数日間、道場における明け暮れに落ちつきを失わなかったのだ。

先刻《さっき》の女中が、昼餉の膳を運んできた。

ほとんど、八郎は食欲がなかった。

むりをして、箸をうごかす八郎を女中が見やり、

「やっぱり、おかげんが悪いようでございますねえ」

と、いう。

午後になっても、お信はあらわれぬ。

橋屋忠兵衛も、顔を見せなかった。

それが八郎にとっては、不気味な感じがしてならぬ。

昨夜の事がなければ、そうした気づかいをしなかったろう。

たまりかねて、八郎は裏庭から外へ出て行った。

どこをどう歩いたのか、それもわからぬうち、藤杜稲荷《ふじのもりいなり》の鳥居前へ立っている自分に八郎は気づいた。

鳥居前の茶店へ入り、

「饂飩《うどん》を……」

と、いった。

茶店の老婆《ろうば》が、昨日の八郎を見おぼえていて、

「昨日は、どうもありがとうござえやした」

「うむ……」

饂飩が運ばれてくる前に、八郎は冷酒《ひやざけ》を茶わんにいれてもらった。

この酒は旨《うま》かった。

酒の旨さにさそい出されたかして、饂飩も旨かった。

そのころ……。

雑司《ぞうし》ヶ谷《や》の橋屋の離れへ、お信が入って来た。

お信は、部屋の中を見まわしている。

掃除は、八郎が外へ出て行った後で、別の女中がすませていた。

今日も、よく晴れてい、このまま梅雨が明けてしまうかのようにおもわれた。

お信は、妙に気むずかしい顔つきになっている。なぜなのだろう。

そのとき、庭づたいに橘屋忠兵衛があらわれた。

庭に面した障子を忠兵衛が引き開けた。

お信は、そこに坐《すわ》っている。忠兵衛が突然に障子を開けたのだが、おどろく様子もない。

「八郎さんは、外へ出かけたらしいな」

と、忠兵衛。

「はい」

「どこへ行ったのだろう?」

「出ておいでになるところを、だれも見ておりませぬ」

「ふむ……」

忠兵衛が庭から離れの中へ入って来た。

お信は坐ったまま、うごこうともしなかった。

忠兵衛は後ろ手に障子を閉め、お信に向い合って坐った。

二人は、そのままで、低声に何やら語り合いはじめた。

しばらくして、橘屋忠兵衛が障子を開け、庭へ出て来た。

その障子を、お信が内側から閉めた。

忠兵衛は立ちつくしたまま、あたりへ目を配った。淡い夕闇《ゆうやみ》の中で、忠兵衛の切長《きれなが》の眼《め》が針のように光っている。

庭といっても、此処《ここ》は裏庭に近い。客用の座敷や離れ屋が面している広い庭は、柴《しば》垣《がき》の向うの木立を抜けたところにあった。

橘屋忠兵衛が庭づたいに母屋へ去って間もなく、お信が離れ屋から出て、これは石畳を歩んで母屋へ入って行った。

間もなく、裏庭の竹藪《たけやぶ》から波切八郎があらわれた。八郎は塗笠《ぬりがさ》を手にしている。

忠兵衛がくれた塗笠は無頼浪人の一刀を受けて破損したので、八郎はこれを捨ててしまった。

そのかわりの塗笠を、藤杜稲荷の茶店からの帰途に、下雑司ヶ谷町の笠屋で買いもとめたのだ。

塗笠は、昨日、捨てた物と同じであった。忠兵衛も同じ笠屋へ塗笠を買いにやらせたのやも知れぬ。

やがて、中年の女中が来て、八郎へ入浴をすすめた。

八郎が湯殿へ入って行くと、一坪ほどの脱衣場に、縫いあげたばかりの真新しい下着が一揃《ひとそろ》えと、これも一目《ひとめ》でわかる仕立てたばかりの単衣《ひとえ》が置いてあった。

（おれが身につけてよいのであろうか？）

橋屋忠兵衛の心づかいのようでもある。

ともかくも、湯船に身を沈めた八郎へ、裏庭に面した窓の外から、

「波切さま、着替えの物を置いておきましたゆえ……」

お信の声がした。

はっとして八郎が、

「かまいませぬのか？」

「はい。私が縫いあげましたものゆえ、お気にめしますか、どうか……」

お信の声が消えた。去って行ったらしい。

真新しい下着と単衣を身につけた波切八郎が石畳を歩んでいると、夕闇の中に数匹の蝙蝠《こうもり》が飛び交《か》っていた。昆虫《こんちゅう》を漁《あさ》っているのだ。

その翼の音が、妙に、八郎の胸をさわがせた。

離れ屋の中には、すでに酒の仕度がととのっていた。

お信の姿はなかった。

秋山《あきやま》小兵衛《こへえ》

一

この夜、お信《のぶ》は、ついに離れ屋へ姿を見せなかった。

夜更《よふ》けてから、雨が降り出した。

下ばたらきの女中が敷きのべてくれた臥床《ふしど》へ身を横たえた波切八郎《なみきりはちろう》は、なかなかに寝つけぬ。

八郎の聴感は、離れ屋の外の、石畳の通路を近寄って来る女の……いや、お信の足音をとらえようとしている。

頭と躰《からだ》は期待に熱し、目は冴《さ》えて、眠気を寄せつけようともしない。

しきりに喉《のど》が渇き、何度も枕元《まくらもと》の水差しへ手をのばした。

起きあがり、将棋盤《しょうぎばん》を臥床の側《そば》へ運んできて、駒《こま》を並べてみたりした。

自分のみか、相手の分まで並べたのは、お信があらわれたときのことを考えてのことなのだろう。

だが、八郎の期待は、お信と将棋を差すことではない。

熟れきった、お信の肌身《はだみ》を抱きしめることであった。

水野《みずの》新吾《しんご》のことも、目黒の道場のことも、斬《き》って捨てた無頼浪人のことも、いまの八郎は忘れきってしまっている。

一年後の、真剣勝負の相手である秋山小兵衛の顔も脳裡《のうり》に浮かばぬ。

（いったい、自分は、どうなってしまったのか……？）

その、おもいすらもわいてはこなかった。

詰め将棋をはじめてみたが、上《うわ》の空《そら》だ。

駒を手にしたまま、八郎は凝《じっ》と空間を見据《みす》えている。

こうして、夜が明けてしまった。

それでも明け方には、臥床へ入って眠ったらしい。

「もし……もし、波切さま」

次の間からよびかける女の声に、八郎は目ざめた。

（お信さんか……）

はっと身を起したが、よびかけているのは下ばたらきのお金《きん》であった。

「もし、お目ざめでございますか？」

「む……起きている」

雨音が部屋の中にこもっている。

お金が入って来て、雨戸を繰りはじめた。

「いま、何時《なんどき》だろう？」

「五ツ半（午前九時）をまわりました」

「ほんとうか？」

「はい」

「寝すごしてしまった……」

戸を開けたので、雨の朝の淡い光りが部屋の中へ入ってきた。将棋盤と、あたりに散乱している駒を見て、八郎はあわてて片づけはじめた。

そうした八郎を見たことがなかっただけに、お金はおどろいたように、

「どうかなさいましたので？」

「いや、別に……」

八郎が洗面を終え、もどって来ると掃除がすんでいた。

朝餉《あさげ》の膳《ぜん》を運んで来たのは、やはり、お金である。

味もわからぬまま、ぼんやりと箸《はし》を運ぶ波切八郎へ、またしても、

「どうかなさいましたので？」

お金が心配そうに尋《き》いた。

「いや、別に……」

八郎のこたえも同じであった。

午後になってから、八郎は何度も石畳の通路へ出てみたり、庭づたいに橘屋《たちばなや》の母屋《おもや》の様子をうかがったりしたが、お信を見ることはできなかった。

このところ、橘屋忠兵衛《ちゆうべえ》も八郎の前にあらわれぬ。

養子の豊太郎《とよたろう》夫婦も顔を見せぬのは、どうしたわけなのだろうか……。

だが、そうしたことに不審をおぼえぬほど、八郎はお信を想《おも》いつづけている。

雨は熄《や》まなかった。

梅雨が、もどってきたのだ。

夕餉《ゆうげ》の膳に向った八郎は、砂を噛《か》むように食べた。

お金が、眉《まゆ》をひそめて、

「波切さま。おかげんでも悪いのではございませんか?」

「さようなことは、ない」

「ですが、あの……」

「大丈夫だ」

と、こたえる八郎の両眼が虚《うつ》ろであった。

さすがに心配となり、お金は夕餉の膳を下げてから、主人の橘屋忠兵衛の居間へおもむき、

「波切さまの御様子が変でございます」

と、告げた。

橘屋忠兵衛は、何やら書類に目を通していたが、

「変とは、何が？」

「お躰のぐあいが、どこかお悪いのではありますまいか。お膳の物を半分もあがりませんので……」

「それはそうだろう」

忠兵衛は、書類から目をはなそうともせず、

「ああして、躰をうごかさぬのだから、食《しょく》がすすまぬのも当り前のことじゃ」

「でも、急に、あの……」

「あのお人の躰は、私たちの躰とは出来がちがうのだから、心配をせずともよい」

お金の報告を受けても、忠兵衛は離れ屋へおもむこうとはせぬ。

お金が去って、しばらくしてから、お信が忠兵衛の居間へ入って行った。

離れ屋では、波切八郎が将棋盤を前にして身じろぎもしない。

お金があらわれ、臥床を敷きのべ、

「波切さま。別に御用はございませんか？」

八郎は、こたえない。

「あの、波切さま……」

「う……」

「御酒《ごしゅ》でも、持ってまいりましょうか？」

「あ……」

はじめて、お金を見た八郎が、

「何ぞ……？」

「いえ、あの、お気ばらしに御酒でもとおもいまして……」

「酒……」

「はい。この雨で、さぞ、うっとうしいことでございましょう」

「たのみます、酒を……冷《ひや》でよい」

「はい、はい」

お金は、八郎に好意を抱いている。

(何となく、死んだ弟のような……)

気がしている。

お金の弟は、顔だちが八郎に似ていた。

酒肴《しゅこう》の仕度をして離れ屋へもどったお金へ、

「すまぬな」

八郎が紙に包んだ〔こころづけ〕をわたそうとした。

「あれ、そんなことをなすってはいけません」

「いや、受けてくれ。いつも厄介《やっかい》をかけるばかりで、申しわけなくおもっている」

「とんでもないことでございます」

「たのむ。受けて下さい」

押しつけるようにして、八郎が金包みをお金へわたした。

お金が去ってから、八郎は酒をのみはじめた。

八郎の酒量を、お金は心得ている。

盃《さかずき》も大ぶりのものをえらび、酒もたっぷりと運んで来た。

そのころ、お信が橘屋忠兵衛の居間から出て来た。

しかし、八郎の離れ屋へ足を向けようとはせぬ。

黙念と、八郎は酒をのみつづけている。

お信のことを想わぬためには、酒の酔いを、

(借りるしかない)

のである。

雨音が激しくなってきた。

お信は、あらわれなかった。

二

ちょうど、そのころ……。

無外流《むがいりゅう》の剣客・秋山小兵衛も、波切八郎同様に冷酒《ひやざけ》をのみながら、独り、雨音を聴いていた。

小兵衛の家は、四谷《よつや》・仲町《なかまち》(現・東京都新宿区)の外れにある。

江戸城・外濠《そとぼり》の喰違御門《くいちがいごもん》外から西へ坂をのぼりつめ、竜谷寺《りゅうこくじ》という寺院と道をへだてた一角の、二百坪ほどの空地に台所と二間《ふたま》の小さな家を建てて、三年ほど前から小兵衛は住み暮していた。

この地所は竜谷寺のもので、むかしは寺の菜園だったのだそうな。

いずれは此処《ここ》へ、自分の道場を建てるつもりでいる秋山小兵衛であったが、

(何事も、来年が過ぎてからだ)

と、小兵衛はおもいきわめている。

来年の三月七日に、小兵衛は、小野派一刀流の剣客・波切八郎高春《たかはる》と真剣の勝負を

おこなうことになっていた。剣客の誓約である。いかなることがあっても、これを破ることはできない。

波切八郎とちがって、これまでに秋山小兵衛は、何度も真剣の勝負に勝ちぬいてきていた。

相手の八郎が、これまでに真剣の勝負をしているか、いないか、それは知らぬが、

(容易ならぬ相手だ)

と、小兵衛は看《み》ている。

去年の秋。

幕府老中の一人である本多《ほんだ》伯耆守《ほうきのかみ》が、品川の下屋敷(別邸)へ江戸の剣客三十余名を招き、試合を催したことがある。

その折の審判の〔長〕をつとめたのが、秋山小兵衛の恩師・辻《つじ》平右衛門《へいえもん》直正《なおまさ》であった。

この試合で、小兵衛と八郎は最後まで勝ち残った。

そして、二人は決勝を争ったわけだが、小兵衛が勝ち、八郎は敗れた。

勝負は、一瞬のうちに決まった。

当日は、老中の堀田《ほった》相模守《さがみのかみ》をはじめ、大名が三人、大身《たいしん》の旗本が五人ほど、試合を観《み》に来ていた。

その中には、

「どのようにして、勝負が決したのか、ようわからぬ」

と、いった人もいるらしい。

ともかくも、約三間半《さんげんはん》をへだてて木太刀を構え合った小兵衛と八郎は凝《じっ》とうごかず、

「これは、弁当の仕度をせねばなるまいぞ」

などと、遠くから観ていた家来たちの中の一人が、冗談めかしてささやいたほどであった。

長い、あまりにも長い両剣士の対峙《たいじ》が破れたのは、正眼に構えられていた秋山小兵衛の木太刀の切先《きっさき》が、ぴくりと、わずかに下った一瞬だったという。

波切八郎が激烈な気合声《きあいごえ》を発して、小兵衛へ木太刀を打ち込んだ。

堂々たる体軀《たいく》の八郎にくらべて、小兵衛は、

「その名のごとく……」

小さくて細身である。

八郎とならんで立てば、小兵衛の頭がようやく八郎の肩へとどくかどうかであったろう。

巌《いわお》のような波切八郎の体軀が、小兵衛を押し潰《つぶ》したかに見えたほど、凄《すさ》まじい一撃であった。

同時に……。

秋山小兵衛の短身も弓弦《ゆんづる》をはなれた矢のごとく、地を蹴《け》って八郎へ躍りかかった。

「秋山の小さな躰《からだ》が、宙に舞いあがったような……」

と、見る人もいる。

また、

「いや、そうではない。秋山小兵衛は身を沈めつつ、波切八郎の左脇《ひだりわき》へ飛びぬけたのだ」

と、いう人もいた。

ともあれ、電光のごとく、二人は飛びちがった。

飛びちがって、二人が向き直ったとき、小兵衛は腰を沈め、木太刀を脇構えにしており、八郎は木太刀を引提《ひっさ》げたまま棒立ちとなっていたのである。

一瞬の間を置いて、波切八郎が、

「参りました。これまでです」

しずかにいい、小兵衛に一礼をした。

小兵衛も丁重に、礼を返した。

観ている人びとの目には、小兵衛の木太刀が八郎の何処《どこ》を打ち据《す》えたのか、それもわからなかった。

飛びちがいざまに小兵衛が打ったのは、八郎の左腕である。

試合後に、師の辻平右衛門が、

「恐ろしい相手であったのう」

と、小兵衛にいった。

そのとき小兵衛は、

「勝てたとも、おもえませぬ」

そうこたえている。

波切八郎が、書面をもって、秋山小兵衛へ真剣の勝負を申し出たのは、それから十日後のことだ。

これは、試合に意趣あってのことではない。

かねてから胸の底に秘めていた真剣勝負の相手を、

(いまこそ、見出《みいだ》した……)

からであった。

小兵衛は八郎の書状を読んだ翌々日に、これも書面をもって、挑戦《ちょうせん》に応じた。

八郎は、年月と日時を、

「秋山殿へおまかせいたす」

と、書いてよこした。

そこで小兵衛は、

「明後年の三月七日の辰《たつ》ノ五ツ（午前八時）に、武州・入間《いるま》郡《ぐん》（新座《にいざ》郡《ぐん》）・野火止《のびどめ》の平林寺《へいりんじ》門前にて落ち合い、近辺の、よき場所を双方同意の上にてえらび、勝負を決したい」

と、返書をしたため、八郎は折り返し、承知の旨《むね》を書状で送ってきた。

小兵衛にしてみれば、すぐに応じてもよかったのだが、実は、恩師の辻平右衛門が麴町《こうじまち》九丁目にある無外流の道場を閉じ、山城《やましろ》の国・愛宕《おたぎ》郡《ぐん》・大原《おはら》の里へ引きこもり、剣をはなれて余生を送る決意を小兵衛に洩《も》らしたこともあって、

（波切八郎と真剣の立合いをするからには、生きてもどれぬやも知れぬ）

となれば、師が大原の里へ去った後の、辻道場の始末をせねばならぬ。

秋山小兵衛は、辻平右衛門の代理をつとめるほどの高弟ゆえ、師が引退した後の道場と多数の門人たちの始末を、

「お前にまかす」

と、平右衛門にいわれている。

そこで、波切八郎との勝負を受けはしたが、延ばしたのである。

そして、今年の二月。

辻平右衛門は、秋山小兵衛に、

「後をたのむぞ。これよりは、おもうままに生きよ」

いい残し、独り飄然《ひょうぜん》として江戸を去った。

何分《なにぶん》にも、門人が二百をこえた辻道場だけに、いろいろと面倒なこともあり、いまも小兵衛は、麹町の道場へ出向き、門人たちへ稽古《けいこ》をつけている。

三

この年、三十二歳になる秋山小兵衛だが、年齢より三つ四つは老《ふ》けて見える。

小兵衛の細くて小さな裸身がどのようなものなのか……それはわからぬが、だれの目にも、これが波切八郎を打ち負かした剣客とは見えまい。

色白の顔だちは端正で、大きくも小さくもない両眼が、いかにも涼しげであった。

小兵衛が少年のころ、辻平右衛門《つじへいえもん》は、

「わしのところの牛若丸」

と、よんで、小兵衛の教導にはちから、、、をつくしてくれた。

「小兵衛よ。お前の、その小さな躰《からだ》を活《い》かせ」

辻平右衛門は、この一点に小兵衛の修行を凝結させた。

平右衛門から小兵衛につたえられた無外流《むがいりゅう》について、いささかふれておきたい。

無外流の剣法を創始したのは、辻平内《つじへいない》という剣客である。

辻平内は、近江《おうみ》の国・甲賀郡・馬杉村《ますぎむら》の出身で、後年に〔月丹《げったん》〕と号した。

平内の、くわしい経歴は不明である。

ともかくも平内は、非常に風変りな人物だったらしい。

「無欲恬淡《てんたん》の奇人」

と、評する人もいる。

どうしても、門人たちから金品を受けないので、いつも貧しかったそうな。

ものの本に、

「……平内、門人某の家へ稽古《けいこ》に行く折の姿を見れば、衣類の裾《すそ》より綿はみ出《い》で、羽織の袖《そで》肩すり切れ、刀の鞘《さや》は色あせて剝《は》げ落ち……」

と、ある。

このような辻平内だけに、小石川・表町のささやかな道場へ通って来る門人たちは、二十余名にすぎなかった。

ところが、元禄《げんろく》元年（一六八八年）の春。

越前《えちぜん》・大野の藩士で杉田《すぎた》庄左衛門《しょうざえもん》と弟の弥平次《やへいじ》が、父の敵《かたき》の山名《やまな》源五郎《げんごろう》を討ったとき、辻平内が助太刀をし、城北・高田の馬場において、首尾よく杉田兄弟に父の仇討《あだうち》をさせた。

高田の馬場では、数年後の元禄七年に、かの中山《なかやま》（後に堀部《ほりべ》）安兵衛《やすべえ》が、義理の叔父の助太刀をしている。

平内の助太刀は、さだめし見事なものだったにちがいない。

なればこそ、この助太刀によって辻平内の名は江戸府内にひろまり、たちまち、門人の数が増えた。

やむなく平内は、麹町《こうじまち》九丁目へ道場を移し、のちには門人三百余を数えた。

平内は、享保《きようほう》十二年（一七二七年）に、七十九歳の高齢で病歿《びようぼつ》した。

そのころ、波切八郎と秋山小兵衛は、五、六歳から八、九歳の童児《こども》だったことになる。

辻平内の後継者は、平内の助太刀にめぐまれて父の仇討ちをした杉田庄左衛門であった。

庄左衛門は、平内の人柄《ひとがら》に深くひかれ、家督を弟の弥平次へゆずり、江戸へ来て辻平内の門人となった。

平内の跡をつぎ、辻道場の当主となった杉田庄左衛門は、名も〔辻喜摩太《きまた》〕とあらためた。

この人も、恩師同様に生涯《しようがい》、妻を迎えず、したがって子もない。

そこで、辻喜摩太は、高弟の三沢千代太郎《みさわちよたろう》を後継者にさだめ、間もなく急死してしまった。

千代太郎は、名を〔辻平右衛門〕とあらため、道場を引きついだのである。

それゆえ、辻平右衛門は、故郷の大《お》原《はら》の里へ引きこもる決意をかためたとき、秋山小兵衛をよび、

「わしの跡をつぐか？」

と、尋ねた。

すると、小兵衛は、

「私にては、辻道場の名を汚《けが》します」

きっぱりと、ことわったものである。

辻月丹・喜摩太・平右衛門と三代つづいた辻道場の伝統をつぐには、

「あまりにも、私は非力でございます」

と、小兵衛はいった。

それは、剣のちからのみをさすのではない。

これほどに名誉ある道場の当主として、自分の人格は、

（ふさわしくない）

と、小兵衛はおもったのであろう。

恩師が引退をするなら、自分は自分なりの小さな道場をかまえ、自分のちからに応

じた生き方をしたい。これが、小兵衛の決意であった。

辻・無外流の神髄は、門人それぞれの力量に応じて伝え残してゆけばよい。なまじ、人格もそなわらぬのに大道場の主《あるじ》となっては、

(名は残っても、それを汚すことになりかねぬ……)

ことになる。

辻平右衛門も、ついに独り身をつらぬいたので、子はなかった。

秋山小兵衛のほかにも、平右衛門の教えを受けた練達の門人が数名いたが、いずれも、小兵衛同様の考えをもっており、

「おぬしが跡をついだら、どうか?」

小兵衛が、目をつけていた嶋岡礼蔵《しまおかれいぞう》という高弟にいうと、

「いや、自分は辻先生のお供をして大原へおもむき、生涯、先生のお側《そば》に仕える。もしも、先生がおゆるし下さらぬときはこれだ」

腹を切る手つきをして見せた。

嶋岡は冗談にいったのではない。

辻平右衛門のゆるしが出ぬときは、ほんとうに自決するつもりであった。

つまりは、それほどに、嶋岡は恩師を慕っていたのであろう。

江戸でも屈指の大道場の跡をつげるというのに、高弟一同は自分たちの力量と人格

の不足をわきまえてい、いささかも野心を起さなかった。

「よろしい」

と、辻平右衛門は莞爾《かんじ》として、大原の里へ去った。

高弟たちの自覚を、うれしくおもったにちがいない。

平右衛門にとって、辻道場の名が絶えることなど、惜しくはない。

辻道場の永続を願うなら、妻を迎え、わが子を得たにちがいない。

これは、先代の喜摩太、流祖の無外、ともに平右衛門と同様の思念をもっていたのだ。

嶋岡礼蔵は、師の後を追って大原へ去った。

その別れの一夜、嶋岡は秋山小兵衛の家へ来て冷酒を酌《く》みかわした。

酒をのむだけで、ほとんど無言の二刻《とき》(四時間)であったが、夜ふけて、

「では、これにて」

立ちあがった嶋岡礼蔵へ、小兵衛が、

「先生を、たのむ」

おもわず合掌して見せると、うなずいた嶋岡が、いきなり小兵衛の両手をつかみし

めて突然に、

「小兵衛どの。お貞《てい》さんをしあわせにしてくれ。たのむ。たのむぞ」

低い声だが、ほとばしるようにいった。

四

そのときの嶋岡《しまおか》礼蔵の声を、顔を、自分の両手をつかみしめた手の感触を、いま、秋山小兵衛は独り酒をのみながらおもい浮かべている。

(なあ、嶋岡。おれもおぬしも人なみの剣客だ。あのときまで、おれとお貞《てい》は気づかなんだが……つまりはふたりして、ひとりの女を争うたのだものなあ。このようなおれたちゆえ、到底、辻《つじ》先生の跡をつぐような男にはなれなんだ……)

胸の内で、小兵衛は、大原《おはら》の里にいる嶋岡へよびかけている。

「お貞さんを、たのむ」

そういったときの、嶋岡礼蔵のたくましい顔は泪《なみだ》にぬれつくしていたのだ。

嶋岡が、このように多感な男だったとは、おもいもよらなかった。

実は、来年の、波切八郎との真剣勝負の立合人を、

(嶋岡に、たのむ……)

つもりでいた小兵衛なのである。

嶋岡礼蔵は、大和《やまと》の国《くに》・磯城《しき》郡《ぐん》・芝村の大庄屋《おおじょうや》の次男に生まれた。

家は兄の八郎右衛門《はちろうえもん》がつぎ、礼蔵は、この兄の庇護《ひご》をうけて、こころおきなく剣の道一筋に打ち込むことができた。

嶋岡礼蔵の背丈は、波切八郎より高い。

その長身の筋肉は、太い鉄線を何条も縒《よ》り合わせたようにすばらしい。

秋山小兵衛は、嶋岡が密《ひそ》かに、お貞へよせている慕情に気がつかなかった。

嶋岡は、辻道場で、

「啞《おし》の嶋岡」

と、異名をうけたほどに寡黙《かもく》な男であった。

小兵衛とは親しかったが、酒を酌《く》みかわすときも、ほとんど無言なのだ。

小兵衛が語りかけるのへ、

「む……」

とか、

「ふむ……」

とか、うなずいてみせるだけなのである。

それだけに小兵衛は、嶋岡が、お貞を愛していようとは、それこそ夢にも想《おも》わなかった。

ゆえに嶋岡が、別れの夜になって、

「お貞さんを、しあわせに……」

と、泪あふれるままに言い出たときには、愕然《がくぜん》となった。

あのときの嶋岡の声と顔には、だれの目にも、お貞への慕情がみてとれたろう。

後に、このことを、小兵衛がお貞へ語るや、

「存じませぬでした」

お貞も、むしろ茫然《ぼうぜん》となった。

それほどに嶋岡は、お貞への想いを深く深く胸の底に秘めていたことになる。

嶋岡は、お貞のこころが小兵衛へかたむいていることを、察知していたのだ。

お貞は、伊勢《いせ》の桑名の浪人・山口与兵衛《やまぐちよへえ》のひとりむすめであった。

浪人といっても山口与兵衛は、小金《こがね》もあり、立派な書道家でもあって、麴町《こうじまち》の辻道場の近くへ居をかまえていた。

辻平右衛門《へいえもん》は、晩年に、山口与兵衛から書をまなぶことをたのしみにしていたようだが、親しくなって二年後に与兵衛が病歿《びょうぼつ》した。

「この年齢《とし》になって、あれほどの知友を得たというに……」

と、辻平右衛門の落胆は、非常なものであったそうな。

お貞は、ひとり取り残された。

母は、お貞が十四歳の折に亡《な》くなっていた。

親類も、江戸には少いらしく、お貞から、

「ぜひとも……」

願い出て、辻平右衛門の身のまわりの世話をするようになった。

ときに、お貞は二十一歳で、それが四年前のことだから、いまは二十五歳になっている。

現代の二十五歳の女が未婚なのは、めずらしくない。

だが、当時の二十五歳は、もう「年増《としま》」といってもよい。

父なき後、お貞は辻平右衛門を父ともおもって、よく仕えた。

お貞もまた、平右衛門の人格に傾倒していたのである。

それから、お貞と秋山小兵衛の恋が、はぐくまれたのだ。

小兵衛は波切八郎とはちがって、遊所《ゆうしょ》へ出かけることもあったし、若いころには嶋岡礼蔵をつかまえて、

「おれは、どうしても色情を絶てぬ。われながら、なさけない」

よく、こぼしたものだ。

そうしたときも、嶋岡礼蔵は微笑を浮かべて、二度、三度とうなずくのみであった。

「嶋岡。おぬしはどうだ？」

「ふむ……」

「絶っているのか、女を……」

「うむ」

相変らず「ふむ」と「うむ」だけのこたえなのだが、そこは二人ともすぐれた剣客だけに、こころが通い合っていたのであろう。

秋山小兵衛は、甲斐《かい》(山梨県《やまなしけん》)・南巨摩郡《みなみこまぐん》・秋山の、郷士の家の三男に生まれた。

家は、長兄が継いでいる。

次兄は若くして病歿した。

小兵衛の祖先は、平氏に仕えた秋山太郎光朝《みつとも》だそうな。

小兵衛の亡父・秋山忠左衛門《ちゆうざえもん》と辻平右衛門は、

「昵懇《じっこん》の間柄《あいだがら》」

であった。

辻平右衛門が諸国をまわって修行をしていたころ、

「わしが屋敷へ、半年もとどまっておられたことがある」

と、小兵衛は父からきいていた。

それはまだ、小兵衛が生まれる前のことだ。

後に小兵衛は、

「他国を見てまいるがよい」

師の平右衛門にいわれ、二十三歳から二年ほど旅に出ている。

小兵衛の父は、若いころに江戸へ出て来て、

「中条流をまなんだ」

とかで、剣術は好きでもあり、相当の遣い手だったたし、三人の男の子のうち、末の子の小兵衛にだけは幼時から剣術の手ほどきをした。

(この子は小柄だが、剣をまなべば、かならず名《な》を為すに相違ない)

見きわめて、父は辻平右衛門へ入門を請《こ》うた。

平右衛門も、小兵衛を一目見て、

「よろしゅうござる。引き受け申そう」

と、いってくれた。

ときに秋山小兵衛は、十二歳であった。

(あれから、二十年もたってしまったのか……)

こうして、雨音をききながら独りで酒をのんでいると、小兵衛の酒は際限がなくなってくる。

「あの小さな躰《からだ》の、どこへ、あれだけの酒が入ってしまうのか?」

「底なしだわ」

酒に強い辻道場の連中が、あきれるほどなのだ。

酒豪であることにいつわりはない秋山小兵衛だが、女のほうは、遊びに出かけると
いっても、世間の男にくらべようもない。

年に何度か、

(気散じに……)

出かけるのみの小兵衛だが、夫婦の約束をした、お貞の肌身《はだみ》へは指一本ふれていない。

波切八郎との勝負について、小兵衛は一言もお貞へ打ちあけていなかった。

「来年の夏まで、待っていてくれ」

そういってあるが、ちかごろは、おとなしいお貞も、小兵衛の胸の内をはかりかねているようだ。

お貞は、いまも辻道場に寝起きしていた。

師が去ったばかりの辻道場に名残《なご》りを惜しむ門人たちが、まだ通って来ているし、道場には老僕《ろうぼく》の八助《はちすけ》と若い門人が二人ほど住み込んでいた。

小兵衛も、辻道場で三度の食事をする。

今日の夕暮れに、道場を出て来るとき、うらめしげに自分を見やった、お貞の目の色を小兵衛はおもい出した。

（ともかくも、波切八郎に勝たぬかぎり、お貞とは夫婦になれぬ）

この雨の夜……。

雑司《ぞうし》ヶ谷《や》の橘屋の、波切八郎がいる離れ屋へ、ついに、お信《のぶ》はあらわれなかった。

五

つぎの日の朝も、雨が降りけむっていた。

秋山小兵衛は例のごとく、明け六ツ（午前六時）に起き出し、麹町《こうじまち》の辻《つじ》道場へ出かけた。

道場へ着くと、早くも、数名の若い門人が稽古《けいこ》をはじめている。

その熱心なことは、辻平《へい》右衛《え》門《もん》が道場主であったころと、

（少しも変らぬ……）

のである。

小兵衛は、おもわず嘆息を洩《も》らした。

「かまわぬではないか。秋山殿が、この道場を継いだらよい」

「いまからでも遅くはない。大原《おはら》の辻先生へお知らせしたがよい」

などと、辻道場の高弟たちは、しきりにすすめる。

高弟のひとりで、近いうちに隠居する父の跡を継ぎ、六百石の旗本の当主となる身の、神谷新左衛門《かみやしんざえもん》などは、

「よし。拙者が秋山の使者として大原へおもむき、先生のおゆるしを得てこよう」

と、いい出ている。

だれ一人として、秋山小兵衛の悪口を洩らす者はなかった。

これは、門人たちが小兵衛の力量をみとめているからであろうし、かねてより辻平右衛門が、

「剣の道は、人の道そのものである」

その信念のもとに、門人たちの教導に当ったからであろう。

小兵衛にいわせるなら、

「なればこそ、おれなどが辻道場の跡を継ぐわけにはまいらぬのだ」

と、いうことになる。

大台所に接した六畳の間へ入った小兵衛へ、お貞《てい》が、

「おはようございます」

表情のない声で、朝の挨拶《あいさつ》をした。

お貞の不機嫌《ふきげん》の理由は、よくわかっている。

「おはよう」

ことさらに明るい声で、小兵衛がいうと、お貞は無言で食事の給仕にかかった。

熱い味噌汁《みそしる》を口にして、小兵衛は、またもためいきを吐いた。

(この道場の後始末を、どのようにしたらよいものか……?)

ふと見ると、お貞が、こちらを睨《にら》むように見据《みす》えていた。

(お貞。お前さんは勘ちがいをしているのだ。おれが浮かぬ顔をしているのは、お前さんがきらいになったからではない。道場の後始末に困っているからなのだ)

小兵衛は笑顔をつくり、

「よく降ることよ」

と、お貞へ声をかけた。

お貞は無言のまま、台所へ去った。

台所で老僕《ろうぼく》の八助が、はらはらしながら小兵衛とお貞を見ている。

「ああ……」

またしても小兵衛は、声に出して、ためいきを吐いた。

台所で、お貞が屹《きっ》と振り向いたとき、門人の内山文太《うちやまぶんた》が顔を見せた。

内山文太は、秋山小兵衛より十歳ほど年上の剣客で、駿河《するが》の田中在の郷士の出だ。

年少のころから剣術が好きな文太は、家を弟にゆずっていた。

いまは妻女と、十五歳のひとりむすめと共に四谷《よつや》の伝馬町《てんまちょう》に住んでいる。

郷里の弟から充分に生活費がとどくので、中年に達した内山文太はのびのびと剣術をたのしんでいるようだ。

外見《そとみ》には〔のんきもの〕に見えるけれども、内山の剣術は相当なものだし、

(いざというときには、肚《はら》を据えることができる男……)

と、小兵衛は看《み》ていた。

「秋山さん。今朝は一番に稽古をつけて下さい。たのみます」

と、内山が小肥《こぶと》りの躰《からだ》を揺するようにして、

「実は今日、昼前に用事があるもので……」

そういった瞬間に、小兵衛の脳裡《のうり》へ閃《ひらめ》いたものがある。

「よいとも。すぐに行く」

「では、たのみます」

「あ、ちょっと……」

「何です?」

「ま、此処《ここ》へ来なさい」

「はあ……」

傍《かたわら》へ身を寄せた内山文太へ、箸《はし》をつかいながら秋山小兵衛が低い声で、

「今夜は、ひまか?」

「はあ」

「仲町の、私の家《うち》へ来てくれぬか？」

「何ぞ？」

「ま、久しぶりに飲《や》ろうではないか」

「よいですなあ」

内山も、大酒のみなのである。

「では待っている。かならず来てくれ」

「大丈夫です」

内山文太が去って、小兵衛が台所へ目をやると、それまで凝《じっ》とこちらを見ていたお貞が、顔をそむけてしまった。

小兵衛は、自分の手で、飯のおかわりをした。

雨は、夜に入ってからも熄《や》まなかった。

約束どおり、内山文太は六ツ半（午後七時）ごろに、小兵衛宅へあらわれた。

小兵衛も文太も、軽い夕餉《ゆうげ》をすませている。

市《いち》ヶ谷《や》御門外の茶問屋・井筒屋《いづつや》の主人が内山文太の人柄《ひとがら》に惚《ほ》れこんでしまい、

「ああいう御方のむすめごならば、間ちがいはない。ぜひとも、せがれの嫁に……」

懇望したとかで、つい先ごろに婚約がととのったばかりゆえ、内山は上機嫌である。

嫁入りは、明後年の春に決まったそうな。

「肴《さかな》は豆腐しかないぞ」

「肴なぞ、いりませぬよ」

「ま、盃《さかずき》を手にしてくれ」

「あ、これはどうも……や、旨《うま》い。どうして秋山さんのところには、こんなによい酒があるのかね」

たがいに郷士の出身ゆえ、内山と小兵衛は仲がよかった。

「文太さん。国許《くにもと》に変りはないか？」

「おかげをもって、弟はじめ、みんな達者でやっています」

「何よりのことだ」

「秋山さん……」

盃を置いた内山が、

「いったい、どうするつもりなのです？」

と、かたちをあらためた。

「どうするとは……道場のことか？」

「それもあるが、私は、お貞さんのことを申している」

小兵衛とお貞の間柄は、いまや、道場内で知らぬ者はない。

「一昨日でしたかな。お貞さん、台所で、ひとり泪《なみだ》ぐんでいました」

「そうか……」

「何を、ためらっていなさる？」

「そのことだ」

と、小兵衛も盃を置き、

「実は文太さん。そのことについて、今夜、来てもらったのだ」

「何ですと？」

「お貞については、いささかながら、道場のことにも関《かか》わってくる」

「なるほど」

「いま一つ、文太さんに折り入ってたのみがある」

「うかがいましょう。秋山さんのことなら、火の中へも飛び込みますぜ」

こうなると内山文太の言葉づかいがくだけてきて、威勢がよくなった。

そのころ……。

雑司《ぞうし》ヶ谷《や》の橘屋《たちばなや》の離れ屋で、波切八郎は将棋盤《しょうぎばん》の前へ坐《すわ》り込み、身じろぎもせず、雨の音を聴いている。

いや、雨音にまじり、石畳の通路を離れ屋へ近づいて来る女《ひと》の足音をとらえようとしていた。

今日も、お信《のぶ》は顔を見せなかった。

いまは、下ばたらきの女中のお金に、

「お信さんは?」

と尋ねようともせず、ひたすら八郎は、お信があらわれるのを待ちつづけている。

お信同様に、橘屋忠兵衛《ちゅうべえ》も八郎の離れ屋へあらわれなかった。

波切八郎は、忠兵衛に会うことが怖かった。

(もしや、あの夜の、お信さんと私とのことが忠兵衛殿に知れ、お信さんは暇《いとま》を出されたのではないか……)

この不安で、八郎の胸は動揺しつづけている。

なればこそ、お金に尋ねることも、はばかられた。

(お金も、知っているのではあるまいか?)

食事の給仕をしながら、凝と、こちらを見つめているお金の眼《め》の色に八郎はおびえた。

このようなかたちで、怖いとか、おびえるとか……波切八郎にとっては、かつてない経験だといえよう。

剣を把《と》っての上の、恐怖や不安とは、別のものである。

剣の上のことならば、闘志によって乗り越えることができる。

いまの八郎の不安は、闘志で解決できるものではない。

一方、お金はお金で、陰鬱《いんうつ》に黙りこんだまま髭《ひげ》も剃《そ》らず、食欲も失《う》せた波切八郎を心配の目で見まもっているのだ。

(やっぱり、お躰のかげんがいけないらしい)

そこで橘屋忠兵衛へ、

「あの、お医者さまをよんでさしあげたら、いかがなもので?」

今日も申し出たのだが、

「なに、大丈夫」

と、忠兵衛は取り合おうともせぬ。

八郎は八郎で、もう、お金の問いかけをゆるさぬように不気味な顔つきになり、蒼《あお》ざめている。

(ほんとうに、まあ、どうしたことなのだろうねえ?)

だが、口のかたいお金は、八郎の様子を主人の忠兵衛のほかに洩らすようなことはしなかった。

六

この夜、秋山小兵衛は、波切八郎との真剣勝負を内山文太へ打ちあけた。

「実は、恩師の後を追って大原《おはら》へ行った嶋岡《しまおか》礼蔵に立合人をたのむつもりでいたのだが……」

「嶋岡さんは、あのような人だから、辻《つじ》先生も、お側《そば》に仕えることをおゆるしになるでしょう」

「私も、そうおもう。そこで文太さん。嶋岡の代りといっては相すまぬことだが、立合人になってくれぬか？」

「わかりました」

言下《げんか》に、内山文太が、

「私でよければ……」

「たのむ」

「何の……」

「それから、お貞《てい》に、このことを打ちあけてもらいたいのだ」

「それは、あなたの口からいわれたほうがよい。それがほんとうですよ」

「どうも、いいにくい」

「ですが、秋山さん……」

「いま一つ」

「まだ、あるのですか？」

と、内山は呆《あき》れたように、

「そんな……一度に、いろいろなことをたのまれても、うまくやれるか、どうか……」

「やれるとも」

「何です、いま一つというのは……？」

「私が消えてしまうことだ」

「えっ……」

「私が行方知れずになる」

「じょ、冗談ではない」

さすがに、内山文太の顔色が変って、

「ど、どうして、そんなことを……」

「私が道場にいては、いつまでたっても始末がつかぬ」

「ですから、私は、たびたび申しあげている」

「む……」

「何も、辻先生の御名前を出さずともよいとおもう。辻道場を秋山道場にしたらよいのですよ」

「それはちがう」

「ちがいません。辻先生も、およろこびなさると私はおもう」

内山は、膳《ぜん》を叩《たた》いて大声をあげた。

「門人たちは、みんな、秋山さんを慕っているのだ」

「そのようなことは、世間がゆるさぬ」

「いや、ゆるします」

「ゆるさぬ」

「ゆるすと申したら、ゆるします」

「文太」

と、よびつけにした秋山小兵衛が、年長の後輩へ、

「これは、おれのことだ」

ぴしりといった。

内山は沈黙し、小兵衛を睨《にら》みつけている。

「おれがことなのだよ。お前さんのことでもないし、門人たちのことでもない。おれにはおれの思案がある、決心がある」

「ふうむ……」

「なればこそ、お前さんにたのんでいるのだ。そうではないか。え……」

「…………」

「何事も、来年の……勝負が終ってからのことだ」

「さほどに強いのですか、その波切八郎」

「知らぬのか、評判を……」

「いや、耳にしてはいるが……」

「恐ろしい相手よ」

秋山小兵衛の両眼が細くなり、針のような光りをやどしはじめた。

これが、小兵衛の心身が緊迫したときの状態であることを、内山文太はわきまえている。

「なあ、文太さん。来年の、勝負の日まで、姿を隠したいとおもうのは、道場に私がいなければ、自然、始末がつくようにも考えたからだ。これはむしろ、不遜《ふそん》な考えやも知れぬが……」

「不遜ではない、不遜では……」

「これ、大声を出しなさるなよ」

「いずれにせよ、秋山さんは、此処《ここ》へ道場を構えるのだから、同じことではありませんか」

「私には、多勢の門人が手にあまる。辻先生とはちがうのだ。わかってもらえぬのかなあ」

しかし、ついに内山文太は、小兵衛のたのみを引き受けることになった。

「ですが、秋山さん。行方知れずになるというて、いったい何処《どこ》へ？」

「まだ、決めていない。だが、お前さんだけには、いつも連絡《つなぎ》がつくようにしておく」

「それでないと、来年のことがありますしな」

「私が江戸を去った後で、お貞に打ちあけてもらってよい。ともあれ、いったんは故郷《くに》へ帰るつもりなのだ」

「なるほど」

「や……雨が熄《や》んだような……」

「また、すぐに降ってきますよ」

「これで決まった」

と、秋山小兵衛が、かたちをあらため、

「文太さん、ありがとう」

ていねいに、頭を下げた。

「秋山さん。お手をあげて下さい」

「たのんだよ、文太さん」

「たしかに、引き受けました」

「さ、これでよい。ゆっくりと、のみ直そうではないか」

「今夜は存分に、いただきますぜ」

「よいとも。おれものむ」

熄みかけた雨が、夜ふけて、また降りはじめた。

秋山小兵衛と内山文太は、依然として酒をのみつづけている。

雑司《ぞうし》ヶ谷《や》の橘屋《たちばなや》の離れ屋では……。

お金が臥床《ふしど》を敷きのべに来たとき、運んできてくれた冷酒に波切八郎が口をつけた。

茶わんへ汲《く》み入れた酒を一気にのみほし、二杯目を口へもってゆきかけた八郎の手が、ぴたりと止った。

石畳の通路に足音が起り、離れ屋へ近づいて来る。

それは、まぎれもなく、お信《のぶ》の足音であった。

七

翌日。波切八郎が目ざめたとき、お信《のぶ》の姿は消えていた。

八郎は、この前のときのようには、お信が離れ屋を出て行く気配を知らなかった。

深い眠りの底へ落ち込んでいたのだ。

八郎ほどの剣客が、いかに眠っていようとも、同じ部屋の中の、人がうごく気配を感じなかったというのは、不覚とも油断ともいえよう。

亡父・波切太兵衛《たへえ》が、このような八郎を見たなら、何というであろう。

いまの八郎の脳裡《のうり》には、そうした反省の一片だに浮かんではこない。

「お信さん……」

呻《うめ》くがごとく口にのぼせて、臥床《ふしど》へ顔を埋めた。

匂《にお》いがする。

まさに、お信の肌身《はだみ》の匂いがする。

昨夜のお信は殆《ほとん》ど口をきかず、擦《す》り寄って来て、いきなり八郎の頸《くび》へ双腕《もろうで》を巻きつけてきた。

「お信さん。何故《なにゆえ》、顔を見せてはくれなんだ?」

とか、

「忠兵衛《ちゅうべえ》殿に、さとられたのか?」

とか、

「何ぞ、困ったことでも……?」

とか、八郎が問いかけても、お信は微《かす》かにかぶりを振るだけであった。

そして、お信は、何かの苦痛を堪えてでもいるかのように眉《まゆ》を顰《ひそ》ませ、八郎が瞠目《どうもく》するほどの奔放な仕ぐさで、八郎の帯を解き、胸肌を唇《くち》でまさぐり、男のように八郎の躰《からだ》へ伸《の》しかかってきたのである。

(あれが……あれが、女か……あれが女の肌身というものなのか……)

この前のときの比ではなかった。

(男と女の間には、こうしたこともあるものなのか……)

おどろきと、目ざめた官能のよろこびに、波切八郎の二十八歳の肉体は打ちふるえている。

(来る。今夜も、きっと来てくれる……)

昨夜、姿をあらわし、おもうさま八郎と愛撫《あいぶ》のかぎりをつくし、添い寝をしたのであるから、たとえ橘屋忠兵衛が八郎とのことを知ったにせよ、お信は咎《とが》められたわけでもないらしい。

(来る。きっと、来る……)

八郎が目ざめたときは、昼に近かった。

雨は熄《や》んでいた。

お金は、

「二度も声をかけましたけれど、よく眠っておいでになりましたので……」

と、いった。

「すまぬ」

八郎は、赤面した。

だが、声は明るい。

両眼の光りも精気をおびていた。

お金は、あるじの居間へ行き、

「波切さまの御様子が、よいようでございます」

と、告げた。

「そうか。それは何より」

「御膳《おぜん》の物も、みんな、召しあがりました」

「ほう……だから、私がいうたように、あのお人について心配をすることはないのじゃ」

「ほんに、さようでございました」

夕餉《ゆうげ》の膳も、お金が運んで来た。

八郎は失望をおぼえはしたが、さほどではない。

昨夜、お信が来てくれたことによって、八郎には一種の自信が生まれた。

(また、きっと、来てくれる……)

夜更《よふ》けて、またも将棋盤《しょうぎばん》を持ち出したが、石畳の通路にお信の足音はきこえなかった。

あきらめて、八郎は臥床へ身を横たえた。

(明日の夜は、きっと……)

そうおもいながら、この夜はすぐに眠りに落ちたのである。

翌日の未明……。

四谷《よつや》・仲町の秋山小兵衛宅では、小兵衛と内山文太が別れの盃《さかずき》をかわしていた。

内山は、昨夜から泊り込んでいたのだ。

「よいあんばいに、今日は薄日がさしてきそうですな」

「文太さん。では、後のことをたのんだよ。よろしいな?」

「いったん引き受けたことです。くどく申されるな」

「これは失言を……」

小兵衛は、この家の管理も内山文太へたのんである。

内山は、小兵衛が去った後の辻《つじ》道場の様子を、逐一、小兵衛の故郷へ知らせることになっていた。

その様子しだいで、小兵衛は、

「明年早々にも、江戸へもどって来る」

と、いった。

そのころには、すでに内山からすべてをきいた、お貞《てい》のこころも落ちついていよう。

「辻先生は真剣の勝負を好まれなかったが、剣客として、正々堂々の申し入れをことわるわけにはまいらぬ。このことを、よくよく、お貞へ申しきかせておいてもらいたい」

そういう小兵衛へ、内山文太が、

「秋山さんが、これほど女に弱いお人とはおもわなんだ」

失笑したものである。

「では、これにて……」

小兵衛は、身軽な旅装で外へ出た。

「秋山さん。お気をつけられて……」

「ありがとう。では、行って来る」

秋山小兵衛が江戸を去った、この日の夜も、お信は波切八郎の離れ屋へあらわれぬ。

わずかながら、八郎は苛立《いらだ》った。

この日の辻道場は、小兵衛があらわれぬので、仲町の小兵衛宅へ門人が駆けつけてみて、

「不在だ」

と、いうことになった。
翌日も、小兵衛は道場へあらわれない。
こうなると、
「おだやかではない……」
ことになる。
門人たちは、小兵衛と親しかった内山文太を質問責めにした。
内山は、
「何も知らぬ」
と、こたえるのみであった。
ただし、お貞のみは落ちついていた。
すでに、内山文太から、ひそかに小兵衛失踪《しっそう》の理由をきかされていたからである。
お貞は、むしろ安堵《あんど》の面もちとなり、
「いつまでも、秋山さまを待っております」
と、内山にいった。
秋山小兵衛が失踪して、三日目の夜になっても、お信は八郎に姿を見せぬ。
波切八郎は毎夜、枕元《まくらもと》の冷酒をのみつくしても、明け方まで眠ることができなかった。

雷雨

一

それは、秋山小兵衛《あきやまこへえ》が江戸から姿を消してより七日目のことであった。

波切八郎《なみきりはちろう》は、久しぶりにお信《のぶ》の姿を見た。

夜ではない。

まだ夕暮れに間もある、その日の午後。塗笠《ぬりがさ》をかぶった八郎が外出《そとで》からもどり、橘屋《たちばなや》の裏手の竹藪《たけやぶ》の小径《こみち》から裏庭へ入ろうとして、

(や……?)

おもわず、目をみはった。

離れ屋の縁に、お信が腰をかけているではないか。

降りつづいた雨が前夜半に熄《や》み、朝から薄日が洩《も》れてきたので、八郎は、またも藤杜稲荷《ふじのもりいなり》の方まで出てみたのだ。

相変らず、お信の面影で胸が一杯になっている八郎だが、さすがに雨つづきの日々を離れ屋に独りすごす明け暮れが、たまらなくなってきたらしい。

稽古《けいこ》もせず、食べては寝るのみの毎日だけに、躰中《からだじゅう》へ、

(黴《かび》が生えたような……)

おもいがする。

藤杜稲荷・鳥居前の茶店へ入り、例の饂飩《うどん》を食べてきたが、今日は旨《うま》いともおもわなかった。

昨夜は、おもいきって、

「お信さんが見えぬようだが……」

つとめて平静をよそおい、お金《きん》へたずねてみたら、

「いえ、おいでなさいますよ」

「そうか……」

「お信さんは、旦那《だんな》さんの御用がいそがしいので……」

「ほう……」

「帳面をつけたり、いろいろとなさいますから……」

お金も、お信を一段上にあつかっている言葉づかいなのだ。

その、お信が、夜にもならぬのに、

（おれを待っていた……）

と、看《み》てよい。

とどろく胸を懸命にしずめながら、八郎は離れ屋へ近寄って行った。

その気配に、こちらへ背を向けていたお信が振り向いた。

「ま、波切さま……」

いいさして八郎を見た、お信の両眼が潤《うる》んでいる。

泪《なみだ》ぐんでいたのだ。

「お信さん。どうなされた？」

「いえ、別に……」

顔をそむけ、お信が目がしらを押えた。

どうも、徒事《ただごと》ではない。

「ごめん下さいまし」

と、腰をあげかけた、お信の肩をつかんだ八郎が、

「何かあったのだ。それにちがいない」

「いえ……」

「心配事があるなら、私に、いってみて下さらぬか」

うつ向いた、お信の眼《め》から、また泪があふれてくる。

「お信さん……」

あたりを見まわした八郎が、

「ともかくも、中へ……」

「波切さま……」

「さ、中へ……」

「取り乱して、申しわけもございません」

「私は、かまわぬ。私のことで何か、困っているのではないか?」

この問いかけに、お信は強くかぶりを振って見せた。

哀《かな》しげな、そして怨《うら》めしげな……何ともいえぬ複雑な表情を浮かべつつ、

「ただ、口惜《くちお》しくてたまらず……」

ほとばしるようにいいさしたかとおもうと、袂《たもと》で顔を被《おお》った。

「口惜しい……?」

「ごめん下さいまし」

突然、お信は立って、庭づたいに母屋《おもや》の方へ走り去った。

八郎は、茫然《ぼうぜん》としている。

(口惜しい、といった……何が口惜しいのか?)

これは、自分とお信とのことではない。

何か別の事態に対して、お信は口惜しいといったのである。

夕暮れとなって、湯殿で躰を洗いながら、波切八郎は、

(よし。お金にいって、お信さんをよんでもらい、事情《わけ》を尋ねてみよう)

と、決意をした。

お信と自分との関係が、橘屋忠兵衛《ちゅうべえ》に知れたのではないらしい。

そうおもうと、

(よし。なれるものなら、お信さんのちからになってやりたい)

八郎は離れ屋へもどり、お金が夕餉《ゆうげ》の膳《ぜん》を運んで来るのを待った。

お金は、なかなかにあらわれぬ。

いつもの夕餉の時刻が過ぎてしまい、夕闇《ゆうやみ》が夜の闇に変るころ、石畳の通路に足音がきこえた。

それをきいて、八郎の胸がときめいた。

お信である。

お信が、夕餉の膳を運んであらわれたのだ。

「お信さんとは、おもわなんだ……」

八郎がいうと、お信は微《かす》かに笑った。

化粧を為直《しなお》し、髪に櫛《くし》を入れたお信の顔には泪の痕《あと》もない。

「先程は……」

　と、お信が頭を下げ、

「見ともない姿を、お目にかけてしまいました」

「何の……」

　お信が、八郎の盃《さかずき》へ酌《しゃく》をした。

　お金であったら八郎の独酌にまかせて、いったん出て行き、頃合《ころあい》をみはからって食事の仕度をととのえ、もどって来るのが例になってしまっている。

「お信さん。先刻《さっき》のことだが……口惜しいと申されたな」

「もう、お忘れになって下さいまし」

「そうはゆかぬ」

「いえ、もう……」

「何なりと、私にきかせてもらいたい。もしやすると、お信さんのちから、になれるやも知れぬ」

　お信は顔をそむけ、沈黙した。

「お信さん……きかせてもらえぬか？」

「……………」

　八郎は、酒肴《しゅこう》の膳を傍《わき》へ押し退《の》け、擦《す》り寄ってお信の腕をつかんだ。

お信は、わずかに逆らう様子を見せたが、すぐに八郎の胸へ顔を押しあて両眼《りょうめ》を閉じた。

その女の唇《くち》を、八郎は激しく吸った。

「あ……」

お信の双腕《もろうで》が、ためらいつつ、八郎の腰へまわる。

「お信さん。わけをききたい。何が、口惜しいのだ？」

顔を擦り寄せてささやく波切八郎へ、お信が眼を閉じたままで、

「父母の敵《かたき》を見出《みいだ》しながら、手が出ませぬ」

呻《うめ》くがごとく、いったのである。

これは、おもいもかけぬことであった。

「父母の敵……と、申されたな？」

尋《き》き返さずにはいられなかった。

お信が、うなずいた。

離れ屋の屋根を、雨が叩《たた》いてきはじめた。

「まことか？」

「はい」

「ふうむ……」

「もう、よいのでございます。あきらめるほかには、仕方もなく……」

「その敵は、江戸にいるのか?」

「はい」

「よし。ちからになろうではないか」

八郎の五体へ、火がついたようになった。

これなら、

(ちからになれる……)

と、おもった。

「お信さん。くわしく、はなしをきかせてもらいたい」

「いえ、そのような……」

「ちからになると申したではないか」

「そのような、御迷惑を、おかけしては……」

「このことは、橘屋のあるじどのも知ってのことか?」

お信は、かぶりを振った。

その顔へ右手を添え、八郎はまたも、お信の唇へ自分のそれを押しつけた。

二

お信《のぶ》の父は、ある大名家に仕えてい、三代にわたり、江戸藩邸で奉公をしていたという。

お信は、その大名の名を、

「ゆえあって、申しあげることはできませぬが……」

と、波切八郎へいった。

「そのようなことは、どうでもよろしい」

八郎は、気にもかけなかった。

お信は、侍のむすめである。

それが、いまは料理茶屋の座敷女中をしているわけだから、わが身を恥じて主家《しゅか》をはばかるのも当然といってよい。

お信は、ひとりむすめだそうな。

亡《な》き父の名は、

「関口格之助《せきぐちかくのすけ》と申します」

「ふむ」

「母は、八重《やえ》と申しまして……」

「ふむ、ふむ……」

そして、十二年前にお信の父を殺害《せつがい》した男は、同じ大名家に仕えていた藩士で、

「父の上役で、高木勘蔵《たかぎかんぞう》と申します」

と、お信は告げた。

父の敵《かたき》・高木勘蔵の居所《いどころ》を、お信は知った。

これが女でなく、関口格之助の息子ならば、正面から名乗って出て高木を討ち、主家へ帰参が適《かな》うわけだが、むすめのお信が単身で敵を討つ場合は、いろいろと面倒なことになる。

そもそも、敵の高木勘蔵は新陰流《しんかげりゅう》の達人だというし、お信ひとりではどうにもならぬ。

親類の人びとが、お信の助太刀をするというのなら、はなしは別のことになるけれども、

「自分ひとりでは、高木を討てぬのが口惜しい」

と、お信がいうのだから、たとえ親類がいても、

(お信さんの助太刀をせぬ……)

と、看《み》てよい。

そこにはまた、何かと複雑な事情もあるらしい。
はなしをきくうちに、お信が主家の名を出さぬのも、ただ現在のわが身を恥じての
ことのみではないようにおもえてきた。
(よし。それならば……)
波切八郎の五体は燃えた。
それにしても、高木勘蔵を、
「父母の敵」
だと、お信が洩《も》らしたのは、どのようなわけなのか……。
十二年前の、そのとき、お信の父・関口格之助は、公用で国許《くにもと》へおもむいた。
国許は、
「北国《きたぐに》でございます」
とのみ、お信は語った。
で、関口が江戸藩邸を発《た》って間もなく、高木勘蔵が、関口の妻であり、お信の母で
もある八重を密《ひそ》かに藩邸からよび出し、何処《どこ》かへ誘って、これを犯した。
「関口格之助について一大事が出来《しゅったい》した。これは秘密の事ゆえ、藩邸内では語ること
ができぬ」
およそ、このような手紙を八重へわたし、誘い出したらしい。

当時、お信は少女であったが、

「その日の夕暮れ近くに、母は死人《しびと》のような顔色をして、御長屋へ帰ってまいりました」

お信は、そういって噎《むせ》び泣いた。

八重が懐剣をもって自殺したのは、その夜更《よふ》けだ。

親類にあてた遺書は、藩の目付《めつけ》の手にわたり、お信は見ていない。

だから、高木勘蔵が八重の肌身《はだみ》を蹂躙《じゅうりん》したというのは、その後の藩邸内のうわさによるものだ。

いずれにせよ、八重は、高木によび出された夜に自殺をとげた。

高木勘蔵は、藩邸へもどらなかった。

高木は、国許へ向いつつある関口格之助の後を追いかけ、上越《じょうえつ》国境の三国峠で追いつき、関口を斬《き》って殪《たお》した。

これには、目撃者がいた。

ほかならぬ関口格之助の供をしていた若党の中野《なかの》伊助《いすけ》という者である。

伊助も高木に殺されようとしたが、必死で逃げ、

「われから谷底へ飛び込み、殺害をまぬがれたのでございます」

と、お信。

「では、その若党が藩邸へ？」

「もどってまいりましたので、父が討たれましたことが、私にもはっきりとわかりました」

藩庁が、若党の中野伊助の報告をきいたのはもちろんのことだろうし、手配をして関口格之助の死体の始末もしたにちがいない。

もっとも、高木が関口の死体を、谷底へ蹴落《けおと》したりしたことも考えられる。

ともかくも、

「父の亡骸《なきがら》は、江戸へ帰ってまいりませなんだ……」

お信は、そういった。

何といっても少女のことで、

「何もわからず、ただもう、父母を共に失った悲しみに堪《た》えるのが、精一杯でございました」

「むりもないこと……」

波切八郎は暗然となり、ついで、高木勘蔵への激しい怒りが胸に込みあげてきた。

その後のお信は、

「国許の、母の実家《さと》へ引き取られたのでございます」

と洩らしたが、くわしくは語ろうとせぬ。

国許には、少いが亡父の親類もいたようだが、

(お信さんのちからになろうという者は、いなかったらしい)

と、八郎は推測をした。

やがて、お信は国許を出た。

出たからこそ、こうして、江戸郊外の雑司《ぞうし》ヶ谷《や》の料理茶屋に暮している。

その間のことは、八郎も尋ねようとしなかったが、お信も語らなかった。

波切八郎にとっては、

(これだけ、きいておけば充分……)

なのである。

お信の助太刀をする決意は、すでにかためられた。

関口家の旧主家である大名家から、関口家は抹殺《まっさつ》されてしまっている。

八郎は、その大名家が、どうも敵の高木勘蔵を、

(庇《かば》っている……)

ようにおもわれた。

高木は犯罪人なのだ。

お信が少女の身ゆえ、敵を討てぬのだから、すぐさま藩庁は高木を追って、これを捕えるべきであろう。

お信が洩らしたところによると、高木には藩の重役をつとめる権力者が親類としてついており、どうも、この事件をもみ消してしまったふしがある。

ただ、お信には十二年後のいまも、父母の怨《うら》みをおもうと高木勘蔵への憎しみに、時折は夜も眠れぬことがあるそうな。

「察します。さぞ、辛《つら》かったろう」

お信の肩を抱きしめ、波切八郎は感無量の面もちになっていたが、

(お信さんの助太刀を、おれがする)

このことが、何か甘やかな想《おも》いをそそってくる。

高木勘蔵が、いかに新陰流の手練《てだれ》者であろうとも、

(かならず、討つ!!)

八郎の自信は、微塵《みじん》もゆるがぬ。

「お信さん。で、高木勘蔵は、いま何処に?」

「ここからも、さして遠くはないところに、住み暮しております」

三

その翌日。

昼すぎに、麹町《こうじまち》の辻《つじ》道場へあらわれた内山文太《うちやまぶんた》は、妙なことを耳にした。

秋山小兵衛が失踪《しっそう》してより、内山は、なるべく道場へ顔を見せぬことにしている。

若い門人などは、

「内山殿は、あれほどに秋山先生と親密の間柄《あいだがら》だったのだから、何も知らぬということはない」

「きっと、何やら隠しているにちがいない」

そこで内山へ何かと問いかけてくる。

そうした門人たちの一部は、小兵衛宅の戸締りを押し開け、内部の様子をたしかめたりした。

内山文太は、激しく叱《しか》りつけた。

「何ということをするか。お前たちは秋山さんに対して……いや、辻先生に対して恥ずかしいとはおもわぬのか。他人の家へゆるしもなく押し入るとは、まことにもって怪《け》しからぬことだ」

門人たちは恐れ入ったらしい。

内山は三日に一度、小兵衛宅へおもむき、掃除をしている。

戸を閉めたままに、一年もほうり捨てておけば、

(家が腐る)

からである。

小兵衛が行方知れずとなってより、早くも十日に近い日が過ぎた。

「これは、もう、秋山先生はもどらぬ」

あきらめて、他の道場へ移る者も少しずつ出てきたようだ。

(このぶんならば、秋山さんの望みどおりになりそうだ)

内山は、そうおもった。

辻道場の敷地はひろいが、借地ゆえ、

「わしが来年に江戸へもどってから、始末をつける」

と、秋山小兵衛は内山文太へ言い置いてある。

「いずれ、折を見て、秋山さんの宅へ移られたらいかがです?」

内山は、お貞《てい》にすすめたが、

「いえ、秋山さまが道場の始末をなさるまで、私は此処《ここ》におります」

しっかりと、お貞はこたえた。

ところで、内山が妙なうわさをきいたのは、ほかならぬお貞からであった。

「昨日の日暮れ前でございましたが……」

「ふむ?」

そのとき、四、五名の門人が台所に接した一間へ入って来て、

「お貞さん。茶を下さい」

と、ねだった。

いつものことゆえ、お貞が仕度をしていると、門人たちが、

「ほれ、目黒の行人坂《ぎようにんざか》の近くに、小野派一刀流の波切八郎という剣客がおったろう」

「知っている。去年、本多侯の下屋敷（別邸）でうちの秋山先生と立合って負けたという……」

「さよう」

「秋山さんは、勝っても勝った気がせぬと申していたが……」

「よほどの剣客らしいですな」

お貞は、波切八郎の名前が耳へ入ったので、茶の仕度をしながらも、はっとなった。

内山文太から、秋山小兵衛と波切八郎の真剣勝負の事をきいていたからだ。

「おい。その波切八郎がどうしたのだ？」

「行方知れずとなったそうです。私の知り合いが波切道場に通っておりましてな。それで耳に入りました」

門人たちは、顔を見合わせた。

去年、本多伯耆守《ほうきのかみ》下屋敷で勝負を争った秋山・波切の二剣士が、期せずして行方知れずとなった。

「妙なこともあるものだな」

「で、波切道場は、その後、どうなっている？」

「それが、高弟の人びとがちからを合わせ、引きつづいてやっておるそうです」

「この道場も、秋山さんがやって下さればよいのだ」

「もっとも波切道場では、わずかながら門人が減ったそうです」

「うちは、秋山先生さえ、もどってくださるなら一人も減らぬぞ」

「そのとおり」

「秋山先生は、故郷へ帰られたのではあるまいか」

「なるほど」

「われわれで訪ねてみようではないか」

「よし、行こう」

と、何やら、さわがしくなってきた。

これは後のことになるが……。

若い門人たちは、甲州の南巨摩《みなみこま》郡《ぐん》・秋山郷へ五、六名で押しかけて行ったものだ。

もとより、秋山小兵衛が、彼らに見つけ出されるはずはない。

そのとき、小兵衛はたしかに故郷の家にいた。

だが、門人たちがあらわれるや、すぐさま屋敷を出て、かなり離れた親類の家へ隠れてしまった。

秋山家の当主で、小兵衛の兄にあたる秋山忠左衛門《ちゅうざえもん》（亡父の名を継いでいる）が落ちつきはらって門人たちを迎え、

「せっかくにお訪ね下されたなれど、弟の小兵衛は、何年にも故郷へもどりませぬ」

「では、秋山先生が突然、行方知れずになられたことを御存じない？」

「存じませぬ。さようでございましたか、弟が行方知れずに……」

「さよう」

「弟には、年少のころから、そうしたところがありまする。なに、間もなくもどりましょうよ」

秋山忠左衛門は、門人たちを三日ほど滞留させ、大いに歓待をした上で、門人たちからはじめて事情をきいた様子を見せ、

「さようでございましたか。なるほど、ようわかりました。これはどうも、弟としては辻先生の道場を引き受けるこころにはなれますまい。弟は、そうした男なのでございます。何とぞ、弟のおもうようにさせてやって下され。お願い申しまする」

両手をついて、忠左衛門がたのむものだから、

「これでは、どうにもならぬ」

「いったい、秋山先生は何処《どこ》へ行かれたものか……」

一同、落胆をし、あきらめて江戸へ引き返すよりほかに仕様もなかった。

はなしを、もどそう。

お貞から、波切八郎失踪のことをきいた内山文太は、

（この目で、たしかめてくれよう）

目黒へおもむき、行人坂の波切道場をのぞいてみたりして、探りをかけ、

（嘘《うそ》ではないらしい）

と、わかった。

そこで手紙をしたため、秋山郷にいる小兵衛へ知らせたのである。

だから、門人たちが押しかけて行ったとき、秋山小兵衛は、すでに波切八郎失踪の件を知っていたことになる。

小兵衛は、内山文太へ返書をよこした。

「……波切八郎出奔の件、おどろいたが、波切には波切の思案があってのこととおもう。申すまでもなく波切も、来年の勝負にそなえ、おのれの工夫によって、心身をととのえるために出奔し、だれにもわずらわされることなく、精進を重ねる決心のようにおもえる。ゆえに波切八郎は来年の約束を、みずから破るようなことはあるまい。あの男は、剣士として立派な男だと私はおもっている。よく知らせてくれた。私も私なりに、来年にそなえるつもりだ」

文面は、およそ、このようなものであった。

四

「あれに、住み暮しているようなのでございます」

と、お信《のぶ》が波切八郎へささやいた。

「ふむ……」

木立の蔭《かげ》から、八郎は、その家を見つめた。

両側を竹藪《たけやぶ》に囲まれて、藁屋根《わらやね》の腕木門《うでぎもん》がある。

その奥の、木立の向うに、母屋《おもや》の藁屋根だけが見えた。

どこぞの寮（別荘）として、建てられたものであろうか。

腕木門は、かなり古びている。

してみると、この家が建てられてから、かなりの歳月を経ていることになる。

ここは、お信がいったとおり、雑司《ぞうし》ヶ谷《や》の橘屋《たちばなや》とは、

「目と鼻の先……」

といってよいほどの近間《ちかま》なのだ。

音羽《おとわ》の大刹《たいさつ》で、幕府から千二百石の寺領を附《ふ》せられている神齢山《しんれいざん》・護国寺《ごこくじ》の裏門か

ら、雑司ヶ谷の鬼子母神《きしもじん》へ通じている道がある。

その道に沿って、左に宝城寺《ほうじょうじ》・清立院《せいりゅういん》という二つの寺があり、お信の父母の敵《かたき》・高木勘蔵の住処《すみか》は、清立院の裏手にあった。

すなわち雑司ヶ谷への道から左へ切れ込み、細道を行った突き当りに、高木の住処の腕木門が在る。

高木の住処から橘屋まで、さしわたしにしたなら五百メートルほどのものであったろう。

十日ほど前に、

「旦那様《だんなさま》の御用で大塚仲町《おおつかなかまち》までまいりました、その帰り途《かえりみち》に、高木勘蔵を見かけたのでございます」

と、お信は八郎へ語った。

そのとき、お信はおもいついて護国寺へ立ち寄り、参詣《さんけい》をした。

そして、境内に出ている茶店でやすんでいると、目の前を高木勘蔵が通って行ったという。

高木は笠《かさ》もかぶらず、白扇で風を入れつつ、悠々《ゆうゆう》とした足取りで裏門の方へ向う。

血相を変えて、お信は立ちあがった。

父母が死んだのは、十二年前のことで、当時のお信は少女だったが、高木の顔を見忘れるものではない。

額が異常に張り出し、鷲鼻《わしばな》が高々としている上に、左の頬《ほお》に梅干ほどの痣《あざ》があるという高木勘蔵の顔貌《がんぼう》は、

「どこにもある……」

ものではない。

さらに高木は、六尺余の堂々たる体軀《たいく》のもちぬしであった。

「一度見たならば、だれしも、高木の顔は忘れられますまい」

お信は、そういった。

咄嗟《とっさ》に手ぬぐいを髪へかけ、顔を隠し、お信は高木の後を尾《つ》けた。

高木とはちがって、少女から成熟した女になり、しかも料理茶屋の座敷女中になっている現在のお信ゆえ、

(たとえ、高木がお信さんを見ても、それとわからなかったろう)

と、八郎はおもった。

護国寺の裏門から雑司ヶ谷へ通ずる道には人通りが絶えぬし、清立院の手前には茅《かや》ぶき屋根の茶店もならんでいる。

高木勘蔵は、一度も振り返ることなく、茶店と茶店の間の細道を左へ曲った。

こうして、お信は高木の住処をつきとめたのであった。

翌日も、その翌日も、

「暇を見ては……」

お信は、高木の住処を探りに出た。

さりとて、武芸のたしなみもない独りの女では、

（どうしようもない……）

のである。

木立の中をつたわって、高木の家へ近寄り、腕木門を睨《にら》みつけるのが精一杯のところだ。

高木は、六十がらみの老僕《ろうぼく》と共に、ひっそりと暮しているらしい。

老僕が買物に出入りする姿を、お信は何度も見ている。

しかし、そのほかに高木宅へ出入りする者はいなかった。

当所《あてど》もない見張りをする間に、お信は二度、外出から帰って来る高木勘蔵を見た。

「もしも男であったなら……いえ、女ながらも腕におぼえがあれば、と……ただもう、高木の姿を見送るのみの無念さに、気も狂うほどでございました」

と、お信は八郎の腕の中で、激しく身をふるわせたものだ。

八郎の世話をするようにと、橋屋忠兵衛《ちゅうべえ》からいいつかっていたお信が、離れ屋へあらわれなかったのも、

（こうした事情《わけ》があったからなのか……）

はじめて、納得がゆくおもいがした。

「このことを、忠兵衛殿は知っておられるのか？」

八郎が念を入れると、

「いいえ、旦那様へは申しあげてはおりませぬ」

きっぱりと、お信はこたえた。

（さて、どうするか……）

であった。

木蔭から、高木勘蔵宅の腕木門を見つめつつ、波切八郎が、

「お信さん……」

「はい？」

「高木を討ち取るには、いつにてもよろしいのか？」

「父と母の、怨《うら》みをはらすことさえできましたなら……」

「さようか……」

八郎が腕木門から、お信の顔へ視線を移すと、お信は目を伏せて、

「も、申しわけございませぬ」

「何の……」

「御迷惑を、おかけするような気がしてなりませぬ」

奔放な仕ぐさで、裸身を擦《す》り寄せてきたときのお信とは別人のように、たよりなげな、か細い声で、

「このようなことを、お耳へ入れるのではございませんでした」

「だが、お信さんは、ぜひとも御両親の怨みをはらしたいのではないか？」

お信は黙った。

灰色の雲が透間《すきま》もなく張りつめた午後の空であった。

木立の中は、濃い夕闇《ゆうやみ》がたちこめているかのように暗い。

その中でも、お信の顔色の蒼《あお》ざめているのが、八郎にはわかった。

お信が、急に黙ってしまったので、八郎は、何やら気ぬけのしたおもいになりかけたとき、

「怨みを、はらしとうございます」

低いが決意のこもった声で、お信がいった。

五

波切八郎は、お信《のぶ》を先へ帰した。

(踏み込んで、高木勘蔵とやらを討ち取るのは、たやすいこと……)

やも知れぬ。

問題は、高木を斬《き》って殪《たお》した後のことだ。

父母の……少くとも父の敵《かたき》を討ったのだから、いささかも疾《やま》しいところはない。

けれども、お信は、

「何事も内密にしたい」

と、いう。

自分の胸に積もり重なった怨《うら》みが、はれればよい。お上《かみ》へ届け出れば、当然、お信の父と高木が奉公をしていた大名家へ照会がゆくであろう。

そうなったとき、果して藩庁は、敵討ちの事実をみとめるかどうか……。

「はなはだ、こころもとない気がいたします」

怒りをこめて、お信はいった。

父母が死んだ後の、お信へ対するあつかいを見ても、藩庁が高木を庇《かば》っていることがあきらかであった。

藩の重役を親類にもつ高木勘蔵は、おそらくいまもって、庇護《ひご》を受けているにちがいない。

いずれ折を見て、高木は藩へもどるようになるやも知れぬと、お信は語った。

ゆえに、高木を討ったことを公《おおやけ》にすれば、

「私はさておき……」

助太刀をした波切八郎へも、

「かならず、害がおよびまする」

と、お信はちからをこめていうのである。

八郎は、ふたたび、その大名家の名前をたしかめようとしたが、

「それだけは、おゆるし下さいまし」

お信は、あくまでも押し隠そうとした。

波切八郎も大名家や大身《たいしん》旗本に出入りをゆるされていた剣客だけに、大名や武家の内部の複雑さは、おぼろげながらわかっている。

何か事件が起り、その取りあつかいを誤ると、おもいもかけぬところへ飛火をして、罪なき人びとへ害がおよぶこともめずらしくない。

体面や責任、重役たちの権力関係などが微妙にからみ合ってい、そのバランスが少しでもくずれると、

「手のつけようがなくなる……」

ことさえある。

お信が旧主家の名をあかそうとはしない心情も、八郎には、

（わからぬこともない……）

のであった。

ところで高木勘蔵を討つときは、むろん、お信が同行する。

するが、お信には武芸の心得がない。

短刀一つ、手にしたことはないらしい。

となれば、お信に手出しはできぬ。

いや、妙に手出しをされては、

（かえって、邪魔に……）

なるわけだ。

高木勘蔵は、新陰流《しんかげりゅう》の達人だそうな。

やみやみと後れをとるつもりはないが、先《ま》ず自分が立ち向って高木を討ち、

（それから、お信さんに止《とど》めを入れさせればよい）

と、八郎の思案は、すでに決まっている。

八郎は木立から出て、高木宅の門の左手の竹藪《たけやぶ》へ入った。

この竹藪は、清立院《せいりゅういん》の土塀《どべい》までつづいてい、その土塀に沿って細い道が高処《たかみ》へのぼっている。

そのあたりまで踏み込んで行くと、木立の間から、高木勘蔵が住む家の様子が、凡《およ》

そ見てとれた。

大きな家ではない。

藁屋根《わらやね》の風雅な造りだが、相当に古びていた。

門を入ると、石畳の通路が玄関口へつづいている。

お信が老僕《ろうぼく》と見た老爺《ろうや》が、通路を掃き清めているのが見えた。

距離があるので、顔つきまではよくわからぬ。

（いま、高木は家の中にいるのだろうか……？）

いずれにせよ、

（高木の顔を、たしかめておかねばなるまい）

と、八郎はおもった。

（明日から、私が見張って、高木勘蔵がどのような男か、見とどけよう。斬るにしても、どのようにしたらよいか、それが決まらぬと、お信さんを連れて来ることができまい）

お信は、だれにも知られず、高木勘蔵を討ってもらいたいという。

となれば、夜か明け方だ。

高木が夜の外出《そとで》をするようなら、これを待ち受けてもよいが、お信と共にということになると、面倒になる。

何分《なにぶん》にも、お信は橘屋《たちばなや》の奉公人なのである。

それよりも、高木が在宅していることがわかれば、

(こちらから、あの家へ打ち込むほうがよい)

思案をめぐらしつつ、波切八郎は道へもどり、雑司《ぞうし》ヶ谷《や》へ向った。

そのころ……。

橘屋忠兵衛《ちゅうべえ》の居間に、忠兵衛とお信がいて、何やらささやきかわしている。

お信は、沈痛の面もちであった。

忠兵衛は無表情に、お信を見つめている。

「お信。そろそろ、波切さんがもどって来《こ》よう」

と、忠兵衛が、

「もう、行ったがよい」

「はい」

「明日また、な……」

「はい」

お信が居間を出て行った後で、橘屋忠兵衛は腕を組み、両眼を閉じた。

神経を集中して、何かを考えているときの忠兵衛の姿がこれであった。

そこへ、

「もし……よろしゅうございますか?」

廊下から声がした。

養子の豊太郎《とよたろう》だ。

「あ……豊太郎さんか。お入り」

「ごめんを……」

障子が開いて、豊太郎のふっくりとした明るい笑顔がのぞいた。

「おいそがしいのではございませんか?」

「かまいませんよ。さ、もっと、こちらへ……」

「はい」

「何ぞ?」

「明日、紀州様の御席をうけたまわっておりますが、御料理のことで、いろいろと御注文がございまして……」

と、これは別に、むずかしい相談ではないらしい。

豊太郎が養父の居間を出て行って間もなく、波切八郎が離れ屋へ帰って来た。

入浴し、もどって来ると、お信が酒肴《しゅこう》の膳《ぜん》を運び入れたところであった。

二人は顔を見合わせて、うなずき合った。

(私が、お信さんのちからになってやれる……)

そして、これが二人きりの秘密であることに、波切八郎は特殊のよろこびを味わっていた。もっともそれは、無意識のうちにであったが……。

お信の酌《しゃく》で、のみほした盃《さかずき》を、

「さ、お信さんも……」

と、わたし、八郎が酌をした。

「いただきまする」

そういった、お信の言葉づかいは、あきらかに武家の女のものだ。

料理茶屋の座敷女中になってから何年になるか知らぬが、

(やはり、育ちはあらそわれぬ……)

八郎は、そうおもう。

「お信さん。急《せ》いてはならぬ。よろしいか?」

「はい」

「明日から、私が見張りに行ってみよう」

「は……」

「まかせて下さるな?」

「申しわけ……」

いいさした、お信の躰《からだ》へ擦《す》り寄った波切八郎が、いきなり、お信を抱きしめた。

六

その夜から、また、雨になった。

翌日、波切八郎は雨仕度をして、清立院裏《せいりゅういんうら》の高木勘蔵宅を見張りに出た。

こうして三日、四日と見張るうちに、立派な身なりの侍が一人、高木宅を訪れるのを見た。

その日は、いったん雨があがって薄日が洩《も》れていたが、侍は頭巾《ずきん》をかぶり、供も連れずにあらわれた。

(何者か?)

高木の旧主家にいるという、親類の重役からの使いの者のようにも思われる。

橘屋《たちばなや》へ帰って、お信《のぶ》に告げると、

「私も、そのようにおもいまする」

と、いった。

夕餉《ゆうげ》の膳《ぜん》は、かならず、お信が運ぶようになった。

二人は、そのように打ち合わせをした。

高木宅へ打ち込むのは、明け方と決めてある。

「いつにても出られるように、心構えをしておきなさい」

と、八郎がお信にいった。

見張りをつづけて七日目に、波切八郎は、はじめて高木勘蔵を見た。

見張りといっても、一日中しているわけではない。

朝餉《あさげ》をすませて、午後までのこともあるし、午後から日暮れにかけてのこともあった。

（高木勘蔵は、まさに、あの老僕《ろうぼく》と二人きりで暮している）

このことさえ、つきとめればよかった。

けれども、一度だけは高木の顔を見とどけておかねばならぬ。

新陰流《しんかげりゅう》の達人というし、いざというときに、八郎自身が顔を見知っておかぬと、咄嗟《とっさ》の対応ができぬ。

お信に、

「あれが高木でございます」

と、いわれてからでは、万事に手ぬかりとなってしまう。

高木の風貌《ふうぼう》については、お信から耳にしていても、八郎の目でたしかめておくことが当然なのである。

その日。

おもいがけなく、からりと晴れた。

波切八郎が、清立院裏の木立へ入ったのは、九ツ半（午後一時）をまわっていたろう。

この朝、めずらしく橘屋忠兵衛《ちゆうべえ》が離れ屋へあらわれ、

「そろそろ、梅雨も明けそうじゃ」

「さよう」

「ほう……」

つくづくと、八郎の顔をながめやった忠兵衛が、

「お顔の色が、たいへんによい」

「さようで……」

「ここの暮しに、お慣れになったとみえる……」

「おかげをもって……」

橘屋忠兵衛は八郎にたのまれた、旅行のための往来切手（身分証明）の調達について、噯気《おくび》にも出さぬ。

八郎は八郎で、往来切手のことなど、いまは念頭から消えている。

（お信さんのために、高木勘蔵を討つ!!）

この一事のみであった。

波切八郎のような男は、二つも三つもの異なる事を、同時に考えることができない。

年少のころから、余念もなく、剣の道一筋に精進をつづけてきた明け暮れが、そのまま八郎の性格となってしまっていた。

お信を知るまでは、

「女の手ひとつ、にぎったことがない男」

だったのである。

橘屋忠兵衛は、間もなく離れ屋から立ち去った。

お信のことも、まったく口にのぼせなかった。

忠兵衛が去って後、八郎は、ふとおもいたって、愛刀・河内守国助《かわちのかみくにすけ》の手入れをした。

無頼浪人を斬《き》ったときの血くもりは消えている。

昼前に橘屋を出た八郎は、護国寺《ごこくじ》へ参詣《さんけい》をした。

お信は、護国寺の境内で高木勘蔵を見かけたという。

高木は外出《そとで》の行き帰りに、護国寺の境内を抜ける習慣があるのやも知れぬ。

たとえば、高木の家から音羽《おとわ》、大塚《おおつか》方面へ出るときは、護国寺の境内を抜けるのが便利にきまっている。

そこで、波切八郎は見張りの前後に、護国寺へ立ち寄って見ることにした。

まだ一度も見たことがない高木であるが、特徴がいちじるしい顔貌《がんぼう》だけに、

(見れば、わかる)

はずであった。

護国寺門前の蕎麦《そば》屋で腹拵《はらごしら》えをし、参詣をすませ、いつものように清立院裏へ向った。

八郎は塗笠《ぬりがさ》に日ざしをさけ、仕立ておろしの薄茶色の帷子《かたびら》を着ながしにしている。

この帷子は、橋屋忠兵衛が以前に着ていたものを、お信が仕立て直したのだそうな。

久しぶりに晴れわたると気温も上り、道行く人びとの顔や腕に汗が光っている。

だが、鍛えぬかれた波切八郎の顔には薄汗も滲《にじ》んでいない。

木立へ入り、八郎は清立院の塀《へい》ぎわの小道を高処《たかみ》へのぼり、一刻《いっとき》(二時間)ほど、高木の家の様子を窺《うかが》った。

何事もない。

清立院・境内の深い木立から、蟬《せみ》の声がきこえた。

(梅雨も明けたような……)

そうおもったとき、高木宅の腕木門《うでぎもん》へ通ずる小道に人影が見えた。

はっとして、八郎は高処から下り、門の前を見通せる銀杏《いちょう》の樹《き》の蔭《かげ》へ身を屈《かが》めた。

堂々たる体軀《たいく》の侍が、小道を近づいて来る。

夏羽織と袴《はかま》をつけ、立派な風采《ふうさい》の侍だ。

（まさに……）

高木勘蔵であった。

なるほど、お信がいうとおり、これならば八郎にも一目でわかる。

手入れのゆきとどいた総髪《そうがみ》、張り出した額、高い鷲鼻《わしばな》。そして、左の頰《ほお》の痣《あざ》が、門を入って行く高木の顔にはっきりと見えた。

高木勘蔵は、この日も笠で顔を隠したりはせず、白扇で風を入れつつ、悠々《ゆうゆう》として門内へ入って行った。

腕木門の扉《とびら》は、日が暮れるまで開け放したままになっているらしい。

門から入らなくとも、入る気にさえなれば何処《どこ》からでも門内へ入れよう。

外敵や盗賊に対する要心など、どこにも見あたらぬ居宅といってよい。

高木は、お信の父を討ったことなど、忘れてしまっているのか……。

自分を敵《かたき》とおもう者が女ひとりなので、安心をしきっているのであろうか。

高木勘蔵の姿が門内に消えてから、波切八郎は大きく息を吐いた。

呼吸をとめていたのである。

呼吸をすれば、気配がただよう。

となれば、高木に気づかれてしまいかねぬ。

（高木は、相当の手練者《てだれ》だ）

と、八郎は看《み》た。

簡短《かんたん》に討ち取ることは、むずかしい。

八郎ほどの剣士になれば、高木の歩みぶり一つを見ても、それがわかる。

（いずれにせよ……）

口を引きむすんだ波切八郎が、

（今夜だ。今夜がよい）

決意をかためた。

高木勘蔵は、いま、外出から帰って来た。

いまは八ツ半（午後三時）をまわっていよう。

今日は、ふたたび、高木が外出することはないとみてよい。

（よし!!）

八郎は、ゆっくりと木立の中を引き返しながら、

（油断はならぬぞ、よいか）

自分自身へ、強くいいきかせた。

七

お信《のぶ》は、夕餉《ゆうげ》の前の酒肴《しゅこう》の膳《ぜん》を離れ屋へ運んで来たとき、端座してこれを迎えた波切八郎を見た瞬間に、顔色が変った。

八郎自身は、それと気づいていたわけではないが、今夜の決闘をひかえた剣士の顔になっていたのであろう。

「お信さん。今夜だ」

と、静かにいった声も、いつもの八郎とはちがう。

お信は、唇《くちびる》をかみしめるようにして、うなずいた。

「今日、高木勘蔵の顔を、まさに見とどけた」

「………」

「手練の者と見た」

「は、はい」

「お信さんは、手出しをしてはならぬ。よろしいか」

「はい」

お信は、目を伏せた。

八郎が盃《さかずき》を手にするのを見て、お信は擦《す》り寄り、酌《しゃく》をしながら、何やらうったえるような眼《まな》ざしとなった。

「夜明け前に、此処《ここ》を出る。よろしいな」

盃をふくみながら、八郎が落ちつきはらっていう。

その波切八郎を、お信は別人を見るようなおもいで凝視した。

八郎がのんだ酒の量は、いつもより少い。

食事も少なめにとった。

この間、八郎は、ほとんど口をきかなかった。

ゆっくりと、あくまでも静かに、箸《はし》をうごかしている。

食事が終って、お信が膳を下げるときに、八郎が、

「四ツ半（午後十一時）ごろに、此処へ」

と、いった。

「はい」

冴《さ》えきった八郎の眼《め》の光りに、お信は蒼《あお》ざめている。

お信が去ると、八郎は、戸を開け放った縁に出て空を仰いだ。

夜空に、星が出ている。

風が絶えてしまい、妙に蒸し暑かった。

八郎の脳裡《のうり》には、何も浮かんではこない。

無心に、星をながめているのみだ。

ややあって八郎は座敷へもどり、身を横たえた。

そして、すぐに眠りへ落ちた。

八郎が目ざめたのは四ツ（午後十時）ごろであったろう。

起きあがって裏手へ行き、石井戸の水を浴びてもどり、下帯から肌着《はだぎ》を真新しいものに替え、目黒の道場を出て来たときの単衣《ひとえ》を着た。

この単衣も、お信が洗い張りをし、すっかり縫い直してくれてあった。

袴《はかま》はつけず、端座して愛刀を引き寄せたとき、波切八郎の脳裡へ秋山小兵衛の姿が浮かびあがった。

八郎の顔へ、微笑が滲《にじ》み出た。

お信が離れ屋へあらわれたのは、このときである。

お信は身仕度をととのえ、脇差《わきざし》を手にしている。

それと見て、八郎が、

「その刀を……」

手を差しのべた。

お信が、かぶりを振った。

「よこしなさい」

「………」

「そのようなものを手にしていては、かえっていけない。あずかっておこう。さ、よこしなさい」

お信が、やむなく八郎へ脇差をわたした。

橘屋《たちばなや》の人びとは、もう寝しずまっている。

「お信さんは、離れて見ていればよい。それでないと、却《かえ》って私の邪魔になる。油断ならぬ相手なのだ」

「はい」

「まだ、早い。向うでやすんでいなさい」

八郎は、お信の肩を抱えるようにして、次の間へ連れて行った。

二人が離れ屋を出たのは八ツ半(午前三時)すぎであった。

お信は裾短《すそみじか》に着物をつけ、白足袋に草履《ぞうり》をはいている。

波切八郎は裾を絡《から》げ、素足に草履をはき、両刀を帯した。

「さ、まいろう」

裏庭づたいに、二人は橘屋を出た。

「案ずるな」

と、八郎が歩みつつ、お信へやさしくいった。

しかし、

「かならず、高木勘蔵を討ってみせる」

とは、口に出さぬ。

すぐれた剣士は、勝敗を超越する。

無我無心の境地に入ってこそ、実力が発揮できる。

八郎とて、そうした境地に入れるときと、入れぬときがあるのだ。

このときの波切八郎は、われながら平静でいて、しかも、

(これなら、存分に闘える……)

という意識すらなかった。

八郎とお信が裏庭から、外の小道へ出て行ったとき、いまは滅多に使用したことがない石井戸の向うに人影がひとつ、闇《やみ》の中へ浮いて出た。

ほかならぬ橘屋忠兵衛《ちゆうべえ》だ。

忠兵衛が、そっと、二人が出て行くのを見まもっていたのだ。

しばらく佇《たたず》んでいた忠兵衛の姿が、やがて消えた。

八郎とお信は、ゆっくりと清立院《せいりゆういん》への道をすすむ。

提灯《ちようちん》は、八郎の手にあった。

そして、いつもの木立の中へ入ると、八郎は提灯の火を吹き消した。

夏の夜は短い。

間もなく、夜の闇が桔梗色《ききょういろ》の暁の闇にかわり、うっすらと物が見えるようになる。

そのとき、八郎は斬《き》り込むつもりであった。

夜の闇の中では、敵の姿を充分にとらえることができぬ。

足許《あしもと》も危い。

したがって、灯《あか》りが必要となる。

提灯を手に斬り合うわけにはゆかぬ。

だからといって、お信に灯りをまかせるのは、いうまでもなく、

(こころもとない……)

それゆえ、払暁《ふつぎょう》をえらんだ。

「さ、こちらへ……」

お信の手を引き、八郎は清立院の塀沿《へいぞ》いの道をのぼり、そこから竹藪《たけやぶ》の中へ入った。

竹藪を抜け、ゆるい斜面を下って行くと、高木宅の裏手へ出る。

そこには、塀も垣根《かきね》もない。わけもなく中へ入れることを、すでに八郎はたしかめておいた。

高木が住み暮している藁屋根《わらやね》の家は三間《みま》か四間であろう。

高木は、おそらく庭に面した部屋を使用しているにちがいない。

老僕《ろうぼく》は裏手に近い小部屋で眠っているはずだ。

竹藪へ入り、高木宅の裏手の近いところまで下って来てから、

「落ちつくがよい」

と、八郎がお信へささやいた。

闇が重くたれこめていた。

お信は全身に汗をかき、呼吸が荒くなっていた。

波切八郎は、袂《たもと》から革紐《かわひも》を出し、これを襷《たすき》にかけた。

八

高木勘蔵は、庭に面した居間に眠っていた。

しかも、雨戸を二枚ほど開けたままである。

障子はすべて外し、簾《すだれ》を掛けてあった。

暑くなると、このようにして眠るらしいが、それにしても不用心なことではある。

もっとも、夏以外の季節には戸締りもするのだろうし、居間の奥の寝間で眠っているのであろう。

家の裏手からまわって、庭へ出て来た波切八郎は、

（や……？）

わずかに、目をみはった。

まさかに、二枚も雨戸が開いていようとはおもわなかった。

夜の闇《やみ》が、それこそ薄紙を剝《は》ぐように、明るみをたたえてきはじめたので、

「まいるぞ」

お信《のぶ》をうながし、裏手から侵入したわけだが、

（先《ま》ず、家の周囲《まわり》をあらためておこう）

と、庭へまわって来たのだ。

庭といっても、格別に手入れをしてあるわけではない。

夏草の生い茂るにまかせてある。

居間に、有明行燈《ありあけあんどん》が微《かす》かに点《とも》っていた。

「うごいてはならぬ」

ささやいた八郎は、木蔭《こかげ》へお信を残し、静かに近寄って行く。

居間に、男がひとり、横たわっている。

夏夜着を胸のあたりまで掛け、仰向けに寝ている男は、まぎれもなく高木勘蔵であった。

八郎は閉めてある雨戸へ身を寄せ、これを、はっきりとたしかめた。

(これはよい)

戸を破って屋内へ打ち込むこともない。

このまま、するりと中へ入り、いきなり斬《き》りつけても、

(事はすむ……)

のである。

だが、波切八郎ほどの剣士が、そのような不意打ちを、あえておこなうつもりはなかった。

(此処《ここ》から声をかけようか……それとも中へ入って、高木を起し、相手の出方によっては屋内で闘うもよし)

八郎が刀の鯉口《こいぐち》を切った、その瞬間に、

「だれだ?」

眠っているものと見えた高木勘蔵が、庭先へ声を投げてよこした。

低いが、落ちつきはらっていて、よく通る声音《こわね》であった。

(さすがだ。ようも気づいた……)

これほどの男ならば、雨戸を開けて眠ったところで心配はあるまい。

波切八郎は単なる盗賊の類《たぐい》ではない。練達の剣士であり、ここまで近寄って来るに

も呼吸をつめ、気配を消していた。

それを、眠りの中に感じて目ざめたのだから、高木勘蔵の五官のはたらきは実に鋭敏なものといわねばなるまい。

八郎は数歩を退《しさ》って息を吐き、

「高木勘蔵殿か」

高木は、仰向けに寝たままの姿で、

「いかにも」

と、こたえ、さらに、

「どなたじゃ?」

「波切八郎と申す」

「なみ、きり……?」

「関口格之助《かくのすけ》の怨《うら》みをはらしにまいった」

高木は、こたえなかった。

白い寝間着の高木勘蔵の半身が起きて、その手が枕元《まくらもと》の大刀をつかむのが見えた。

「出てまいられるか?」

と、八郎。

高木は無言で立ちあがり、大刀を左手に、縁側まで出て来て庭を見まわしたが、木蔭にいる、お信に気づいたかどうか……。
高木は、右手で寝間着の裾《すそ》をたくしあげつつ、
「おぬし、関口格之助とは、どのような関《かか》わり合いがあるのだ?」
これは、いまこのとき、八郎にとっては一言で説明しにくい。
「おぼえがあろうな」
いうや、波切八郎が河内守国助《かわちのかみくにすけ》二尺四寸五分の大刀を抜きはらった。
高木勘蔵は、大刀の柄《つか》へ手もかけず、凝《じっ》と八郎を見つめた。
家の内へも庭へも、まるで、水の底にでもいるような暁闇《ぎょうあん》がゆきわたり、その中に、
白い寝間着の高木の姿が、ふわりと浮いて見える。
八郎の河内守国助は脇構《わきがま》えから正眼に移って、ぴたりと停《とま》った。
そのとき……。
高木勘蔵の姿が、縁側から閉めてある雨戸の蔭《かげ》へ、すっと引き退《の》いたものである。
(逃げた……?)
とも、感じられた。
油断はならぬが、それと見た八郎がすかさず右へまわりつつ、間合いを詰めた。
右へまわったのは、雨戸の蔭へ退いた高木を目で追ったことになる。
同時に、雨戸の蔭から高木勘蔵が飛び出して来た。

高木は縁側を蹴《け》って、白い怪鳥《けちょう》のごとく宙へ躍りあがった。

雨戸の蔭へ身を引きつつ、高木勘蔵は右手にたくしあげていた寝間着の裾を帯へはさみ込み、大刀の鞘《さや》をはらい、まわり込んで近づいて来た波切八郎の姿が視界へ入った瞬間に、猛然と襲いかかったのである。

高木の巨体は風を切って、八郎の左側へ飛びぬけた。

高木の大刀は早くも右手から左手へ移されてい、飛びぬけざまに八郎の頸《くび》のあたりを薙《な》ぎ払った。

この場合、どうしても高木は八郎の右側へは飛びぬけられぬ。

右側だと、八郎と家の軒下との空間が狭いからだ。

八郎も、それを心得ていればこそ、躰《からだ》の右側を軒下へ寄せつつ、屋内の高木へ迫った。

それを高木は、わきまえていたことになる。

八郎も、まさかに高木が刀を左手に持ち替えていようとはおもわなかった。

われから、右手へ身を投げ出すように躱《かわ》したが、高木の一刀は八郎の左肩を切り裂いていた。

飛びぬけた高木勘蔵は振り向きざま、気合声《きあいごえ》もかけずに無言の殺刀を突き入れてきた。

よろめいて振り向いた八郎の背中は、閉まっている雨戸へ打ち当り、突き入れた高木の一刀は、八郎の躰を雨戸へ縫いつけてしまうかに見えた。

だが、振り向きつつ、剣士としての八郎の肉体は可能なかぎり、襲いかかる敵の刃《やいば》にそなえようと本能的に右へ捩《ねじ》れていた。

もしも高木が、大刀で薙ぎはらってきたら避けきれなかったろう。

高木が突き入れた刀は、八郎の左脇腹《わきばら》を浅く削《そ》ぐにとどまった。

高木勘蔵は、

「うぬ!!」

唸《うな》り声《ごえ》を発し、刀を引いて飛びはなれようとした。

飛びはなれざまに、今度は八郎の脳天へ刀を打ち込むか、薙ぎはらうかするつもりであったろう。

いずれにせよ、体勢がくずれている波切八郎が刀を構え直す間とてなかった。

ところが……。

何と、八郎は河内守国助の大刀を手からはなし、くずれた体勢のまま、高木の躰へ組みついたものである。

今度は、高木が愕然《がくぜん》となった。

組みつかれて、飛びはなれることができず、

「おのれ!!」

高木は、大刀の柄頭で八郎の頭を叩《たた》こうとした。

しかし、八郎の膂力《りょりょく》は、これをゆるさなかった。

組みついて高木を押し捲《まく》り、

「うおっ!!」

咆哮《ほうこう》をあげ、波切八郎が高木勘蔵の巨体を投げた。

投げたといっても、投げ飛ばしたのではない。

現代の相撲でいう〔掬《すく》い投《な》げ〕のかたちで、自分の躰を密着させて投げた。

必然、八郎の躰が高木の躰の上へ重なるようになり、狼狽《ろうばい》した高木が八郎を撥《は》ね除《の》けようとするとき、八郎は右の膝頭《ひざがしら》を高木の股間《こかん》の急所へ突き入れた。

高木の悲鳴が起った。

これは、たまらなかったろう。

八郎ほどの剣士の膝頭で睾丸《こうがん》を突き撃たれたのでは、いかに高木勘蔵の剣が凄《すさ》まじくとも、もはや、どうにもならぬ。

「う、うう……」

白眼《しろめ》を剝《む》き出して、半ば失神した高木の躰から身を起し、八郎は差し添えの脇差を引き抜き、高木の頸動脈《けいどうみゃく》を切り割って飛び退いた。

庭の一隅《いちぐう》で、老僕《ろうぼく》の叫び声が起った。

老僕は決闘の物音をきいて飛び出して来たらしいが、高木勘蔵が討ち取られるのを見て、裏手へ逃げて行った。

それと見て、八郎は追わなかった。

荒い呼吸をしずめながら、八郎は愛刀を拾いあげ、鞘におさめた。

お信が駆け寄って来た。

お信は、八郎へすがりついた。

「このような勝負、したことがない……」

われながら呆《あき》れたようにつぶやいた波切八郎だが、はっと気づいて、

「お信さん。早く、止《と》めを……」

と、いった。

九

やがて、波切八郎とお信《のぶ》は、橘屋《たちばなや》の離れ屋へもどった。

お信が母屋《おもや》へ入り、傷薬と包帯の仕度をしてもどって来た。

この間に、八郎は石井戸で水を浴びた。

返り血は、あまりついていないが、八郎自身の傷口から流れ出た血で着ていたものは赤く染まっている。

「よし。後は私がやる。気づかれぬうちに早く、早く……」

と、八郎がお信を急《せ》きたてた。

日は、まだ昇って来《こ》ぬが、朝の光りが隈《くま》なくみちわたっている。

お信は特別に一部屋をもらっていた。深夜まで帳つけをしたり、橋屋忠兵衛《ちゅうべえ》に代って手紙を書いたりする用事が多いらしい。

「早く、おもどりなさい」

「は、はい」

「日暮れてから、ゆっくりと……」

「はい」

お信は、かなり落ちつきを取りもどしているようであった。

先刻、高木勘蔵へ、八郎の脇差《わきざし》で止《とど》めを刺したときも、八郎は手を添えてやったが、お信の手はふるえていなかった。

それから二人は竹藪《たけやぶ》をぬけて清立院《せいりゅういん》の塀《へい》の崩れているところから境内へ入り、さらに隣りの宝城寺《ほうじょうじ》の境内を北へぬけ、橋屋へもどって来たのである。

八郎が充分に気を配っていたし、人に見られたこともない。

お信が母屋へ去ってから、八郎は傷の手当にかかった。

左肩先の、浅傷《あさで》の血は、すでに止っている。

高木宅から引きあげる途中で、手ぬぐいを押し当てておいたのがよかった。

左脇腹《わきばら》の傷へも、お信の手ぬぐいを当てておいたが、このほうは血が止っていない。

手早く、八郎は傷の手当をすませ、血に染まったものをひとまとめにし、旅へ出るときのためにととのえておいた油紙へ包み、これを取りあえず縁の下へ隠した。夜が更《ふ》けてから土の中へ埋めてしまうつもりだ。

すべてを終えて、八郎はあたりの様子に目を配った。何処《どこ》か遠くの方で鶏が鳴きはじめた。

雨戸を少し開けておいて、八郎は臥床《ふしど》へ身を横たえた。

脇腹の傷が痛む。

その痛みは眠りをさまたげるほどではなかったが、さすがに目は冴《さ》えきって眠ることができぬ。

高木勘蔵との勝負は、おもいもかけぬ決着を見た。

首尾よく高木を仕留めたが、あのようなかたちで、

(討ったとは……)

八郎の予想だにせぬことであった。

(恐ろしい相手だった……)

かえり見て、八郎は背筋が寒くなった。

高木勘蔵の恐ろしさは、秋山小兵衛のそれとは別種のものである。

たとえば、数え切れぬほどの殺人を経験している男の恐ろしさだ。

いったん、雨戸の蔭《かげ》へ身を隠し、すかさず迫る八郎へ襲いかかった高木の凄《すさ》まじさは、まさに、

(斬《き》られたと、おもった……)

ほどで、それからの闘いをふりかえってみるとき、

(よくも、あのとき……)

自分が高木に対応し、危急を切りぬけられたものと、つくづくおもう。

まして、高木の突きを受けたとき、大刀を手ばなして組みついた自分が、

(自分ではないような……)

おもいがしてならない。

その上、何と高木を投げ伏せ、その股間《こかん》の急所を膝頭《ひざがしら》で突き撃ったことについては、われながら、

(よくも、仕てのけた!)

呆《あき》れるほかはない。

(危うかった……)

すべては、この一語につきる。

朝の日が昇り、女中のお金《きん》が朝餉《あさげ》の膳《ぜん》を運んで来たとき、波切八郎は戸を開け放ち、臥床の始末をし、着替えをすましていた。

「おや……?」

入って来たお金が、

「昨夜《ゆうべ》は、よく、おやすみになれませんでしたか?」

「うむ……」

「お目が赤《あこ》うございますよ」

「暑いので、な」

「戸を少し、お開けなすったらようござんしたのに」

と、このごろのお金の口調には親しみがこもっている。

お金の様子から推して看《み》て、どうやら、お信は怪しまれずにすんだようだ。

「お信さん、今朝は頭が痛むとかで、やすんでいるのでござんすよ」

「さようか」

八郎は安心をした。

お信も、眠るどころではなかったろう。

八郎は落ちついていた。高木の老僕《ろうぼく》に姿は見られたが、顔を見おぼえられてはいまい。

お信も、八郎にいわれたとおり、木蔭《こかげ》から出なかったという。

午後になって、八郎は傷薬を塗り替えた。いずれ橘屋に常備してあったものだろうが、よく効く薬のようだ。

それから八郎は、畳の上へ身を横たえた。

大刀を抱くようにして、たちまちに眠りへ落ちた。

目ざめたとき、夕闇《ゆうやみ》が濃かった。

空は曇ってい、微風《そよかぜ》が冷たい。

脇腹の傷の痛みが軽くなっている。

お信の足音が石畳の通路を近寄って来た。

十

酒肴《しゅこう》の膳《ぜん》を運んで来た、お信《のぶ》の顔色は鉛色に沈んでいる。

「お信さん。大丈夫か?」

と、八郎。

「はい」

お信は、声もなく笑って見せた。

苦痛に堪《た》えての、笑顔のようであった。

父母の敵《かたき》を討ってもらったという、よろこびの色は何処《どこ》にもない。

昨夜の……いや、今朝の衝撃が、いまも尾を引いているのだろうと、波切八郎は推量した。

八郎の盃《さかずき》へ酌《しゃく》をしてから、お信はあらためて両手をつき、

「かたじけのうございました」

深く深く、頭を垂れたのである。

「何の……」

「お信は、生涯《しょうがい》忘れませぬ、波切さまのお心づくしを……」

「危《あや》うかったが……ともかくも、討ててよかった」

「ありがたく……」

いいさして、お信は絶句してしまった。

「これで、胸の内が静まりましたか？」

「はい」

八郎へ酌をして、お信が、

「私にも、いただきとうございます」

「さようか……」

盃をわたし、八郎が酌をしてやると、お信は沈痛の面もちで盃をほした。

まだ、お信は衝撃から抜けきれないのであろうか。

「高木勘蔵を討ったることは、どこまでも内密にしておくつもりか？」

「はい」

「念のため、尋ねたまでだ。高木宅の下男が出て来たが、すぐに逃げてしまった。われらの顔をしかと見とどけてはいまい。安心なされ」

「かたじけなく……」

「いや、礼をなさるにはおよばぬことだ」

「後の御膳を……」

こういって、お信は離れ屋を出て行った。

八郎は、お信がすぐにもどって来るものとばかり、おもっていた。

ところが、食事の膳を運んで来たのは下ばたらきのお金であった。

お金の様子に、変ったところはなかった。

(夜更《よふ》けに、お信さんは来る……)

八郎は、信じてうたがわぬ。

食事が終って後、しばらくしてから、お金があらわれ、八郎の臥床《ふしど》の仕度をして、

「お寝酒は、此処《ここ》に置いてございますよ」

「うむ……」

「ほかに、御用はございませんか？」

「ない。御苦労だった」

「では、おやすみなさいまし」

お金が立ち去って、しばらくしてから、波切八郎は縁の下へ隠しておいた衣類を、裏庭の隅《すみ》の土の中へ埋め込んだ。

それから離れ屋へもどり、お信があらわれるのを待った。

ところが、来《こ》ないのだ。

（お信さんが来たら、今夜こそ、打ちあけよう）

八郎は、決意をしていた。

「私の妻になって下さい」

と、いう決意をだ。

来年の、秋山小兵衛との勝負を終えてから、

（お信さんをつれて、目黒の道場へ帰ろう）

このことであった。

(お信さんに、否《いな》やがあるはずはない)

あのように激しく、お信は自分と抱き合ったのだ。

(だが、秋山小兵衛殿とのことを、打ちあけたほうがよいか、どうか……?)

お信が理解をしてくれるなら、すべてを打ちあけ、丹波《たんば》・田能《たのう》の石黒素仙《いしぐろそせん》の許《もと》へおもむき、こころゆくまで研鑽《けんさん》を積んでおきたい。

雨の音が、しはじめた。

まだ、お信は来ない。

待ちくたびれて、八郎は、いつもの寝酒をのみはじめた。

そのとき、

(そうだ。忠兵衛《ちゆうべえ》どのにたのんでおいた往来切手は、どうなっているのだろう?)

久しぶりに、そのことを思い出したのである。

(明日は、忠兵衛どのに尋ねてみよう)

波切八郎は、まだ、お信を待つつもりであったが、臥床へ身を横たえるや、たちまち、深い眠りに落ち込んでしまった。

今朝の、高木勘蔵との凄烈《せいれつ》な決闘は、八郎にとって初めての体験であったが、これは、お信のために闘ったものであり、それだけに、決闘以外の情況にも神経をくばらなくてはならなかった。

翌日、八郎が目ざめたときは昼に近かった。

雨は熄《や》んでいる。

空は、どんよりと曇っていたが、風が冷たい。

裏の石井戸で水を浴び、離れ屋へもどって来ると、お金が掃除をすませたところで、

「いますぐに、御膳を持ってまいりますから……」

「いや、急がずともよい」

「それから、あの、旦那《だんな》さまが、お目にかかりたいそうで……」

「忠兵衛どのが？」

「はい」

「さようか。では、私が出向こう」

「いえ、あの、こちらへまいりますから、お待ちになっていただきたいと……」

八郎は、不審をおぼえた。

橘屋《たちばなや》忠兵衛が、八郎とはなしをするのに、いちいち都合をきく、などということは、これまでになかったことだ。

八郎が朝昼兼帯の食事を終え、お金が膳部を下げて行ってから間もなく、

「八郎さん。よろしいか？」

声をかけて、橘屋忠兵衛が庭先へあらわれた。

「さ、おあがり下さい」

「はい、はい」

縁先から離れ屋へ入って来た忠兵衛は、いつになく、むずかしい顔色になっている。

「のう、八郎さん……」

と、声をひそめた橘屋忠兵衛が、

「お信が、逃げましたよ」

いきなり、言った。

「……？」

八郎は、聞き違えたのではないかとおもった。

「何と申されました？」

と、聞き返さずにはいられなかったのも、当然であろう。

「お信が逃げました」

「逃げた……」

「これを……」

と、忠兵衛が、お信の書き置きを八郎へわたした。

見事な筆跡だが、文面は、まことに短く、味気《あじき》ないものであった。

その大意は、つぎのごとくだ。

「……よんどころのないことが起り、身を隠さねばなりませぬ。これまでの御高恩をもかえりみず、事由も申しあげずに立ち去りますことを、おゆるし下さいませ」

十一

波切八郎は、これまでに、お信《のぶ》の筆跡を見たことがない。

しかし、まぎれもなく、書き置きは女の筆であった。

二度、三度と、その簡略きわまる書き置きを読み返して、八郎は茫然《ぼうぜん》となった。

「もし、八郎さん……」

橘屋忠兵衛《たちばなやちゅうべえ》が何かいってよこしたが、ほとんど、耳へ入らぬ。

「もし……もし、波切さん」

「あ……」

「何ぞ、お気づきのことでもおありか?」

「気づく……?」

「お信のことについてじゃ」

「そ、それは……」

それは、こちらのほうから忠兵衛に尋ねたいことではないか。

「お前さまと、お信とのことは、知っておりましたよ」

と、忠兵衛がいった。

波切八郎は蒼《あお》ざめて、面《おもて》を伏せた。

「いや、八郎さん。何も咎《とが》めているのではない。わしは、お信のためにもよいこと、うれしいことじゃとおもうていた。お信の相手が八郎さんならば、申しぶんがないことゆえな」

やはり、忠兵衛は知っていたのだ。

知っていながら、これまで黙って見逃してくれていたのである。

「御存知、でしたか……」

「なればこそ尋ねているのじゃ。八郎さんは、お信が逃げた理由《わけ》を知っておられるのではないか？」

「いえ……」

「お前さまに肌《はだ》をゆるしたがために、お信は此処《ここ》に居られなくなったのではないか。どうも、わしは、そのようにおもえてならぬ」

さて、わからなくなってきた。

忠兵衛へは書き置きを残していったのに、お信は八郎へ出奔の事を知らせもせず、書き置きも残していない。

(わ、わからぬ……)

昨日、お信の父母の敵《かたき》を討ったことを、橘屋忠兵衛へ打ちあけるべきであろうか、

(それとも……?)

惑乱しつつも、八郎は懸命に思考をまとめようとした。

「八郎さん。隠しだてをせずに、何なりというてもらいたいのじゃ」

「それが……」

「それが?」

「わからぬ……わかりませぬ」

「はて……」

疑惑の目で、忠兵衛は八郎を、にらむように見据《みす》えている。

お信は、高木勘蔵を討ち果したことについて、

「どうか、内密に……」

と、八郎へたのんだ。

(もしやすると……?)

お信は、今夜にでも八郎の離れ屋へ忍んで来るやも知れぬ。

忍んで来《こ》ぬとしても、何らかの方法で八郎へは連絡をつけるにちがいない。

八郎には、確信があった。

（あれほどに激しく、契《ちぎ》り合った自分を、そのままにして姿を暗ますはずがない）

このことであった。

そのくせ、八郎自身が、あれほどに情熱をこめて教えた門人たちを捨て、自分の片腕ともたのんでいた高弟・三上達之助《たつのすけ》にさえも行先《ゆきさき》を告げず、姿を暗ましたことについては、かえりみる余裕すらないのだ。

（やはり、高木を討ったことを、忠兵衛どのへ打ちあけてはならぬ）

八郎は、決意をかためた。

「お信どのと私のことについては、あなたの申されるとおりです」

「やはりのう」

「申しわけもないことをしてしまいました」

「何の。いまも申したとおり、そのことについては、何ともおもうてはおらぬ」

「かたじけない。なれど、何故《なにゆえ》に、お信どのが出奔をしたのか……それは……それは、私にもわかりませぬ」

「ほんに？」

と、忠兵衛が念を押した。

決意をかためたので、八郎は忠兵衛の目を正面から見返し、

「はい」

しっかりと、うなずいた。

「八郎さんが、嘘《うそ》をつくお人とはおもえぬし……」

いいさして、忠兵衛は腰の煙草入《たばこい》れから、見事な細工の銀煙管《ぎんぎせる》を出し、煙草盆を引き寄せた。

おもいきって、波切八郎が、

「忠兵衛殿へ、お尋ねいたす」

「ふむ……?」

「お信さんは、いったい、どのようなことから御当家へまいられたのでしょう?」

橘屋忠兵衛は、即座にこたえた。

それは、簡単明瞭《めいりょう》をきわめたものといってよい。

「私どものような店には、特別の口入れがありましてな」

その上のことを、尋《き》くわけにもまいらぬ。

お信の身の上については、

(だれよりも、自分がよく知っている……)

八郎は、そうおもいこんでいる。

お信は、主人の忠兵衛へ、どれほどのことを語っているだろうか。

(迂闊《うかつ》に、こちらから洩《も》らすことはできぬ)

八郎は沈黙した。

忠兵衛も、黙念としていたが、ややあって、

「はて、さて、困ったことになった。お信がおらぬと、何かにつけて不便となる」

独り言のようにいい、ゆっくりと腰をあげ、縁側から奥庭へ出て行った。

忠兵衛の姿が消えても、八郎は身じろぎもせぬ。

往来切手のことを尋ねるつもりだったが、それも忘れてしまっている。

(わからぬ……どうも、納得がゆかぬ)

この上は、お信からの連絡を待つよりほかはない。

そのとき、突然に、橘屋忠兵衛の顔が縁先へぬっとあらわれた。

八郎は、忠兵衛が引き返して来た気配に、まったく気づかなかった。

「八郎さん。お信が出奔したことは、当分の間、ほかの奉公人には黙っていて下され。お金にも、な」

「わかりました」

「わしの用事で、外へ出したことにしておくつもりじゃ。もしやすると、お信は、もどって来るやも知れぬゆえ……」

「はあ……」

「たのみましたぞ」

忠兵衛は、立ち去った。

（あるじどのも、困惑しているらしい）

むりもないと、八郎はおもった。

お信は橘屋の帳場のことや、主人の手紙の代筆。代理の使いなどをして重宝にされていたそうな。

夕暮れになって、お金が酒肴《しゅこう》の膳《ぜん》を運んで来るまで、八郎は小用にも立たなかった。

（来る、きっと来る。今夜にでも、お信さんは来てくれる）

夕餉《ゆうげ》を終えたとき、八郎はお金へ、

「すぐに臥床《とこ》をとってもらいたい」

と、いった。

「あれ……また、どこか、お躰《からだ》のぐあいがよくないんでございますか」

めんどうなので、八郎は、

「うむ」

うなずいておいた。

臥床《ふしど》が敷きのべられ、いつものように寝酒を運んで来ると、

「何か、お薬でも、奥へ行ってもらってまいりましょうか？」

「いや、よろしい。疲れただけなのだ。さ、早く行って、やすんでくれ」

「では、これで……おやすみなさいまし」

お金は、去った。

夜が更《ふ》けた。

お信は、あらわれぬ。

そうなると、また、波切八郎の胸がさわぎはじめた。

つぎの日も、そのつぎの夜も、お信からの連絡はなかった。

八郎は、憔悴《しょうすい》しきってしまった。

橋屋忠兵衛も、あのとき以来、離れ屋へ顔を見せぬ。

そして……。

異変が起ったのは、お信が行方知れずになってより五日目の夜であった。

十二

その夜も、波切八郎は酒のちからを借りて、どうやら眠りに入ることができたのだったが、

「これ……これ、八郎さん。起きなされ。起きて下され。これ、八郎さん……」

よびかけられ、強く躰《からだ》を揺さぶられて、目をさました。

「八郎さん、起きて下され」

八郎を揺り起したのは、橘屋忠兵衛《たちばなやちゆうべえ》であった。

忠兵衛は寝間着の上へ、夏羽織をつけている。

有明行燈《ありあけあんどん》の淡い灯影《ほかげ》の中に、緊迫した忠兵衛の顔が浮かびあがっていた。

八郎は、半身を起し、

「どうなされた？」

「八郎さん。あなたは先日、人を殺《あや》めなさったな」

咄嗟《とつさ》に、返事ができなかった。

「この近くの清立院《せいりゆういん》の裏手で、高木勘蔵とかいう侍を殺めたのは、八郎さんであろうが？」

橘屋忠兵衛は、知っていたのか。

「だれに、そのことを？」

「やはり、そうであったのか……」

「………」

「先刻《さつき》、町奉行所から、密《ひそ》かに知らせてくれたのじゃ」

「町奉行所ですと？」

「さよう」

「そ、それは……？」

橋屋忠兵衛は、諸大名や大身《たいしん》旗本、それに幕府高官からも知遇をうけている。ゆえに、特別のはからいをもって、町奉行所から事前に、知らせてくれたのだという。

「八郎さんが、高木某《なにがし》を殺めた事情《わけ》は知らぬが……お上《かみ》から通達があったからには、此処《ここ》に匿《かく》まっておくこともならぬ」

忠兵衛が膝《ひざ》をすすめてきて、八郎の手をにぎりしめ、

「何でも、高木勘蔵の下男が、八郎さんの顔を見とどけていたのだそうな」

「え……」

「やはり、な……」

惑乱のあまり、八郎は声を失っている。

「此処にいては、八郎さんの身が危《あや》うい。わしが手をまわし、八郎さんを匿まう場所を見つけておいたのじゃ。そこへ身を移しなされ。それが、もっともよい」

「………」

「一刻《いっとき》をあらそう場合じゃ。さ、早く……早く、仕度を」

こうなっては、忠兵衛の言葉に従うよりほかはなかった。

「いずれ、八郎さんが不自由をせぬよう、手をまわすつもりゆえ、安心をしていなさ

るがよい。わかりましたな?」

「は……」

忠兵衛に急《せ》きたてられ、八郎は身仕度をととのえにかかったが、ついに、たまりかねて、

「お願いがあります」

「何なりと申されるがよい」

と、何かのときに、橘屋忠兵衛の口調が、武家のようになることがある。

波切八郎は、無意識のうちにそれを感じていたが、だからといって怪しむこともなかった。

「お信《のぶ》さんのことです」

「ふむ、ふむ……」

忠兵衛が、お信と八郎の関係を知っているとなれば、

(かまわぬだろう)

と、八郎はおもった。

「お信さんが、もどって来たなら、私へ知らせていただきたい。お願い申します」

「よろしい」

たのもしげに、忠兵衛がいった。

「たしかに、うけたまわった」

「かたじけない。それに、往来切手のことも……」

「かならず、お届けする」

「では……」

と、波切八郎は、

「何処《いずこ》へ?」

「こちらへ、おいでなされ。よろしいか、声をたててはならぬ。しずかに、しずかに
……」

忠兵衛は次の間から離れ屋の戸口へ行き、そっと、戸を引き開けた。

「さ、早《はよ》う……」

手招きをして、八郎が近寄って来ると、

「これを持っていなさるがよい」

金子《きんす》が入っているらしい胴巻をわたした。かなり重い。

「いえ、そのようなことは……」

「ま、よいではないか。持っていて邪魔になるものではない」

金ならば、目黒の道場を出たとき、亡父の遺金五十両を持って出てきており、まだ手をつけていない。

しかし、橘屋忠兵衛が急いでいる様子なので、八郎は、

「では、ともかく、いただいておきます」

素直に、懐中にした。

忠兵衛は外へ出て、凝《じっ》と、あたりに目をくばっていたが、

「さ、こちらへ」

「は……」

灯《あか》りもなしに、忠兵衛は先へ立った。

突然、稲妻が光った。

その稲妻が、人影を一つ、浮きあがらせた。

はっとなった波切八郎へ、

「八郎さん。案ずることはない。あのお人は、八郎さんを案内《あない》することになっているのじゃ」

「案内……」

「隠れ場所へ、な」

提灯《ちょうちん》を手にした人影は、裏手の石井戸のところに立っている。

総髪《そうがみ》の、袴《はかま》をつけた中年の侍であった。風体《ふうてい》は浪人のようにもおもえる。

忠兵衛が、その侍へ何かささやくと、進み出た侍が、

「岡本弥助《おかもとやすけ》でござる」

と、八郎へ挨拶《あいさつ》をした。

「波切八郎です」

「はい」

うなずいた岡本弥助が、忠兵衛へ、

「では、お連れ申す」

「たのみましたぞ」

その橘屋忠兵衛の声が、別人のように重おもしかった。

「心得申した」

と、こたえる岡本の声も、浪人とはおもえぬ格調がある。

だが、いまの八郎は、そうしたことに気づかぬまま、忠兵衛の傍《かたわら》へもどり、

「お信さんが、もどったなら、かならず知らせて下さるよう」

岡本へはきこえぬほどの低声で、念を入れた。

「むろんのことじゃ、八郎さん」

「では……」

「気をつけての」

「お世話をかけたままにて……」

「何の、かまわぬ。かまわぬ」

先へ立つ岡本弥助に従い、波切八郎は奥庭づたいに橋屋の外の道へ出た。

また、稲妻が光った。

橋屋忠兵衛は、石井戸の傍に佇《たたず》み、身じろぎもせぬ。

またしても、あたりの気配に耳を澄ましているようであった。

ぽつ、ぽつり……と、雨が落ちてきた。

石畳の通路を、草履《ぞうり》の足音が近づいて来る。

その方を、ちらりと見やった忠兵衛だが、外見《そとみ》には気にもとめぬようだ。

稲妻が疾《はし》ったかとおもうと、雷鳴がきこえた。

通路から石井戸の向うへあらわれた人影は、暗くてよく見えぬが、忠兵衛同様に其《そ》処《こ》へ佇んだ。

忠兵衛も声をかけず、人影も沈黙している。

つぎに稲妻が疾ったとき、その光りに浮きあがったのは、まさしく、お信だったのである。

「お信。八郎さんは、行ってしまったよ」

と、忠兵衛がいった。

お信は、こたえぬ。

雷鳴がとどろき、雨が強くなってきた。

「傘《かさ》を、持たせてやればよかったのう」

こういって、忠兵衛は通路の方へ歩みつつ、

「さ、中へ入るがよい」

お信は無言で、八郎が立ち去ったあたりの暗闇《くらやみ》を見つめている。

「お信。いつまで、そうしていても仕方があるまい」

「…………」

「さ、お入り。そして、何も彼《か》も忘れてしまうのじゃ」

突然、雨が叩《たた》きつけるように落ちてきた。

十三

岡本弥助《おかもとやすけ》にみちびかれ、夜道を辿《たど》っていた波切八郎も激しい雷雨に見舞われたことはいうまでもない。

木蔭《こかげ》や、百姓家の軒下へ入って雨を避けたが、避け切れるものではなかった。

雷雨が去った後で、

「すっかり、濡《ぬ》れてしまった。まるで、川へ落ちたようですな」

と、闇《やみ》の中で、岡本弥助が八郎へ笑いかけた。

「岡本殿……」

「はい？」

「これから、何処《どこ》へまいるのです？」

「ま、ついておいでなされ。明朝になれば、すぐにわかることです」

岡本は袴《はかま》をぬいでたたみ、これを小脇《こわき》に抱え、裾《すそ》をたくしあげた。

八郎も同様の姿となった。

岡本は提灯《ちょうちん》をたたみ、ふところへ入れておいたので、火打石で蠟燭《ろうそく》に火を入れることができた。

いずれにせよ、用意のよい男ではある。

岡本弥助が目ざしている方向は、どうも、江戸市中のようではない。

何度も道を曲り、それも小道をえらんで行くので、

（何処を通っているのやら……？）

さっぱり、わからなかった。

そのうちに、道幅のひろい街道《かいどう》のようなところへ出たので、

「岡本殿。此処《ここ》は……？」

問いかけたが、岡本のこたえはなかった。

岡本弥助と橘屋忠兵衛《たちばなやちゆうべえ》とは、

（いったい、どのような……？）

関係にあるのだろう。

八郎の不安は消えなかったが、それよりも、お信《のぶ》に会えぬまま、橘屋を出て来てしまったことが心残りであった。

（何故《なにゆえ》、お信さんは身を隠してしまったのだろう？）

もしやすると、いまごろ、橘屋の離れ屋へ、そっと忍んで来ているやも知れぬ。

そうおもうと、波切八郎ほどの男が身悶《みもだ》えをしたくなるほどに切なかった。

暗闇の道を、どれほど歩いたろう。

二里か、三里か……。

日中の道を歩む感覚では、

（計りきれぬ……）

ものがあった。

畑道から木立へと、小道が、しだいにのぼりはじめた。

「間もなくでござる」

岡本弥助が立ちどまって振り返り、八郎へ声を送ってよこした。

「さようか……」

「お疲れになりましたろう?」

「いや、別に……」

「これは……」

と、岡本は苦笑を洩《も》らし、

「波切先生ともあろうお人へ、つまらぬことを申しあげた」

岡本は小道から逸《そ》れて、木立の中へ入って行く。

木立をぬけると、茅《かや》ぶき屋根の家の裏手へ出た。

家のまわりに、柴垣《しばがき》がめぐらしてある。

「此処でござる」

岡本弥助が八郎へ告げ、裏木戸を開けて、

「さ、お入り下されい」

と、いった。

この家も、清立院裏《せいりゅういんうら》の高木勘蔵宅と趣がよく似ている。

百姓家の造りではあっても、百姓が住み暮す家ではなかった。

岡本は、慣れた仕ぐさで、家の裏口の戸を引き開けた。

中には、人もいない。

「岡本殿は、この家《や》に住み暮しておられますか?」

八郎が問うと、

「はい」

岡本弥助が、うなずいた。

いつの間にか、朝が近くなっていた。

あかつきの闇の中に、裏手の石井戸や物置小屋などが、ぼんやりと見えてきた。

戸を開けた岡本が、

「さ、先《ま》ず……」

と、八郎をいざなった。

ふところに火打石まで持って出て来た岡本弥助が、戸締りもせず、橘屋へおもむいたらしい。

台所の向うの部屋へ入った岡本が、行燈《あんどん》へ火を入れた。

「いま、風呂《ふろ》の仕度をします」

「いや、おかまいなく」

「ともかくも、着替えていただかねばなりませぬな」

八郎は着替えと下着類を風呂敷に包み、これを抱えていたが、すっかり雨に濡れてしまっている。

夜の闇の中で、はじめて見た岡本弥助は、もっと年配かとおもったが、あらためて見直すと、意外に若い。

見たところは、三十五、六というところか。

浪人というよりは剣客の風貌《ふうぼう》だし、波切八郎は、岡本の腕前が、

(相当のもの……)

と、看《み》て取った。

家の中は古びていたが、なかなかに凝った造りだし、以前は、だれかの隠居所のようにおもえるのも、高木勘蔵宅と同様であった。

「此処ならば、安心をしておられてよろしいかと存ずる」

岡本は、こういって、湯殿の方へ去った。

岡本弥助は、

(私のことについて、どれほどのことを知っているのだろう?)

それが気にかかる八郎だが、いまの場合、いくら気をつかっても仕方がない。

となると、波切八郎の脳裡《のうり》には、お信の面影が浮かぶばかりなのだ。

湯殿から台所へ入った岡本が、冷酒《ひやざけ》の仕度をして、もどって来た。

橋屋忠兵衛と受けこたえをしていたときの岡本弥助とは、

(まるで、別人のように……)

打ちとけた物腰なのである。

「いかがです、波切先生」

「頂戴《ちょうだい》しましょう」

茶わんの冷酒を、八郎は一気にのみほした。

「お強いですな」

岡本弥助が笑いかけてきた。

両眼《りょうめ》が黒ぐろと大きく、鼻も口も大ぶりにたくましい岡本の顔貌《がんぼう》と、小肥《こぶと》りの躰《からだ》とが、どうも一つにならぬ。

岡本弥助は、八郎の茶わんへ酌《しゃく》をしながら、こういった。

「波切先生。これで、梅雨もあがったようですな」

十四

その家は、武州・北豊島郡《きたとしまぐん》の志村《しむら》に在った。

現在の東京都・板橋区の内である。

江戸四宿《ししゅく》の一つ、板橋の宿駅を過ぎ、中仙道《なかせんどう》を北へすすむこと二里半ほどで、志村へさしかかる。

このあたりの、ことに街道《かいどう》の東面は広大な湿地帯で、

「志村ヶ原は、東西一里。南北二十町。享保《きょうほう》年中には、将軍家の狩りありし郊野《こうや》とす」

などと、物の本に記《しる》してある。

沼なども多く、岡本弥助は家の裏手の石井戸について、

「深酔いをして、あの井戸の水を汲《く》んだりなぞして落ち込んでしまったら、もう助かりますまいよ。ずいぶん古いむかしに掘った井戸らしいが、底なしです」

と、波切八郎にいったりした。

近くに、大善寺《だいぜんじ》という寺がある。

本尊が薬師《やくし》如来《にょらい》なので、土地《ところ》の人びとは、

「清水薬師」

と、よんでいる。

寺の西の方に曲りくねった急な坂道があり、坂をのぼりきったあたりに、ちらほらと民家があった。

「薬師さまの境内にわき出している清水は、そりゃあ旨《うま》いものです。将軍家が御狩りの折に立ち寄られ、あの清水をのまれて、大層、おほめになったとかで……以来、大善寺を清水薬師とよぶようになった、などと、この辺りの人たちは自慢をしておるようですな」

そうしたことを、八郎が尋ねもしないのに、岡本弥助《おかもとやすけ》は語ってくれたけれども、

「この家は、岡本殿の持家《もちいえ》ですか？」

八郎が尋ねると、

「さて……」

薄く笑って、返事をせぬ。

そのくせ、顔も目も伏せたりはせず、八郎を見返したまま、平然としているのだ。

「だれが、建てた家なのです？」

この問いにも、岡本は、

「さあ……くわしいことは知りませぬ」

というのみであった。

こうしたとき、八郎を見返す岡本弥助の両眼は深い色を秘めていて、八郎をあわれむかのような……または、愛《いと》おしむかのような眼《まな》ざしになる。

八郎が、この家へ来ての第一夜が明けた。

といっても、二人が眠りについたのは朝になってからで、八郎が目ざめたときは昼すぎである。

すでに岡本は起きていて、台所で食事の仕度にかかっていた。

何でも器用にやってのける男らしい。

熱い飯、塩もみの新鮮な茄子《なす》。味噌汁《みそしる》には卵を落してあった。

箸《はし》をとって、波切八郎はおもわず、

「旨い……」

と、口にのぼせてしまった。

岡本弥助が、にっこりとして、

「それで安心。これよりは、私が手にかけたものを食べていただかねばなりませぬゆえな」

台所なども、きれいにととのえられてあった。

食事を終えて、洗い物にかかる岡本の手つきも、慣れきったものなのである。

(こうした男が、この世にいるものか……)

何か、めずらしい生き物でも見ているようなおもいで、八郎は、立ちはたらく岡本の後姿《うしろすがた》をながめた。

活《かっ》と日がさしてきて、木立に蟬《せみ》の声が起った。

まさに、梅雨は明けたらしい。

(橘屋《たちばなや》が、迷惑をこうむっているのではあるまいか?)

それも気にかかるが、お信《のぶ》への想《おも》いは八郎の胸から一刻《いっとき》も消えぬ。

「もし、波切先生……」

よびかける岡本の声に、はっとなって、

「あ……何か……？」

「いかがです」

と、岡本が将棋盤《しょうぎばん》と駒《こま》を、八郎の前へ置いた。

(岡本は、私が将棋をすることを知っていたのか……？)

知っていたとしかおもえぬ、岡本弥助の素振りであった。

はじめて会ってより、まる一日もたっていないというのに、岡本は波切八郎のすべてを知りつくしているような態度を見せている。

そこまでは感じとっていない八郎だが、何となく、割り切れぬおもいがせぬでもない。

岡本は、将棋盤の上へ駒を開けて、

「さ、一手の御指南を……」

こだわりもなくいった。

ことわる理由は、何一つない。

「では……」

八郎も駒をならべた。

こうなれば、将棋でもさすより仕方がない。

岡本の将棋は、なかなかに強い。

たてつづけに、八郎は二番を負けた。

そのとき、裏の戸口から、男の声がした。

「おう」

こたえて、岡本は、

「ちょっと失礼を……」

八郎へ頭を下げてから、台所へ出て行った。

われ知らず八郎は、大刀をつかんで障子の蔭《かげ》へ身を寄せ、台所の方を窺《うかが》った。

半纏《はんてん》を着た男が、魚や野菜などの食料が入った木箱や籠《かご》を運び込んで来るのが見えた。

むろんのことに、この男は武士ではない。

町人髷《まげ》にしているのだが、身のこなしもきびきびとしており、精悍《せいかん》な面《つら》がまえであった。

食料を運び終えた男は、台所にいる岡本弥助と、何やら、ささやき合ってから、

「それでは、ごめんを……」

「うむ。よろしくな」

「へい」

男は、外へ出て行った。

この間、男と岡本弥助は、一度も、波切八郎がいる部屋へ視線を向けなかった。

八郎は、将棋盤の前へもどった。

岡本が食料の始末をしてから、もどって来て、

「いや、失礼をしました」

「いや……」

「よい鮎《あゆ》が入りました。酒が旨くなりますなあ」

「いまの男は？」

「食べる物を運んで来るのです」

「ほう……」

岡本の、つぎの言葉を期待したが、

「さ、もう一番まいりましょう」

屈託もなく、岡本は将棋の駒をならべはじめた。

八郎は、また、負けた。

どうも、気が乗らない。

「今日は、これくらいにしておきましょう。先生、お疲れではありませぬか？」

「いや、別に……」

「では、そろそろ、夕餉《ゆうげ》の仕度にかかりますかな」

と、岡本弥助は台所へ去った。

波切八郎は縁側へ出て、昨日、自分が寝た別の部屋へ入った。

岡本の手によって、部屋の内は清掃されている。

床の間はあったが、軸一つ掛かっていなかった。

それに、家具の類《たぐい》がほとんどない。まるで、空家へ入っているような気がする。

岡本に借りた単衣《ひとえ》から、ともすれば八郎の体躯《たいく》が食《は》み出しそうになる。

身を横たえると、急に眠気が襲ってきた。

どれほど眠ったろう。

「先生……波切先生……」

岡本の声に目ざめると、雑草の蔓延《はびこ》るままにまかせた庭へ、夕闇《ゆうやみ》がただよっている。

「先生。風呂《ふろ》の仕度ができました。お入り下さい」

「岡本殿。その先生は、やめていただきたい」

「なあに、気になさることはありませぬよ」

十五

波切八郎が、志村《しむら》の隠れ家へ身を移してより、七日が過ぎた。

岡本弥助《おかもとやすけ》が「先生」と、よびかけることをやめないので、八郎は慣れてしまったし、自分が岡本をよぶときは、

「岡本さん……」

と、いうようになった。

「殿《どの》」が「さん」になったのだ。

つまり、それほどに八郎が、岡本へ親しみを感じるようになってしまったからであろう。

ふしぎなことには、岡本弥助と将棋《しょうぎ》をさしていると飽きないのである。

二人の将棋の腕が、互角だったということもあろう。

ただ、橘屋忠兵衛《たちばなやちゅうべえ》から何の連絡もないのが、気がかりであり、不安であった。

(お信《のぶ》さんは、どうしたろう？)

三日に一度ほど、例の半纏《はんてん》を着た男があらわれ、食料を置いて行く。

「あの男は？」

八郎が問うと、岡本は、

「私の手の者です」

すらりと、こたえた。

「手の者……？」

「はい。家来のようなものですよ、先生。御案じなさるにはおよびませぬ」

「いや、別に、案じているわけではない」

そのつぎに、男があらわれたとき、岡本は男を八郎がいる部屋へ連れて来て、

「この男は、伊之吉《いのきち》と申します」

と、引き合わせた。

「伊之吉でございます。よろしく、お願いを申します」

男……伊之吉は、きちんと両手をつき、八郎へ挨拶《あいさつ》をした。

年齢《とし》のころは、三十五、六に見えた。

紺の半纏の下に、きっちりとそろえた両股《りょうもも》の、左の膝《ひざ》の上に深い刀痕《とうこん》があるのを、はじめて八郎は知った。

(この男も、只者《ただもの》ではない……)

このことである。

一度だけ、たまりかねて、

「橘屋のほうは、大丈夫だろうか……？」

わざと、つぶやくようにいってみたら、岡本弥助は知らぬ顔をしていた。

こうしたときの岡本は、ふてぶてしい感じがする。

ある日の午後。

「御退屈でしょう。外へ出てみませぬか?」

と、岡本がさそった。

「出ても、かまわぬ……?」

「はい」

「では、前にきいた清水薬師へ行ってみたい」

「御案内いたします」

岡本と八郎は、裏手から外へ出た。

戸締りもせぬ岡本が、

「このような家へ、たとえ泥棒《どろぼう》が入ったところで、気落ちするだけのことです」

と、いった。

そういわれれば、たしかにそうだ。

清水薬師は、薬師堂も方丈も茅《かや》ぶき屋根の古風なもので、崖上《がけうえ》の松林に囲まれている。

件《くだん》の清水は境内の一隅《いちぐう》にわき出ており、板屋根が掛けられてあった。わきこぼれる豊かな清泉は樋《とい》をつたわって崖下へ落ち、土地の人びとの利用にまかせている。

一口のんでみて、

「よい水だ……」

と、八郎はいった。

橋屋の石井戸の水も、江戸市中でのむ水にくらべたら格別の清冽《せいれつ》さだったが、それでも清水薬師の清泉には劣る。

毎夜、八郎は、お信の夢を見た。

お信のほかの事柄《ことがら》については、おもってみたところで、そのおもいを深めてゆくことができないのだ。

目黒の道場や、三上達之助《たつのすけ》と門人たちのことも、ほとんど脳裡《のうり》には浮かんでこない。

来年の春にせまった秋山小兵衛との真剣勝負についても、実感がともなわぬ。

お信を知る前の自分と、知った後の自分とが、

(別人のように……)

感じられてならぬ。

往来切手を得て、丹波《たんば》・田能《たのう》の石黒素仙の許《もと》へ旅立つことについても、

(その前に、何としても……)

お信に会わぬことには、と、八郎はおもいつめている。

いまにしておもうと、お信の敵討《かたきう》ちについても、

(妙なこと……?)

が多すぎる。

橋屋忠兵衛は、高木勘蔵の下男に「顔を見られた……」といったが、暁闇《ぎょうあん》の中で高木と死闘していた自分の顔を、すぐに逃げてしまった下男が、

(はっきりと、たしかめたはずはない)

のである。

たとえ、たしかめたとしても、お信と八郎が橋屋にいることが、下男に知れたはずはない。

高木を討って、橋屋へ引きあげるとき、八郎は尾行者の有無を何度もたしかめている。

(後を尾《つ》けてきた者は、いなかった)

絶対の自信があった。

どうも、不可解だ。

お信のみか、橋屋忠兵衛という人物にも、八郎は得体《えたい》の知れぬものを感じはじめてきている。

それゆえにこそ、何としても、お信と会わねばならなかった。

(よし。明日の夜、橋屋へおもむき、忠兵衛どのに会おう。岡本弥助がとめても私は行く。もはや、この上の辛抱はならぬ)

と、波切八郎が決意をかためたのは、隠れ家へ移って十日目の夜、臥床《ふしど》へ身を横たえたときであった。

となりの部屋では、早くも岡本弥助の鼾《いびき》がきこえている。

八郎は、いつの間にか、ぐっすりと寝入った。

どれほどの時間が過ぎたろう。

眠り込んでいた岡本弥助が、むっくりと半身を起した。

青い蚊帳《かや》の中で、岡本は、そのまま凝《じっ》とうごかぬ。

そのうちに、岡本の腕がのび、枕元《まくらもと》の大刀をつかんだ。

そっと蚊帳をぬけ出し、縁側へ出た。

雨戸の一隅に、小さな覗《のぞ》き口《ぐち》が設けてあり、その蓋《ふた》を外した岡本は覗き口へ顔を押しつけた。

外の様子を見ているのだろう。

と……稲妻が光った。

その稲妻の光りに、岡本は何かを見たらしく、はっとなった。

雷鳴と共に、雨が落ちてきはじめた。

岡本弥助は、縁側づたいに八郎の部屋の前まで来て、しずかに障子を引き開けた。

有明行燈《ありあけあんどん》の灯影《ほかげ》が、蚊帳の中に坐《すわ》っている波切八郎の姿を、ぼんやりと浮きあがらせていた。

「波切先生……」

部屋へ入って来た岡本が、

「お気づきでしたか……」

「うむ」

「いま、打ち込んで来るやつどもは、私を目がけているのです。先生には関《かか》わり合いのないやつどもです。お逃げ下さい」

十六

「いったい、どうしたことなのだ?」

「わけを語っている暇はありません。さ、先生、早く……」

と、岡本弥助《おかもとやすけ》は、蚊帳《かや》の中から波切八郎を引き出し、

「隙《すき》を見て逃げて下さい」

いうや、寝間着の裾《すそ》を端折《はしょ》り、大刀の鞘《さや》をはらった。

岡本に逃げてくれといわれて、さようかと、素直に逃げきれるものでもなかった。

「波切先生。金子《きんす》を忘れてはいけませせぬぞ」

いい置いて、岡本弥助が縁側へ出て行った。

金子というのは、合わせて八十両ほどの、八郎の持金《もちがね》である。

この金を包みにして、八郎は身辺から離さなかった。

いや、八郎がというよりは、岡本が、

「そうしておかなくてはいけませぬ」

うるさく、すすめたからであった。

「私も、持金は肌身《はだみ》につけています」

と、岡本はいった。

何しろ、戸締りもせずに出入りをしているのだから、岡本の言葉は当然であったろうが、一つには、いま、このときのような危急にそなえてのことではなかったろうか……。

となりの岡本の部屋の、有明行燈《ありあけあんどん》の灯《あか》りが消えた。

稲妻と雷鳴が錯綜《さくそう》する中に、雨音が叩《たた》きつけてきた。

十日前の夜に、橘屋《たちばなや》を出たときと同じような雷雨であった。

すばやく寝間着の帯をしめ直し、大小の刀を帯した八郎は、蚊帳から出て有明行燈の火を吹き消した。

その瞬間に、縁側の雨戸が外から叩き破られ、三人の曲者《くせもの》が中へ躍り込んで来た。

同時に、裏の戸が引き開けられ、三人の黒い影が潜入して来た。
このような異変を、岡本は予期していたのだろうか。
いたとすれば、これまでの岡本の明け暮れは、あまりにも不用心ではなかったか。
もっとも、いかに戸締りをしておいても、曲者の襲撃は防げるものではない。
波切八郎は台所側の板戸の蔭《かげ》の壁へ身を寄せ、大刀を抜きはらった。
そのとき、となりの部屋へ踏み込んで来た曲者の絶叫があがった。
どこかに隠れていた岡本弥助が飛び出し、斬《き》りつけたのであろう。
凄《すさ》まじい物音が起って、
「いたぞ!!」
「逃《のが》すな!!」
曲者どもが叫んでいる。
八郎が佇《たたず》んでいる部屋へは、だれも踏み込んで来《こ》ない。
やはり、曲者どものねらいは、岡本弥助一人だったのか。
数人の乱れる足音が台所の方へ移ったかとおもうと、
「うわ……」
また、だれかが叫んで打ち倒れる音が、八郎の耳へ入った。
(岡本ではない……)

と、わかる。

物音が絶え、そのかわりに雷鳴が頭上で轟《とどろ》いた。

岡本は、台所の方へ曲者どもをさそい、その隙に、八郎を縁側から庭へ逃がそうとしているらしい。

「あっ……」

岡本の叫びがきこえた。

(まさに岡本の声だ。どこか、斬られたらしい)

おもう間もなく、

「押しつめろ!!」

「それっ!!」

曲者どもの、岡本へ殺到する気配が、つたわってきた。

波切八郎は、我を忘れて板戸を引き開け、台所へ出た。

十坪ほどの台所は、土間と板の間と、大きな竈《かまど》から成っている。

傷ついた岡本弥助は、その竈のあたりへ追いつめられていた。

岡本へ立ち向っている曲者は四人だが、その中の一人が龕燈《がんどう》を持ち、これを岡本へさしむけていた。

板の間に曲者が一人、倒れ伏している。

いま一人、斬られた曲者は、岡本の部屋に倒れているらしい。

波切八郎は、物もいわずに曲者どもの側面へ走り寄って、刀を揮《ふる》った。

たちまちに、曲者ふたりが悲鳴をあげ、刀を放《ほう》り落した。

一人は頸《くび》すじの急所を、一人は背中の急所を切り割られ、血しぶきをあげて転倒している。

曲者どもは、驚愕《きょうがく》した。

この家には、岡本弥助一人と見きわめていたのであろう。

龕燈の光りが揺れうごく中で、振り向いて八郎へ斬りつけて来た曲者の一刀は、横ざまにはらい退《の》けられ、踏み込んだ八郎の一刀は、そやつの横面《よこめん》から喉元《のどもと》へかけて切り裂いている。

「ぎゃあっ……」

よろめきながらも、刀を構え直そうとするのへ、八郎が、さらに一太刀あびせかけた。

残る曲者は、一人となってしまった。

こやつは、八郎へ龕燈を投げつけ、開いていた裏の戸口から外へ逃げ走った。

「待て」

叫んで追わんとした岡本弥助が、呻《うめ》いて、蹲《うずくま》った。足を切られていたのだ。

八郎は、すぐに追って出たが、雷雨の暗闇《くらやみ》の中ではどうしようもない。

引き返して、岡本を抱き起し、

「大丈夫か？」

「え……何とか、いのちだけは……」

龕燈が消えた暗闇の中で、岡本弥助は笑ったようである。

「先生。お逃げ下さいと、申しあげたはずだ」

「あんたを捨ててか、ね」

「むう……」

「痛むか？」

「いや、凄《すご》い」

「何……？」

「波切先生の一刀流、とくと拝見しました」

「待て。いま灯りをつける」

「先生……」

「うむ？」

「これで、もう、この家にもいられなくなりました」

と、岡本弥助が、ためいきを吐くようにいった。

野火止《のびどめ》・平林寺《へいりんじ》

一

その朝……。

といっても、まだ暗いうちに、秋山小兵衛《あきやまこへえ》と内山文太《うちやまぶんた》は、前夜に泊った家を出て、野火止の平林寺へ向った。

年があらたまって寛延四年（一七五一年）となった、三月七日の未明であった。

去年の夏、志村《しむら》の隠れ家に潜んでいた波切八郎《なみきりはちろう》と岡本弥助《おかもとやすけ》が、刺客どもの襲撃を受けたときから、約八ヶ月が過ぎている。

小兵衛と内山が泊った家は、川越街道《かわごえかいどう》の膝折《ひざおり》という宿駅にある煮売り屋で、この店の亭主《ていしゅ》・七造《しちぞう》は、以前に麹町《こうじまち》の辻《つじ》道場で下男をしていたことがある。

そうした縁があって、小兵衛は七造の家へ泊った。

江戸から膝折までは五里半余。膝折から野火止の平林寺までは半里そこそこといってよい。

「おそらく、相手の波切八郎も、この近くへ泊ったのではありませぬかな?」

歩みながら、内山文太がいった。

「そうだな……」

「昨夜は、よく、お寝《やす》みでしたな」

「鼾《いびき》が、ひどかったろう」

「それほどでもありませんでした」

二人とも、提灯《ちょうちん》を手にしている。

「何故《なにゆえ》、試合の場所を、平林寺にえらんだのです?」

「何ということもない。ふと、おもいついたまでのこと。いずれにせよ、御府内《ごふない》では面倒なことが起りかねぬし……江戸をはなれた場所のほうが、たがいに都合もよいとおもったまでだ」

「平林寺の何処《どこ》で、立合われます?」

「まさか、境内で白刃《しらは》を振りまわすわけにはゆくまい。波切殿と門前で落ち合い、二人して場所を決めればよい。あの辺りには、いくらも、よい場所がある」

「前に、平林寺へは?」

「川越の城下へ行った帰りに、二、三度、立ち寄ったことがある。ま、見てごらん、文太さん。江戸にはない趣のある寺だ」

「ほう……」

屈託がない小兵衛の様子を見て、内山は大いに心強かった。

日に灼《や》けて、小柄《こがら》な体軀《たいく》にたくましさが加わり、三十三歳になった秋山小兵衛が、江戸へもどって来たのは五日前のことである。

あれから約一年。辻平《つじへい》右《え》衛門《もん》も秋山小兵衛もいなくなった辻道場では、門人たちもあきらめたものか、それぞれに新しい師をもとめて立ち去った。

いまは、若い門人が五人ほど残っていて、

「ともかくも、秋山先生のお顔を見るまでは、この道場をうごかぬ」

と、毎日、稽古《けいこ》に通ってきている。

「お前さんたち同士で、ぽんぽん打ち合ったところで実にも皮にもなりはせぬよ。あきらめて、新しい道場《ところ》で修行しなさい」

いくら、内山文太がすすめても、彼らはいうことをきかぬ。

「そればかりか、私を引っ張り出して、むりやりに木太刀を持たせる始末で……」

と、内山が小兵衛に語った。

今日の、波切八郎との真剣勝負が、どのような結果になるかわからぬけれども、もしも生き残って、

(自分は自分なりの……)

小さな道場をかまえることになれば、五人の若い門弟を、

(引き取ってもよい)

と、小兵衛は考えている。

お貞《てい》と老僕《ろうぼく》の八助《はちすけ》は、いまも、辻道場に居残っていた。

お貞にとっても、小兵衛の今日の勝負が、

「女の生涯《しょうがい》の岐路《きろ》」

に、なるわけであった。

江戸へもどった翌日の夜に、秋山小兵衛は辻道場へおもむき、お貞に会った。

「内山文太から、きいてくれたろうな」

「はい」

「ま、そうしたわけだ。いずれにせよ、あと、四日ほどで方《かた》がつく」

小兵衛は気軽にいって、笑いかけたが、さすがに、お貞は笑顔を見せなかった。

お貞は気丈な女で、翌日から、小兵衛の三度の食事をととのえ、これを八助にたのみ、小兵衛宅へ届けさせた。

大事の試合の前に、小兵衛の心を乱してはとおもいもし、何よりも、自分の不安を小兵衛にさとられるのがおそろしかったのであろう。

しかし、昨日の朝、膝折宿へ向って江戸を発《た》つときは、四谷《よつや》・仲町《なかまち》の小兵衛宅へあらわれた。

「では、行って来る」

さりげもなく、お貞にいった小兵衛へ、お貞は用意の木盃《もくはい》を差し出し、酌《しゃく》をした。

「うむ」

にっこりとうなずき、盃《さかずき》の冷酒《ひやざけ》をのみほした小兵衛へ、お貞が怒ったように、

「その、お盃を、お貞にも……」

と、いった。

「お、そうか」

小兵衛が酌をしてやると、お貞は蒼《あお》ざめた顔を緊張させ、盃をほすや、

「これにて、夫婦《みょうと》に相なりました」

叫ぶようにいったものだ。

傍《かたわら》にいた内山文太が、びっくりしたように、お貞を見やった。

家を出て、見送っているお貞の姿が見えなくなってから、内山が、

「秋山さん、おどろきましたな」

「何に、おどろいた？」

「お貞さんですよ。あなたの盃へ酌をしたときなぞは、必死の形相でした」

「お貞が、あのように大形《おおぎよう》なまねをしようとは、な……」

と、小兵衛が、わざと目をみはって見せた。

そのときから秋山小兵衛は、波切八郎に対して、

「勝とう」

とも思わず、だからといって、

「負ける」

とも思わなかった。

ただ、恩師・辻平右衛門より伝えられた無外流《むがいりゆう》の真髄と化して、

(闘うのみ……)

なのである。

波切八郎とちがって、真剣勝負を何度も切りぬけてきている秋山小兵衛であったが、
今度の相手は、もっとも手強《てごわ》い。

(あの男が木太刀ではなく、真剣をもって闘うときは……)

予断をゆるさぬ。

暁闇《ぎようあん》の川越街道から、秋山小兵衛が左の小道へ入った。

「平林寺は、もう、近いのでしょうな?」

と、内山。

「すぐだ。よいか、文太さん。しっかりと見ていてくれよ」

「大丈夫です」

さすがに、内山の顔色が引きしまって、

「波切殿も、立合人をつけてくるのでしょうな？」

「それが当然ではないか」

「ところで秋山さん。波切殿は、まだ、目黒の道場へもどっておりませぬよ。一昨日《おととい》、探りに行って見ましたが……」

「そのようなことを、せぬでもよいに。あの男は……波切殿は、かならずあらわれる。間ちがいはない」

「はあ……」

「波切殿も、この私と同じように、江戸をはなれていたのやも知れぬな」

「さようでしょうか……？」

「向うは、一城の主《あるじ》だ。いろいろと、思わくもあろうよ」

「なるほど。つまりは、それほどに、あなたを強敵と看《み》ているのだ。なればこそ……」

「それで、波切道場に変りはないのか？」

「何でも、先代からの高弟で、三上達之助《みかみたつのすけ》というのが中心となり、道場はつづいていますが、やはり何といっても、波切八郎の行方も知れぬということで門人たちの数も少くなっているらしい」

「そうか……」

「秋山さん。この真剣勝負は、あなたから波切殿へ申し入れたのですか？」

「いや、波切殿のほうから申し入れてよこしたのだ」

「ははあ……？」

内山文太は、しばらく沈黙したまま歩んでいたが、ややあって、

「これが、やむにやまれぬ剣客の宿命《さだめ》というものなのでしょうなあ」

秋山小兵衛は、こたえなかった。

畑の中の道が二つに分れてい、小兵衛は右手の道をとった。

その道は、深い木立の中へ吸い込まれている。

闇《やみ》の中に、小道がぼんやりと白く浮いて見えるのは、夜明けが近くなっているからだ。

春にはなったが、このあたりは江戸とちがって、夜明けは相当に冷えこむ。

秋山小兵衛と波切八郎は、辰《たつ》の五ツ（午前八時）に、平林寺門前で落ち合うことになっている。

木立の道を抜け出たとき、小兵衛が、

「さ、着いたぞ」

と、いい、提灯の火を吹き消した。

二

武州・入間《いるま》郡《ぐん》（新座《にいざ》郡《ぐん》）野火止《のびどめ》の平林寺《へいりんじ》は、関東に名高い古刹《こさつ》だ。

むかしは、武州の南埼玉郡《みなみさいたまぐん》にあって、岩槻《いわつき》城主の太田《おおた》道真《みちざね》（道灌《どうかん》の父）が創立したものだそうな。

やがて、戦国の時代となり、堂宇の大半が戦火に焼かれたのを惜しみ、徳川家康《とくがわいえやす》が平林寺を再興せしめたという。

後年の寛文《かんぶん》三年（一六六三年）になって、幕府の老中であり、武州の川越《かわごえ》七万五千石の城主でもあった松平伊豆守信綱《まつだいらいずのかみのぶつな》・輝綱《てるつな》父子が、現在の地へ移した。

父の伊豆守信綱が平林寺の移転を計画し、子の甲斐守《かいのかみ》輝綱が、これを実現したことになる。

同じ武州の忍《おし》から川越に転封《てんぽう》された松平信綱が、菩提寺《ぼだいじ》である平林寺への参詣《さんけい》が不便になった為《ため》だ。

平林寺の寺域を縦横に貫流している野火止の用水も、松平信綱が、

「領内の水に乏しく、農作物の不作を憂《うれ》い……」

何と、多摩川を分流して、十六里の大工事を成しとげたものである。

「その苦心は、大変なものだったらしい」

と、秋山小兵衛は、前夜、膝折《ひざおり》の煮売り屋へ泊った折に、内山文太へ語っている。

小兵衛と内山が、藁《わら》ぶき屋根の平林寺・山門の前へ立ったとき、あたりは、いよいよ明るみをたたえてきて、鬱蒼《うつそう》とした樹林に小鳥が囀《さえず》りはじめた。

早くも山門から、十人ほどの托鉢僧《たくはつそう》があらわれ、整然と川越街道《かいどう》の方へ去って行く。

山門は棟門《むねもん》で、正面の木額〔金鳳山《きんぽうざん》〕の三字は、かの石川丈山《いしかわじょうざん》の筆だ。

禅宗・平林寺の境内《けいだい》は、十三万坪といわれている。

空が朝の光りをたたえてきはじめると、山門前の茶店が戸を開けはじめた。

これほどの大刹でありながら、門前の店屋は、藁屋根の茶店一つきりであった。

「それが、江戸の寺々とちがうところだ」

秋山小兵衛は、こういって茶店へ近づき、

「少し、やすませてもらえようか?」

戸を開け終った老爺《ろうや》が、

「さあ、お入り下せえまし」

こころよく、招じ入れてくれた。

波切八郎との約束の時間までは、大分に間《ま》がある。

この茶店からなら、平林寺の山門が一目《ひとめ》で見わたせる。

「文太さんは、腹が減ったろう？」

「冗談ではありません。私も剣術遣いのはしくれです」

「うふ、ふふ……」

煮売り屋の七造の家を出る前に、秋山小兵衛は、内山が、

「まるで、重湯《おもゆ》のような……」

といったほどの、薄い粥《かゆ》を二椀《ふたわん》と梅ぼしを三つほど腹へおさめ、内山も、これにつき合った。

朝の粥は、小兵衛の習慣ではないが、江戸へもどって来た翌々日の朝から、お貞《てい》にたのみ、薄い粥にしてもらってきた。

それも、今日の試合にそなえての、小兵衛なりの工夫があるのだろう。

平林寺の鐘楼から、明け六ツ（午前六時）の鐘が鳴りはじめた。

「よいなあ、此処《ここ》は……」

茶店の外へ出してもらった腰掛けへ坐《すわ》り込んだ小兵衛が、春の朝の清らかな大気を胸一杯に吸い込みつつ、

「寿命が延びるおもいがする……」

年寄りじみたことをいう。

これから、真剣を抜いて命の遣《や》り取《と》りをする男には、

(どうしても見えぬ……)

と、内山文太はおもった。

内山は、小兵衛より九も年上の四十二歳になるが、これまでに真剣勝負をしたことは一度もない。

それだけに、勝負を寸前にひかえた秋山小兵衛の無心な言動に、瞠目《どうもく》せざるを得ない。

内山が、どのように観察をしても、小兵衛は自然の落ちつきを保ちつづけている。

たまりかねて内山が、

「秋山さん。よく、そんなに落ちついていられますな?」

問いかけてみると、小兵衛が微笑して、

「今朝は、な……」

「今朝……?」

「人というものは、いざとなったとき、落ちついていられるときと、乱れさわぐときと、その日そのときによってちがう。ときによっては勇猛心がふるいたち、ときによ

っては、まったく別人のごとく臆病《おくびょう》になるときもある」

「秋山さんでも？」

「当り前だよ、文太さん。だが、今朝の私は、どうやらうまくいっているらしい」

今朝の秋山小兵衛は、何年も愛用し、洗っては縫い直して、まことに着心地のよくなった紬《つむぎ》の着物に野袴《のばかま》をつけ、黒の羽織、紺足袋に草鞋《わらじ》をはいている。大刀は、藤原国助《ふじわらくにすけ》が鍛えた二尺三寸余の銘刀。差し添えの脇差《わきざし》は来国次《らいくにつぐ》の作であった。

茶店の老爺が、茶を運んで来て、

「飯に、なさんすかね？」

と、きいた。

「いや、飯はよい」

という内山文太へ、

「私に遠慮をすることはない」

「いや、大丈夫です」

すると、しばらくして、今度は茶店の老婆《ろうば》が、

「こんなものを、あがりやすかね？」

盆に乗せた糝粉餅《しんこもち》を運んで来てくれた。

白米を石臼《いしうす》で碾《ひ》き、粉にしたものを水で練り、蒸しあげてつくった餅を小さく手でひねったものへ白砂糖がふりかけてある。

「おお、これはよい」

内山より先に、小兵衛が一つ摘《つま》んで口へ入れ、

「ふむ。これはよい、これはよい」

と、老婆へ笑いかけ、何度もうなずいて見せた。

皺《しわ》だらけだが、まるで童女に返ったような顔つきの老婆は、さもうれしげに茶店の中へ入って行く。

「それでは、私も……」

「文太さん。おかわりをたのんでおくがよい」

「そうしましょう。これなら、腹がふくれて眠くなることもありますまい」

朝の日が門前の道へさし込み、参詣の二人連れが、山門を入って行くのが見えた。

糝粉餅をたいらげた内山文太が腰掛けから立ちあがり、道へ出て、あたりを見まわしていたが、

「まだ、見えぬようですな」

「見えぬといって、お前さんは波切八郎殿の顔を見知っているのか？」

「知りませんが、そりゃあ、わかりますよ。わからなければどうかしている」

「いかさま、な……」

そこへ、老婆が糝粉餅のおかわりを運んで来た。

「これ、文太さん。おかわりがきたぞ」

「はあ……」

「約束の時刻には、まだ大分、間がある」

「波切は、怖気《おじけ》づいたのではありませぬか?」

「まさか……」

秋山小兵衛は、苦笑と共に、

「文太さんは、波切八郎がどのような剣客か、それを知らぬから、そのようなことがいえるのだろう」

内山は不満顔で腰掛けへもどり、糝粉餅へ手をのばした。

「波切八郎殿は、かならず来る」

と、秋山小兵衛が、しずかにいった。

三

だが、約束の時刻(五ツ・午前八時)になっても、波切八郎は姿を見せなかった。

小兵衛は、その少し前に腰掛けから立って、
「文太さんは、そこで、やすんでいなさい」
内山を残し、平林寺の山門前へ行き、佇《たたず》んだ。
五ツがすぎた。
まだ、八郎はあらわれぬ。
この辺りの百姓たちや、荷馬が門前の道を行き交いはじめた。
内山文太は、一つ残った糝粉餅《しんこもち》を口へ放《ほう》りこみ、
「やはり、怖気《おじけ》づいたらしい……」
と、つぶやいた。
約束の時刻より、半刻《はんとき》（一時間）が過ぎた。
秋山小兵衛は、凝《じっ》と立ちつくしたままである。
波切八郎は、依然、姿を見せなかった。
たまりかねたかして、内山が小兵衛の傍《そば》へ行き、
「これは秋山さん。あなたの勝ちです」
と、いった。
小兵衛が、じろりと内山を見た。
内山文太は、その小兵衛の眼光が自分の胸の中へ飛び込んできたかとおもった。

（秋山さんの、こんなに怖い目を見たのは、はじめてだ）

しかし、江戸に道場を構えている剣客ともあろうものが、真剣勝負の約束の時刻を半刻も過ぎてあらわれぬというのは、

「剣客の風上に置けぬ……」

と、きめつけてよい。

たとえ、いま、波切八郎があらわれたとしても、秋山小兵衛が八郎の遅参をとがめ、勝負をやめるといっても、これは小兵衛の勝ちということになる。

（だが、不測の事態《こと》が起ったときは、遅参もやむをえない）

小兵衛は、そうおもった。

その事態如何《いかん》によっては、遅参をとがめることなく立合ってもよいし、また、拒否してもよい。

いずれにせよ、しばらくは待ってみようと、小兵衛は、

「文太さん。向うへ行っていなさい」

「はあ……」

「退屈か？」

「いえ、さようなことはありません」

「糝粉餅の、おかわりをするとよい」

秋山小兵衛は、昼過ぎまで、山門前に立ちつくして待った。

けれども、ついに、波切八郎はあらわれなかった。

この間に、小兵衛は、

「平林寺の境内を見てくるがよい」

内山文太にすすめたが、内山は茶店の腰掛けからうごかなかった。

「これまでだ」

こういって、小兵衛が茶店の腰掛けへもどったのは、八ツ（午後二時）ごろであったろう。

「どうだ、いっしょに、平林寺を参観しようか？」

「いや、もう、たくさんです」

「仏殿も本堂も、それに裏手の木立の深いことは、実に見事なものだ。坐禅燈籠《ざぜんどうろう》というのがならんでいてな。松平伊豆守様《いずのかみさま》の墓所もある」

「いや、私は、寺なんぞに用はありませぬ。それよりも秋山さん、どうなのです？」

「何が？」

「まだ、この上に波切を待つのではありますまいな？」

「うむ。もう、嫌《いや》だ」

それをきいて内山の、いささか蒼《あお》ざめていた顔にぱっと血の色が浮かんだ。

「秋山さん。腹が減りました」

「は、はは……」

「さ、まいりましょう」

「まあ、よいではないか。この茶店で腹ごしらえをしよう」

「それよりも、早く江戸へ帰って、お貞《てい》さんを安心させておやりなさい」

「ま、いいさ」

「何故《なぜ》です？」

「これ、そう気色ばむなよ」

小兵衛は、茶店の中へ入り、

「何か、食べさせてくれ」

と、いった。

朝、店を開けてからいままでの間に、小兵衛と内山をふくめ、茶店の客は七人ほどにすぎない。それが平常のことなのであろう。

茶店の内には、腰掛けがならべてある土間の奥に、小座敷が一つあった。

「あれへ入《い》ってよいか？」

「さあ、ゆるりとしてくんなせえ」

と、老爺《ろうや》。

古びた小座敷だが、開けはなった向うに茶畑が見えた。

「ほう、ここのおやじは、茶もつくるらしい」

小兵衛は羽織と袴《はかま》をぬぎ、ごろりと身を横たえ、

「文太さんも寝ころぶがよい」

「そうさせてもらいましょうか。やれやれ……う、うう……ああ、よいこころもちだ……」

茶畑の彼方《かなた》は、楢《なら》、櫟《くぬぎ》、楓《かえで》などの深い雑木林である。

その樹々《きぎ》に、あざやかな薄みどりの芽がふき出て、土の香りが濃い。

何処《どこ》かで、しきりに鶯《うぐいす》が鳴いている。

「怪《け》しからぬやつですな、波切八郎というやつは……」

内山文太が憤懣《ふんまん》の声を洩《も》らしたが、これに対して秋山小兵衛は、

「春になったのだなあ……」

つぶやいたのみだ。

「そうだ、酒をもらおう」

おもい出したように、小兵衛がいった。

「では、いま此処《ここ》へ、波切があらわれても相手にはしませんな？」

「むろんのことだ」

「よし」

内山は大よろこびで、

「おぉい、酒だ。たくさんもってきてくれ」

大声にいった。

酒は、すぐに来た。

このあたりの地酒だというが、水が清らかな所為《せい》か、なかなかに旨《うま》い。

「秋山さん。いっそのこと、此処で、のみつぶれてしまいましょうか?」

「それもよいな」

酒の肴《さかな》は、韮《にら》の味噌《みそ》和《あ》えで、これは内山の大好物なのだ。内山は尚更《なおさら》に上機嫌《じょうきげん》となる。

(それにしても、何故、波切八郎はあらわれなかったのか。あれほどの男が、日時をあやまるはずはない)

小兵衛は、不可解でならぬ。

不測の事態といっても、たとえば波切の親なり子なり、妻なりが急死したような場合、ひとかどの剣客ならば勝負の約定《やくじょう》を、

(違《たが》えるはずはない)

のである。

では、何が起ったのか……。

内山文太にいわせると、波切八郎も小兵衛同様、姿を隠し、今日の勝負にそなえていたらしい。

もしもそうならば、江戸をはなれた旅の空の下で、波切自身に、

(異変が起った……?)

と、考えられぬこともない。

(あれほどの剣客ゆえ、まさか、人知れぬ場所で死んだともおもえぬ)

内山が、韮のおかわりをいいつけている。

わらびや筍《たけのこ》の煮つけも出た。

「秋山さん……もし、秋山さん。眠っているのですか?」

「いや、そうではない」

「さ、いかがです」

内山が傍へ来て、酌《しゃく》をしながら、

「今日は、よく晴れましたなあ」

「よい気分だな」

「まったくです。波切は、まさに怖気づいたのです」

「ちがうよ、文太さん」

「そうですよ。そうですとも」

「ちがうなあ。何かあったのだ。よほどの異変が波切殿の身に起ったのだろうよ」

「いや、怖気づいたのです」

酒がまわってくると、内山文太はくどくなる。

四

酒の後で、土筆飯《つくしめし》が出た。

そのときは内山文太、すっかり酔いつぶれてしまい、寝ころんで大鼾《おおいびき》をかいていたのである。

「いろいろと、面倒をかけた。これは少いが……」

秋山小兵衛が老爺《ろうや》に〔こころづけ〕をわたすと、

「とんでもねえことで……」

「ま、取っておいてくれ」

「ひゃあ、こんなにいただいては困りますだよ」

「そのかわり、たのみがある」

「へえ……？」

「この男を、一夜、泊めてやってくれぬか。いかにも、よいこころもちそうに寝ているので……」

「へえ、へえ。ようござえやすとも。たしかに引き受けましたで」

「これで安心をした。ところで、土筆飯は、たいそう旨《うま》かった」

「あんなものが、お口に合いましたかね」

「むかし、亡《な》くなった母が、よう炊《た》いてくれたものだ」

「旦那《だんな》の生国《しょうごく》は、どちらでござえやすかね？」

「甲斐《かい》の秋山というところさ」

「へーえ……」

「土筆の香りと、さくさくした歯ざわりが何ともいえない」

「それきいたら、うちの婆《ばば》がよろこびますでよう」

あたりには、夕闇《ゆうやみ》が淡くただよいはじめていた。

提灯《ちょうちん》へ火を入れ、替えの蠟燭《ろうそく》をもらい、秋山小兵衛は平林寺門前の茶店を出た。

これから夜道をかけ、一気に江戸へもどるつもりであった。

さすがに小兵衛も、江戸にいて不安に苛《さいな》まれている、お貞《てい》のことを想《おも》うと、内山文太につき合って茶店へ泊る気にもなれなかったのであろう。

（それにしても……）

ついに、波切八郎は姿を見せなかった。

それはかまわぬが、なにとはなしに、

(気がかりな……)

と、小兵衛は木立の中の近道を歩みつつ、むずかしい顔つきになっていた。

(あれほどの男が、来《こ》ぬはずはない)

このことであった。

八郎の剣の手練については、いまさら何もいうことはない。

一昨年の秋、老中・本多《ほんだ》伯耆守《ほうきのかみ》の下屋敷(別邸)での試合の折に、小兵衛が看《み》てとった波切八郎という男は、

(まさに、真の剣士……)

であった。

八郎が小兵衛に、真剣の勝負を申し入れてきたのも、当日の試合に負けたことを遺恨におもってのことではない。

秋山小兵衛は、いまも、そう信じてうたがわぬ。

剣客の、ことに〔登り坂〕にある者は、一命をかけて真剣の勝負をおこない、おのれの力量を知りたくなる。

小兵衛の恩師・辻平右衛門《つじへいえもん》は、それを、

「愚《おろ》かなことじゃ」

きっぱりと、いいきったものだが、

（われらには、辻先生ほどには到達しきれぬ）

いつも、小兵衛はおもっている。

まして、波切八郎のように、一道場の主《あるじ》ともなれば、平生、自分の相手をする者は何《いず》れも自分より劣った者たちばかりということになる。

となれば尚更《なおさら》に、おのれの力量の極限を、

「真剣によって試したい」

と、おもいつめる。

波切八郎も、秋山小兵衛ならば、自分の遺恨によって勝負を申し入れたのではないことが、

（わかってもらえよう）

そう考えたにちがいない。

つまり、小兵衛ほどの剣客ならば、自分の一命を捨てても、

（悔いるところはない）

わけで、念願の真剣勝負の相手に、はじめて巡り合ったということなのだ。

そうした波切八郎の心境が、よくわかるだけに、八郎が今日の勝負を投げ捨てたこ

とが小兵衛には気にかかる。

（やはり、不測の異変が、波切の身の上に起ったのだ。はかり知れぬ異変が……）

膝折《ひざおり》の宿《しゅく》の煮売り屋へ、ちょっと声をかけておき、小兵衛は江戸へ向って足を速めた。

夜道とはいえ、川越街道《かわごえかいどう》である。

それに、すぐれた剣客の目と脚は常人の能力と、まったく異なる。

これまでに何度か通った道だけに、小兵衛は、夜風を切るようにしてすすむ。

夜半に、江戸へ入ることができた。

四谷《よつや》・仲町《なかまち》の我家《わがや》の前に立ったのは、八ツ（午前二時）ごろだったろう。

ひたひたと我家の表口へ近寄って行くと、戸が内側から引き開けられ、お貞が飛び出して来た。

お貞は夜も眠らず、小兵衛の足音に耳を澄ませていたのだ。

「まだ、起きていたのか」

声をかけた秋山小兵衛へ、お貞が走り寄り、抱きついてきたではないか。

おもいもかけぬ、お貞の激しい仕ぐさにおどろきながらも、

（これほどまでに、おれのことを案じていてくれたのか……）

悪い気もちはせぬ。

「心配をかけたな」

「う、うれしゅうございます。お勝ちなさいましたのでございますね」

「うむ、勝った」

「やはり……」

「勝ちはしたが……刀は抜かずにすんだ」

「まあ……」

「相手が、姿を見せなかったのだよ」

秋山小兵衛は、お貞の肩を抱くようにして、家の中へ入って行きながら、

「さ、これで、ようやくに二人は夫婦《みようと》となった」

「あい」

うなずいた、お貞の声が、

（別の女か……）

と、錯覚するほどに、甘やかであった。

庭の一隅へ植え込んである沈丁花《じんちようげ》が、闇の中に匂《にお》っている。

白《しろ》い蝶《ちょう》

一

平林寺《へいりんじ》門前の茶店から江戸へ帰って来た内山文太《うちやまぶんた》が、

「秋山《あきやま》さんは、私を、あんなところへ置き去りにして、実に、まったくひどい人だ」

などと、大いに憤慨をしたけれども、

「そう怒るな。あまりに、よい気もちそうに眠っていたので、起すのが気の毒になったまでだ」

「ですが、それは……」

「ま、よいではないか。それよりも一つ、たのみがある」

「知りません」

「知らぬ……？」

「また、どんな目に合わされるか知れたものではありませんからな」

「まあ、きいてくれ。そのたのみとは、私とお貞《てい》の仲人《なこうど》をしてもらいたいのだよ。どうだ、嫌《いや》か？」

「ふうむ……」

「嫌なら仕方もないが……」

「だれも、嫌とは申していませんよ」

「では、たのむ」

「私でよいのですか？」

と、たちまちに内山文太は機嫌《きげん》を直してしまい、

「婚礼は、いつごろにします」

「明日でよい」

「ずいぶんとまた、早いのですな」

「お貞も、別に、あらたまったことをしたくないというし、私も同様なのだが……なれど、夫婦《みようと》の固めの杯は、かわさねばなるまい」

「当然です」

翌日、内山文太は妻の兼《かね》と、嫁入りが来年にせまったひとりむすめの浜《はま》を連れて、四谷《よつや》・仲町《なかまち》の秋山小兵衛《こへえ》宅へあらわれた。

内山の妻女とむすめが台所へ入り、仕度にかかる。

ささやかながら、祝いの膳《ぜん》をととのえるためであった。

夕暮れになって、まことに簡素な婚儀がおこなわれた。

小兵衛とお貞に、内山文太の妻とむすめの、合わせて五人のみである。

いや、六人だ。

辻《つじ》道場の老僕《ろうぼく》・八助《はちすけ》も席につらなったのである。

八助は、辻道場の始末がつきしだいに、小兵衛の家へ来ることになっていた。

固めの杯がかわされると、そこは顔見知りの人たちばかりだけに、すぐさま、くつろいだ雰囲気《ふんいき》となった。

「で、秋山さん。ここの道場は、いつ、開きなさる?」

「ま、ゆっくりでよい。辻先生の道場の始末がついてからのことだ」

辻道場の地所は、麴町《こうじまち》八丁目にある栖岸院《せいがんいん》という浄土宗の寺のもので、すでに秋山小兵衛は道場の始末について、栖岸院とはなしをつけてあった。

秋山小兵衛とお貞は、こうして夫婦になったわけだが、

(それにしても……?)

真剣勝負の誓約を破った波切八郎《なみきりはちろう》のことが、気にかかってならぬ小兵衛であった。

(あれほどの男が、何故《なにゆえ》に……?)

このことである。

波切八郎とは、親しく語り合ったわけでもない。

ただ一度、本多伯耆守《ほんだほうきのかみ》の下屋敷で試合をしただけで、あとは一年半後の勝負の誓約をしたにすぎないが、小兵衛にしてみれば、それだけで波切八郎の人柄《ひとがら》が、充分にのみこめたおもいがしている。

「日暮れまでにはもどる」

小兵衛が、お貞にそういって家を出たのは、お貞と夫婦になってから十日目の朝だ。

この間に、小兵衛と同じ辻道場の高弟だった神谷新左衛門《かみやしんざえもん》などが、入れかわり立ちかわりやって来ては、

「お貞どのとの婚礼を、何故、自分に知らせなかったのだ」

とか、

「祝いもさせぬとは、けしからぬ」

などと、文句をいった。

それへ、いいわけをしたり、宥《なだ》めたりするのに、小兵衛夫婦は一苦労をしたことになる。

「これなら、おもいきって盛大な婚礼をしてのけたほうがよかったな」

小兵衛は苦笑して、冗談まじりに、お貞へいった。

さて、この朝。家を出た秋山小兵衛は、目黒へ向った。

目黒の波切道場の様子を、それとなく、

（見てこよう）

と、おもい立ったのである。

内山文太によれば、波切八郎が失踪《しっそう》して後の道場は、高弟の三上某《みかみなにがし》を中心にして運営がつづけられているそうな。

師の八郎無き後、道場を切りまわしている三上という高弟は、

（よほどに、しっかりした人物らしい）

と、小兵衛は想《おも》った。

（その三上という高弟に、会ってみたい）

だが、波切八郎と自分との真剣勝負のことを、三上は知っているのだろうか。

そこが、どうも、わからぬ。

平林寺門前へ小兵衛と内山文太がおもむいてより、約半月がすぎていた。

波切八郎からは何の連絡もなく、また波切道場から問い合わせて来るようなこともなかった。

誓約を破ったのは、波切八郎なのだから、

（もはや、どうでもよい……）

ことなのだが、何故《なぜ》か、小兵衛は八郎のことが気にかかってならぬ。

一昨年の、本多下屋敷での試合の折の、その太刀筋の見事さはさておき、前後の八郎の態度や礼儀の正しさは、

(無類のもの……)

と、いってよかった。

いまや、春のさかりであった。

桜花《はな》は満開で、道行く人びとの足の運びも、のびやかになっているのが、はっきりとわかる。

羽織・袴《はかま》をつけ、塗笠《ぬりがさ》をかぶった秋山小兵衛は、江戸城の外濠沿《そとぼりぞ》いに赤坂へ出て、芝の白金《しろがね》から目黒へ向った。

波切道場は、目黒の行人坂《ぎょうにんざか》の近くときいた。

行人坂を下った小兵衛は、目黒川に架かる太鼓橋をわたり、橋のたもとの〔正月や〕という茶店へ入った。

この茶店へは、以前、波切八郎もよく立ち寄って、好物の甘酒をのんだものである。

小兵衛は、冷酒《ひやざけ》を茶わんへ汲《く》んでもらってから、茶店の亭主《ていしゅ》に、

「この近くに、剣術の道場があるそうだが……」

「はい。波切先生の道場でございましょう?」

「そうだが……」

と、小兵衛は、おもいつくままに、

「波切先生には、長らく、お目にかかっていないので、お訪ねしようとおもってな」

「あれ……」

と、亭主が目をみはって、

「それじゃあ、御存知ではないので？」

「何が、だ？」

「波切先生は去年、行方知れずになってしまいましたよ」

「何……まことか？」

小兵衛が、おどろいて見せると、

「へえ、ほんとうでございますとも。波切先生はうちの甘酒がお好きで、よく立ち寄って下さいましたので」

「そうか……それは知らなんだが、なぜ、行方知れずになったのだろう？」

「さあ、その事情《わけ》がよくわからないのでございます。道場の門人衆もうちへお見えになりますが、さっぱりわからないといっておいでなので……」

「で、道場は、どうなっているのだろう？」

「それがえらいもので、波切先生は必ずもどっておいでになる。それまでは何としても道場を守って行こうと、門人衆がちからを合わせて……」

「いまも、つづけているのか?」

「はい。ですが……」

と、亭主が眉《まゆ》をひそめ、

「以前のようなわけにはまいりません。門人衆の数も、減ってしまったようでございますよ」

「なるほど」

「それに、近ごろ、また不幸が重なりまして……」

「不幸とは、何のことだ?」

二

その不幸とは、つい、五日ほど前のことだが……。

道場の中心となり、波切八郎が帰る日を待ち侘《わ》びつつ、門人たちを熱心に指導していた三上達之助《たつのすけ》が、

「急に、倒れなすったのでございますよ」

と、茶店の亭主《ていしゅ》が、秋山小兵衛へ語った。

「倒れた……?」

「はい。何でも、門人衆へ稽古《けいこ》をつけておいでなすっている最中《さなか》に、突然、苦しそうに胸を押えて、倒れなすったそうで……」

「ふうむ……」

心ノ臓の発作が起ったようにも考えられる。

門人たちもおどろき、白金《しろがね》十丁目に住む町医者・松浦玄恭《まつうらげんきよう》をよびに走った。

「うちへおいでなさる門人衆のはなしでは、何でも当分は、躰《からだ》をうごかしてはいけないと、玄恭先生が申されたとかで……」

「すると三上殿は、いまも、波切道場に寝《やす》んでおられるのか？」

「そうらしゅうございます」

三上達之助が倒れて以来、道場の稽古も中止となったらしい。

松浦医師が、絶対の安静を指示したことは、三上の病状が、

（容易なものではない……）

ことを、ものがたっている。

となれば、道場での稽古どころではあるまい。

「いろいろと、はなしをきかせてもらい、ありがたかった」

立ちあがった秋山小兵衛は〔こころづけ〕もたっぷりとわたした。

恐縮した正月やの亭主が、

「これはどうも、おそれ入りましてございます。それで、これから、道場のほうへお出かけでございますか？」

「三上殿に会うこともなるまいが……ともかくも行って見よう」

「御見舞や看護の門人衆もお見えでしょうし、それに、むかしから住み込んでいる、下男の市蔵《いちぞう》さんというのがおりますから、何かと様子もわかりましょう」

「さようか。いや、前もって此処《ここ》へ立ち寄り、お前さんのはなしをきいておいてよかった。ありがとう」

小兵衛は亭主に教えられたとおりに、目黒川沿いの小道を西へ向った。

間もなく小兵衛は、波切道場の門前へ立った。

（ふむ。よい道場だ）

と、小兵衛は一目で、感嘆をした。

藁屋根《わらやね》の母屋《おもや》といい、別棟《べつむね》の道場といい、微塵《みじん》の体裁もなく、いかにも武術の修行場であった。

（おれも、このような道場を造ってみたい……）

四谷《よつや》・仲町《なかまち》の小兵衛宅の敷地は、この波切道場よりせまいが、どこまでも質朴《しつぼく》の構えをくずさぬように道場を造りたい。

門といっても、波切道場のそれは扉《とびら》もなく、両傍《りょうわき》に太い柱が立っているだけの、つまり出入口にすぎない。

出入口の両側は竹藪《たけやぶ》で、正面に道場が見えた。

なるほど、稽古の気合声《きあいごえ》も物音もせず、あたりはしずまり返っている。

小兵衛が、道場の前へ佇《たたず》んだとき、

「もし……もし、どなたさまでございます？」

左手から、咎《とが》めるような声がかかった。

見ると、石井戸のあたりにいた老爺《ろうや》が、こちらへ近づいて来る。

（これが、下男の市蔵か……）

小兵衛は、すぐにわかって塗笠《ぬりがさ》をはずし、

「秋山小兵衛と申す」

頭を下げた。

「はい、はい」

市蔵は、そうした小兵衛の態度に好意を抱いたらしく、

「うけたまわりましてございます。何ぞ御用が……？」

「波切殿が行方知れずとなったよし、耳にいたしたので……」

「うちの先生を、御存知なので？」

「一昨年、本多伯耆守様《ほうきのかみさま》下屋敷において、手合わせをいたした」

「さようでございましたか……」

その、市蔵の声音《こわね》や態度から推してみて、

(この老僕《ろうぼく》は、波切殿とおれとの真剣勝負の事を知ってはいない)

小兵衛は看《み》てとった。

「ちょうど、取り込み事がございまして……」

「三上達之助殿が、倒れられたそうな」

「それも御存知で……」

「いま、太鼓橋の茶店で耳にいたした」

「ま、此処では何でございますから、どうぞ中へ……」

小兵衛が剣客と知って、市蔵は玄関へ案内しようとした。

「いや、お前さんに様子をきけばそれでよい。取り込み中のことゆえ、三上殿には会えぬし……台所の隅《すみ》ででも、茶をひとつ、いただけまいか」

「台所なぞと、そんな……」

「いや、そのほうが却《かえ》って気楽だ」

「さようでございますか」

小兵衛は、恐縮する市蔵の後から台所へ入り、板敷きの上《あが》り框《がまち》へ腰をかけると、すぐに市蔵が座蒲団《ざぶとん》を持って来た。

「さ、どうぞ、お敷きなすって下さいまし」

「ありがとう」

倒れた三上達之助は、かつての波切八郎が寝間にしていた奥の部屋に病臥《びょうが》している。

三上の妻女と娘が、二本榎《にほんえのき》の屋敷から駆けつけて来て、泊りがけで看病をつづけているというが、屋内は、ひっそりとして、人のささやき声もきこえぬ。

市蔵が汲《く》んで出した茶を一口のんだ小兵衛が、

「やはり、心ノ臓が？」

「はい。松浦玄恭先生も、そのように申されてございます」

「よほどに、悪いのかね？」

「いえ、玄恭先生は、何事も養生しだい、なればこそ此処から当分はうごかしてはならぬと申されまして……」

「さようか……」

秋山小兵衛は、ほっとして、

「ならば、きっと回復されよう」

「私も、そのようにおもいます。何としても八郎先生が、この道場へお帰りになるまでは……」

市蔵は、小兵衛の人柄《ひとがら》がよくわかったかして、つい先刻《さつき》、はじめて会ったばかりとはおもえぬような口調であった。

「それにしても、波切殿の行方は、お前さんにも見当がつかぬのかね？」

「私ばかりか、みなみなさまがこころあたりのところへは、手をつくして探し廻《まわ》ったのでございますが、さっぱりとわかりませぬので……」

いいさした市蔵が、ふと、おもいついたように膝《ひざ》をすすめ、

「もしや、あなたさまに、こころあたりでも？」

「いや、それはむりというものだ。まったく見当もつかぬ」

この忠実な老僕へ、八郎と自分との真剣勝負の事を、

（打ちあけたほうがよいのか……黙っていたほうがよいのか？）

小兵衛は迷った。

一昨年、波切八郎が書状をもって真剣勝負を申し入れてきたとき、その使者として小兵衛の許《もと》へあらわれたのは、門人の、

（たしか、土屋孫九郎《つちやまごくろう》と名乗ったが……）

しかし、波切八郎は書状の中で、

「この事、使いの者に、お洩《も》らし下さらぬよう、御願い仕《つかまつ》り候《そうろう》」

と、したためてあったので、小兵衛は土屋に知らせず、承知の旨《むね》の書状を托《たく》したのみだ。

それから、また、八郎の書状を土屋が届けに来た。

それは、小兵衛がこころよく、承知をしてくれたことへの、真情がこもった礼状だったのである。

このときも、小兵衛は土屋へ洩らしていなかった。

「この道場に、いまも、土屋孫九郎殿と申される御門人がおられるか？」

こころみに、小兵衛が尋ねてみると、市蔵は哀《かな》しげに頸《くび》を振り、

「このごろは、お見えになりませぬ」

とのみ、こたえた。

うつむいた市蔵の両眼に、泪《なみだ》が浮かんでいる。

「市蔵さん……もし、市蔵さん」

奥で、女のよび声がした。

三上達之助の妻女らしい。

「はい……はい、ただいま」

と、腰を浮かした市蔵へ、小兵衛が、

「もし、何ぞ、おもいあまったことが起きたなら、私のところへ相談に来なさるがよい」

「もう、お帰りでございますか……」

「うむ。四谷・仲町へ来て、秋山小兵衛ときけば、すぐにわかるはずだ」

「これはまあ、何のおかまいもいたしませなんだ……」

まだ心残りがありそうな市蔵を残し、小兵衛は外へ出た。

(道場は、寂《さび》れているらしい)

春の午後の日ざしに、風が光っている。

三

秋山小兵衛は、いよいよ、自分の道場を構えることにした。

資金は、甲斐《かい》の秋山郷にいる長兄・秋山忠左衛門《ちゆうざえもん》が出してくれた。

小兵衛が、竜谷寺《りゆうこくじ》から借り受けている敷地は約二百坪で、その一角に、台所と二間《ふたま》の家を建て、住み暮してきたが、道場を建てるとなると、門人たちの仕度部屋も設けねばならぬ。

「ついでに、この小さな家にも一間か二間、建て増しをしようか?」

小兵衛が、新妻のお貞《てい》にはかると、

「私は、このままにて、じゅうぶんでございますが、道場をかまえれば、お客の人びとも増えましょうし……」

「そのことよ」

お貞は、小兵衛に寄り添い、夫が描いてしめす絵図面を、たのしげに見入った。

「台所も、いま少し、ひろげたほうがよくはないか？」

「そうでございますね」

「ほれ、ここを、な……このようにひろげて、こうすればよい」

「はい」

こたえる、その声も以前のお貞とは、まったくちがう。

（女とは、このように変るものなのか……）

日々、夜毎《よごと》に、小兵衛は目をみはるおもいがしている。

お貞は、二十六歳で小兵衛の妻となった。

当時としては、まことに晩婚といわねばなるまい。

父の山口与兵衛《やまぐちよへえ》が亡《な》きのちは、辻《つじ》道場へ移り、辻平右衛門《へいえもん》の身のまわりから家政のすべてを取りしきってきたお貞だけに、

「お貞さんは、水気《みずけ》のない果物だ」

などと、蔭口《かげぐち》をきく門人もいないではなかった。

いずれにせよ、

「しっかり者の年増女《としまおんな》……」

という印象が強かったのである。

「おどろきましたなあ、秋山さん」

と、内山文太が声をひそめていう。

「何が?」

「お前さまの御新造《ごしんぞ》のことですよ」

「お貞が、どうかしたか?」

「目が光ってきましたね」

「ふうん……」

「なんともいえませぬなあ。あの艶《つや》っぽい眼《め》の色は……」

「そうかね」

「おどろきました」

「よく、おどろく人だ」

「秋山さん。遅咲きの花の味わいは、また格別でしょうなあ」

「ばかをいいなさい」

小兵衛に叱《しか》られて、内山は頸《くび》をすくめた。

だが、まさに、内山のいうとおりといってよい。

お貞は顔も躰《からだ》も細く、ほとんど化粧もせず、肌《はだ》も乾いているかのように見えた。

しかし、いざ夫婦となって、小兵衛が、その肌身を抱いてみると意外に肉置《ししお》きが豊かだったのは、着痩《きや》せをする質《たち》だったのであろう。

小兵衛の愛撫《あいぶ》をうける夜がつづくうち、お貞の肌身は、女の凝脂《ぎょうし》にしっとりと潤《うる》みはじめてきた。

はじめのうちは、小兵衛の胸へ顔を押しつけたまま、

(どうしてよいか、わからない……)

といった風情《ふぜい》であったのが、そのうちに、お貞の双腕《もろうで》はしっかりと小兵衛の頸すじを巻きしめてきて、

(おそろしいほどの……)

ちからが、こもってきた。

事と次第によっては、

「女の顔は、一夜のうちに変る」

と、いわれている。

辻道場にいたころのお貞は……ことに、一昨年からのお貞は、秋山小兵衛との結婚がなかなかに実現をしないので、内心は苛立《いらだ》ち、その苛立ちを、他の人びとや小兵衛にさとられまいとするところから、故意にも気むずかしげな態度をしめすようになっていたのである。

当然、それは、お貞の顔だちにあらわれてしまう。

以前のお貞は、目の下に、皺《しわ》ともいえず筋ともいえぬ線が刻まれていて、いささか表情を険しいものにしていたと、いえなくもない。

それが、小兵衛と夫婦になって一月《ひとつき》もすると、すっかり消えてしまったではないか。

お貞の双眸《ひとみ》は潤みをたたえ、肌に血の色がのぼってきた。

或日《あるひ》、小兵衛宅へあらわれた内山文太が、珍しいことでも発見したように、

「御新造が、紅をさしていますな」

目をまるくして、ささやいた。

「それがどうした?」

「いや、その……別人を見るおもいがしまして……」

「いま、気がついたのか」

「いわっしゃる、いわっしゃる」

と、内山が小兵衛を冷やかした。

「私の女房《にょうぼう》のことよりも、お前さんの御新造に紅でもつけさせたらどうだ」

「とんでもない」

「何……?」

「紅をつけたら、化けものになってしまいます」

なるほど、どちらかといえば、内山文太のほうが妻女よりも器量がよい。

小兵衛夫婦の明け暮れは忙しくなった。

道場の建築は、辻道場に出入りをしていた大工の棟梁《とうりよう》で、四谷・伝馬町《てんまちよう》に住む〔大《だい》芳《よし》〕こと芳五郎《よしごろう》が、

「秋山先生の道場となりゃあ、どうしても、おれが引き受ける」

請け負ってくれた。

小兵衛は日々、芳五郎と、

(ああでもない、こうでもない)

と、口論をかわしながら、日毎に、道場が形を成してゆくのをたのしんだ。

すでに桜花は散り、陽光は輝きを増し、秋山家の普請場《ふしんば》の上を、燕《つばめ》が飛び交う季節となっていたのである。

四

夏めいて生あたたかい夜の闇《やみ》の中に、秋山家の普請場《ふしんば》の木の香りがただよっていた。

住居《すまい》の増築のほうは、壁の小舞下地《こまいしたじ》にかかっているが、道場のほうは建前の工事の最中《さなか》であった。

夕餉《ゆうげ》をすませたのち、小兵衛は外へ出て、自分がはじめて持つ道場が日に日に形をととのえてゆくのを、飽くこともなくながめるのが日課になってしまった。

その夜も、ゆっくりと晩酌《ばんしゃく》をし、食事をすませてから、小兵衛は外へ出て、普請場の木の香りを、こころゆくまで吸い込んだ。

そのとき、垣根《かきね》の向うの道に人影がうごいた。

「どなた？」

小兵衛が声をかけると、

「私でございます。波切道場におります市蔵でございます」

と、人影が近寄って来た。

まぎれもなく、老僕《ろうぼく》の市蔵である。

このところ小兵衛は、道場の普請に熱中していて、波切八郎のことも、いつとはなく忘れてしまっていた。

「おお……」

おもいがけぬ市蔵の訪問に、小兵衛は、

「三上達之助《たつのすけ》殿の身に、何ぞあったのか？」

尋ねずにはいられなかった。

「いいえ、三上先生は、いくらか、よくなりまして、五日ほど前に、駕籠《かご》で二本榎《にほんえのき》の御屋敷へお帰りになりました」

「それは、何よりだった」

「はい……」

「さ、こちらへ入るがよい。遠慮はいらぬ」

「かまいませぬので？」

「かまうも何も、女房《にょうぼう》と二人きりだ」

小兵衛は、材木などが積み重ねてある間を縫って、市蔵を居間の縁先へみちびき、

「さ、此処《ここ》から、あがりなさい」

先へ立って居間へあがり、台所で洗い物をしているお貞《てい》へ、

「お客さまだ。茶をたのむ」

声をかけて振り向くと、縁側へあがり込んだ市蔵が、ひれ伏して、

「夜分に、とんだ、お邪魔をいたします」

「何の。さ、こっちへお入り。いいから、お入りなさい」

「はい。それでは……」

と、市蔵の声は沈みきっている。

三上達之助の病状が急変したのではないとすると、

（もしや……？）

秋山小兵衛は膝《ひざ》をすすめ、

「波切殿の消息でも、わかったのか?」

「そ、そのことなのでございます」

「わかった……?」

哀《かな》しげに頸《くび》を振った市蔵が、泪声《なみだごえ》となり、

「見たのでございます」

「波切殿をか?」

「は、はい」

「どこで?」

「すぐ近くで……」

市蔵が、躰《からだ》をふるわせながら語りはじめた。

それは、昨日の夕暮れだったという。

そのとき、市蔵は、道場に居残って最後まで稽古《けいこ》をしていた二人の若い門人を送り出し、門の外まで出たが、

(ああ……これから先、この道場は、どうなってしまうのか……)

深いためいきを吐き、ぼんやりと佇《たたず》んでいたそうな。

前には、目黒川。

川の向うは、雑木林であった。

その雑木林の中から、編笠《あみがさ》をかぶって、着ながしの浪人体《てい》の男がひとり、川岸の道へあらわれるのが、市蔵の目に入った。

「あっ……」

おもわず市蔵は、声をあげた。

目黒川の川幅は、十五、六メートルはあろう。

濃い夕闇の中で、しかも目黒川を隔てており、編笠で顔が見えなかったにせよ、

「まさしく、八郎先生でございました」

と、市蔵は小兵衛に言い切った。

波切八郎が生まれる前から、波切家に奉公をしている市蔵なのだ。

「見誤ることは、万に一つもございません」

そこで市蔵は、

「先生。八郎先生……」

大声によびかけつつ、目黒川へ飛び込んで行った。

すると編笠の浪人は、一瞬のためらいの後に、

「すっと、木立の中へ消えてしまいました」

市蔵は、泣き出した。

茶菓を運んで来た、お貞が目をみはって小兵衛を見た。

小兵衛がうなずくと、お貞は茶菓の盆を其処《そこ》へ置き、台所へ去った。

普請場のあたりで、しきりに猫《ねこ》が鳴いている。

小兵衛は、茶菓の盆を引き寄せ、市蔵の前へ置いた。

市蔵は狂人のごとく、腹のあたりまである川水をはね散らして目黒川をわたった。

「先生。八郎先生。待って下さいまし、先生……」

川をわたりきり、市蔵は雑木林の中へ飛び込んだ。

林の中は、もう、夜のように暗かった。

叫びつつ、市蔵は浪人の……いや、波切八郎と確信する人影を追った。探しまわった。

「どこを、どのように走ったのか、探しまわったのか……む、無我夢中でございました」

当然であったろう。

秋山小兵衛は何度も、うなずいた。

気がつくと、市蔵は、目黒不動の裏手の竹藪《たけやぶ》の中にいたという。

「念を押すまでもないだろうが、たしかに波切殿だったのだな?」

「間ちがいございません」

顔をたしかめたわけでもなく、近くに寄って見たわけでもない。
それに、市蔵に見られて一瞬の後に、浪人は木立の中へ消えたのである。
しかし、市蔵の確信は微塵《みじん》もゆるがなかった。
「私を見て、すぐに、姿を隠されたのが、その証拠でございます」
逆説ともいえようが、この市蔵の推測は的中している。
波切八郎は、小兵衛と約束した日時に、平林寺《へいりんじ》門前へあらわれなかった。
(もしやすると、あのとき……)
八郎は、どこかの木蔭《こかげ》から、自分を待っている小兵衛と内山文太の姿を、
(ひそかに、見まもっていたのやも知れぬ……)
このことであった。
昨夕、市蔵が見た浪人が八郎ならば、
(波切殿は、江戸にいる……)
ことになる。
江戸にいながら、波切八郎ほどの男が、自分との約束を破り、自分の道場へも帰れぬ。
(これは、どうしたことか?)
小兵衛にも市蔵にも、わからぬ。

まいか。

（もしやすると……）

八郎は、これまでにも何度か、遠くから波切道場の様子を見に来ているのではあるまいか。

それでいて、中へ入っては来《こ》ない。

秋山小兵衛は吐息をついて、組んでいた両腕をほどき、

「ま、茶をのむがよい」

市蔵をいたわるかのように、声をかけた。

五

いまの波切道場は、小兵衛の想像以上に寂《さび》れてしまっているらしい。

三上達之助に次ぐ高弟の、土屋孫九郎・佐々木《ささき》要《かなめ》・井本《いもと》新右衛門《しんえもん》の三名も、道場へ顔を見せなくなってしまった。

それでも、以前から波切道場の庇護者《ひごしゃ》だった大身《たいしん》旗本の酒井《さかい》内蔵助《くらのすけ》と秋山出雲守《いずものかみ》のみは、

「困ることのあらば、遠慮なく申すがよい」

そういってくれている。

酒井屋敷へは、波切八郎が行方知れずとなってより、三上達之助が出稽古《でげいこ》に通っていたが、

「いまは、三上殿が道場を留守にしてはなるまい」

酒井家の家老・中根《なかね》半兵衛《はんべえ》から申し出て、八人の家来を目黒の道場へ通うことにしてくれた。

秋山家でも、三人の家来が道場へ通ってきている。

けれども、道場主の波切八郎が、

(いつ、もどって来《こ》られるか、それもわからぬ)

というのでは、門人が減るのも当然なのだ。

門人たちは、三上達之助《たつのすけ》を師と仰いで来ているのではない。

「それや、これやの心配が重なりまして、三上先生が発病なされたのでございます」

と、市蔵がいった。

「八郎先生を見かけましたことを、三上先生に知らせてよいものやら……おもい迷いまして、まことに、ぶしつけながら、相談にあがったのでございます」

市蔵は、あぐねきったように小兵衛へうったえた。

「なるほど」

「三上先生へ、やはり知らせたほうが、よいのでございましょうか?」

「さて……」

市蔵としては、なまじ、他の門人たちへ相談をするよりも、小兵衛の意見をききたかった。

門人といっても、市蔵が信頼していた高弟たちは、いずれも姿を見せなくなっている。

ただ一度、はなし合った秋山小兵衛の人柄《ひとがら》を、市蔵は、

(たよりになる、お人だ)

と、見込んだのであろう。

小兵衛は沈思していたが、ややあって、

「ともあれ、いまは三上殿へ知らせぬがよいとおもう。もし、このことを耳にしたなら、三上殿の心痛は尚《なお》も大きくなろうし、重病の身に障《さわ》ることはたしかだ」

「やはり……」

「うむ。いまは、な……」

「では、いったい、どうしたらよいのでございましょう?」

そういわれても、小兵衛としては困る。

小兵衛は、まだ、市蔵が「たしかに、八郎先生を見た」という言葉を、信じかねているところがある。

市蔵は、絶えず八郎のことを想《おも》いつめている。

それゆえ、向うの川岸に立っていた浪人を、八郎だと信じてしまっているのではないか。

その浪人にしても、川の向うから、妙な老爺《ろうや》が大声に叫びつつ、川へ飛び込んだのを見て、

(おどろいて、関《かか》わり合いになるのを避けるため、姿を隠した……)

そう、おもえぬこともない。

これが、八郎の住処《すみか》を突きとめたとでもいうのなら、はなしは別である。

そうなれば、市蔵のたのみによって、

(私が出向き、波切殿より事情をきき、相談に乗れぬこともない)

だが、このままでは市蔵の期待にこたえることもできない。

「私も、よく考えてみよう」

こういうよりほかに、仕方もなかった。

市蔵にしてみれば、

(八郎先生が、江戸にいた。そして、ひそかに道場を見ておいでなされた……)

この一事だけでも、それこそ、

(藁屑《わらくず》にでも、すがりつきたい)

おもいなのにちがいなかった。

「二、三日うちに、その、波切殿が立っていたという木立のあたりへ行って見ようか……」

小兵衛のつぶやきへ、市蔵は飛びつくように、

「かたじけのうございます。そ、そうして下さいまし、お願いでございます。このとおりでございます」

満面を泪《なみだ》に濡《ぬ》れるにまかせ、両手を合わせて、小兵衛を拝むかたちとなった。

(波切八郎という男は、下男の老爺に、これほど慕われている……)

八郎が佇《たたず》んでいた場所へ行って見たところで、別に手がかりをつかめるわけではないが、市蔵の様子を見ていると、そのようにでもいって、少しでも、この老僕《ろうぼく》の心をなぐさめてやらなくては……と、小兵衛はおもったのだ。

市蔵は、

「お見えになったときは、御案内をいたしますゆえ、きっと……きっと、お見え下さいますよう、御願い申しあげます」

くどいほどに、念を押してよこした。

「うむ。かならず行く」

口先だけではなく、小兵衛はこたえた。

このとき、お貞《てい》があらわれた。

小兵衛が引き合わせると、市蔵は、突然に訪問した無礼を何度も詫《わ》びた。

「道場には、だれか、留守をしているのかね？」

三上達之助と、その妻子が自邸へ引き取ったとなると、夜の波切道場には市蔵ひとりきりである。

秋山小兵衛夫婦は、市蔵を見送って外へ出た。

お貞が、市蔵の提灯《ちょうちん》へ火を入れて出すと、

「ありがとう存じます。申しわけのないことでございます」

市蔵は、くどくどと礼をのべ、坂道を下って行った。

「お気の毒に……」

と、お貞。

「市蔵の声が、耳へ入ったか？」

「はい」

「それにしても、何ということだ」

「波切さまのことでございますか？」

「うむ」

「もしも、波切さまが姿を見せたときは、あらためて、真剣の勝負をなさるおつもりなので？」

「さて……」

「どうなのでございます？」

「心配をするな。もう、波切との勝負はせぬよ」

小兵衛夫婦は、我家《わがや》へ入った。

空は曇っていて、いまにも雨が落ちてきそうな夜であった。

秋山家の普請場《ふしんば》から走り出て来た白い猫《ねこ》が、坂道を横切り、竜谷寺《りゅうこくじ》の土塀《どべい》へ飛びあがった。

そのとき……。

竜谷寺の表門の屋根の下に屈《かが》み込んでいた人影がひとつ、ゆっくりと立ちあがった。

小兵衛宅と竜谷寺にはさまれた坂道は、西が武家屋敷の塀で行き止りになっていた。

東へ下ると、四谷《よつや》・仲町《なかまち》の町家の灯《あかり》も見えてくる。

人影が、坂道へ出て来た。

着ながしに大小の刀を帯し、頭巾《ずきん》をかぶっている。浪人の風体といってよい。

浪人は、秋山小兵衛宅を凝《じっ》と見つめていたが、やがて、坂道を下って行った。

六

二日ほど降りつづいた雨が熄《や》んだ翌々日に、秋山小兵衛は、またも波切道場を訪ねた。

老僕《ろうぼく》の市蔵が、飛びつくように出迎え、

「御案内いたします」

と、先へ立った。

道場から、若い門人たちの気《き》合声《あいごえ》と、木太刀の打ち合う響《ひびき》がきこえている。

三上達《たつ》之助《のすけ》が療養の場所を自邸へ移したので、数少い門人たちが稽古《けいこ》に来ているのだそうな。

市蔵がしたように、目黒川へ飛び込むわけにもまいらぬので、二人は太鼓橋をわたり、目黒川の対岸へ出た。

川の向うに、波切道場の外面が見えてくる。

「ちょうど、このあたりでございました」

市蔵は、対岸の道場の門を斜め右に見わたせるあたりに立ち止って、小兵衛へ、

「このあたりにお立ちなすって、凝《じっ》と、道場を見つめていなさいましたので……」

「ふうむ……」

川幅十五、六メートルの目黒川を隔てて見ると、いましも、対岸の小道を行く農婦の姿が、その顔だちまでもはっきりと見てとれる。

これならば、たとえ編笠《あみがさ》をかぶっていたにせよ、市蔵が波切八郎を、

（見誤ることはない……）

ようにも、おもわれてきた。

「なるほど……」

小兵衛のつぶやきに、市蔵は何度もうなずき、

「こんなに近いのでございますから、見間ちがうことはございません」

「それで、すぐに姿を隠した……？」

「はい」

道の背後の雑木林へ、小兵衛は踏み込んで見た。

だからといって、別に手がかりがあるわけではない。

今日、小兵衛が此処《ここ》へ来てみたのは、目黒川をへだての距離感を、あらためて、

（たしかめたい）

と、おもったからである。

そして、いま、市蔵の言葉を信じかけてきている秋山小兵衛であった。

小兵衛と市蔵は、しばらくの間、当所《あてど》もなく木立の中を行ったり来たりした。

あれから市蔵は、雨の日も暇さえあれば、門の内側から雑木林のあたりを見張ることにしていたし、門人たちが稽古に来ているときには、

「ちょいと、出てまいりますから」

留守をたのみ、川をわたって雑木林の中へ入り、木蔭《こかげ》に身を潜め、

(もしや、八郎先生が……)

その期待に胸をとどろかせつつ、長い時間をすごしたりした。

「わからぬ。私には、わからぬ」

と、小兵衛が、あぐねきって市蔵へ、

「どうしたらよいのか、お前さんにもわからぬことが、私にわかるはずがない」

市蔵は、うなだれた。

木立の何処《どこ》かで、松蟬《まつせみ》が鳴きはじめた。

初夏の午後の陽光が、縞《しま》になってさし込み、市蔵の額にねっとりと汗が光っている。

「ただ、此処へ来て見て、お前さんのいうことが本当のようにおもえてきた」

「はい、はい」

「こうなれば仕方がない。できるかぎり、お前さんが目をつけていて、もしも今度、波切殿があらわれたら逃《のが》さぬことだ」

そういってみて小兵衛は、自分の言葉の空《むな》しさを痛感せずにはいられなかった。

たとえ、その姿を見出《みいだ》した市蔵が追いかけてみても、波切八郎を捉《とら》えることはできまい。

それに、八郎は、

(二度と、この場所へはあらわれまい)

小兵衛は、そのような気がしてならなかった。

この日は、間もなく、小兵衛は市蔵と別れ、四谷《よつや》の家へ帰った。

それから三日後の朝。

朝餉《あさげ》をすませた小兵衛が道場の普請場《ふしんば》へ出て行き、例によって大工の棟梁《とうりょう》の芳五郎《よしごろう》と、

「ここのところは、こうしてくれ」

「先生。それはおかしい」

などとやっていると、母屋《おもや》のほうで、お貞《てい》が声高く小兵衛をよんだ。

「何だ、うるさい」

「市蔵さんが見えました、市蔵さんが……」

と、お貞の声が何やら切迫している。

「何……」

波切八郎が、また、あらわれたのか。

普請場から走り出て見ると、居間の縁先に、お貞と市蔵が立っている。

市蔵は、何といったらよいのか、表現に困るような顔つきになっていた。

強いていえば、

（物《もの》の怪《け》を見て、立ち竦《すく》んだ……）

かのような顔色《がんしょく》で、その右手に何か白い物をつかみ、それがわなわなとふるえているではないか。

「こ、これを……」

市蔵が、よろめくように小兵衛へ近寄り、その白い物を手わたした。

それは、一通の手紙であった。

七

「今朝でございました」

と、市蔵が語りはじめた。

市蔵は、台所に接した板の間の向うの部屋で寝起きをしている。

早起きの市蔵は、空が白みかかるころに目がさめた。

波切家の母屋《おもや》に夜を過すのは老僕《ろうぼく》の市蔵のみだ。

市蔵は寝床をたたみ、板の間へ出た。

「出たとき、すぐに気がつきましてございます。何やら、白いものと、見なれない布包みが板敷きの上に置いてございましたので……」

手にとって見ると、その手紙の宛名《あてな》には〔市蔵どの〕と書いてあるではないか。

「あっ……」

裏には、ただ〔八郎〕としたためてあるのみだが、まぎれもなく、それは波切八郎の筆跡であった。

市蔵は、八郎の亡父・波切太兵衛《たへえ》に読み書きを教えられていたが、八郎はわかりやすい文字で、語りかけるように書きしたためている。

「中を見て、よいのか？」

と、小兵衛。

「どうか、ごらんになって下さいまし。どうか……」

いいさして、市蔵は嗚咽《おえつ》の声を洩《も》らしはじめた。

波切八郎は、およそ、つぎのように手紙へ書いている。

市蔵。苦労をかけて相すまぬ。

いろいろと、お前に語りきかせたいことの、山ほどにあるが、語っても詮《せん》ないとおもう。語れば、お前を尚《なお》も苦しませ、悲しませるにちがいない。

いまの八郎は、八郎であって八郎ではない。以前の八郎は死に、別の八郎になってしまった……そう、おもってもらいたい。

ゆえに、もはや道場へは帰れぬ。

この手紙を三上達之助《たつのすけ》へ見せ、道場の始末をたのんでもらいたい。

父の代より、長年にわたる奉公。まことにありがたく、御礼の申しようもない。包みの中の金は、お前の忠勤に対して、まことに些少《さしょう》ではあるが、どうか受けてもらいたい。

そして、故郷《くに》へ帰るがよい。

私は二度と、お前に会うこともない。

忘れてくれ。何事も、あきらめてくれ。

いま一つ。

秋山小兵衛どのに、いささかも迷惑をかけてはならぬ。

では市蔵。いつまでも達者で暮すように。

読み終えて秋山小兵衛が、低く唸《うな》った。

小兵衛に迷惑をかけてはならぬ、と、波切八郎は書いている。

してみると、小兵衛と市蔵との交際が始まったことを、

（波切殿は、知っている……）

ことになる。

もしやすると、小兵衛と市蔵が目黒川辺《べ》りの道を歩む姿を、八郎は何処《どこ》ぞの物蔭《ものかげ》から密《ひそ》かに見ていたのやも知れぬ。

「秋山さま……秋山さま。な、何とおもわれます、この手紙を……」

「さて、見当がつきかねる」

「どうしたらよいのでございましょう」

と、市蔵が懐《ふとこ》ろから布包みを出し、

「ごらん下さいまし」

「金子《きんす》か？」

「は、はい」

縁側の上で包みをひらいて見ると、小判で五十両もの大金があらわれた。

波切八郎は「些少だが……」と書いているが、この金高は、庶民一家族が五、六年をすごすことができるほどのものだ。

昭和五十六年の現在ならば、千数百万円に相当するであろう。

「この手紙と金子を、だれが届けに来たものか……？」

「八郎先生だと存じます」

「自身で？」

「はい。きっと、そうでございます」

戸締りは何処も外れていなかったが、ただ一ヶ所、門人の仕度部屋の窓が外れていたという。

そこから、八郎は屋内へ入って来たに相違ないと、市蔵はいった。

仕度部屋の窓の戸は締りをしていない。

そもそも、剣術の道場へ忍び込む盗賊がいるはずもないし、八郎が住み暮していたころは、あまり戸締りなどに気をかけなかった。

仕度部屋の窓は障子のみで、雨戸は入っていない。廂《ひさし》が深いからである。

そうしたことをわきまえ、忍び入って来たのは、

「たしかに、八郎先生でございます」

「なるほど」

「いかが、いたしましたら、よいのでございましょう？」

はじめて会ってから日も浅いのに、市蔵は小兵衛をたよりきっている。

「三上先生に、この手紙を見せてもよろしいのでございましょうか？」

「いや……どうも、波切殿は、三上殿が、あれほどの重い病にかかっていることを知らぬようだ。そうはおもわぬか？」

「私も、そのように……」

いいさして市蔵が、地団太を踏み、両手でおのれの頭を叩《たた》きつつ、

「ええ、もう、何ということだ。八郎先生が、すぐ傍《そば》まで入って来なされたというのに、それに気づかぬとは……畜生、畜生。わしは何という……」

またしても泣き咽《むせ》ぶのである。

小兵衛は、茶を運んで庭先へあらわれたお貞《てい》と顔を見合わせ、嘆息を洩《も》らすよりほかに仕方もなかった。

（女か……女が、原因《もと》で、身を持ちくずしたとでもいうのだろうか？）

市蔵によれば、波切八郎は謹厳実直の男で、ひたすら剣の道をきわめるために心身を打ち込んでいたらしい。

（なればこそ、女か……？）

と、小兵衛は感じたのだ。

しかし、市蔵は、

「そのようなことは、気《け》ぶりにもございませなんだ」

と、いう。

「では……そもそも、波切殿は何故《なにゆえ》、突然に道場を出奔され、行方知れずになったのか、それにも心当りがないというのかね？」

「はあ……」

市蔵は、目を伏せた。

それは申すまでもなく、波切八郎が愛弟子《まなでし》の水野《みずの》新吾《しんご》を、みずから成敗をした一件についてである。

それが直接の原因となって、八郎が身を隠したと、市蔵と三上達之助はおもいこんでいる。

ゆえに、市蔵は、

（いまも尚、八郎先生は新吾さんを殺《あや》めたことを悔いて、世に隠れたまま、生涯《しょうがい》を終える、おつもりなのか……）

どうしても、そうなってくる。

だが、この一事だけは、

（何としても、秋山さまへ打ちあけるわけにはゆかぬ……）

のであって、現に、水野新吾の遺体は波切家の敷地内に埋め込まれている。

新吾を斬《き》って捨てた八郎の心情はよくわかるが、新吾は〔辻斬《つじぎ》り〕という悪業《あくごう》をはたらいたのだ。

これを師の八郎が成敗したについては、公《おおやけ》にできぬにせよ、

(八郎先生に、疚《やま》しいところは何もない)

あのときから、まる一年もたっているのだから、道場へ帰って来てもよいはずだ。

水野新吾のことなど、いまは門人たちの口の端《は》にものぼらぬ。

あの秘密を知っているのは、

(三上先生と、わしだけなのに……)

であった。

秋山小兵衛は市蔵に、

「少しの間、この、波切殿の手紙を、あずかっておいてよいか？」

「かまいませぬ。そうして下さいまし」

「手紙の裏の心を何とか汲《く》みとってみたいとおもう」

「はい、はい」

「それに、いま、この手紙を三上達之助殿に見せるのは、いかがだろうか？」

「そのことでございます」

「いま少し、快方に向ってからでもよいとおもう」

「秋山さま。この五十両も、ついでに、おあずけいたします」

「それは、お前さんが持っていたほうがよい」

「いえ、持ちつけぬ大金を持っているだけでも、恐ろしゅうございます」

「ふむ……」

考えた後に、小兵衛は、

「よし、たしかにあずかろう」

五十両を市蔵から受け取り、

「ともかくも、三日ほど後に、もう一度、訪ねて来てくれぬか。それまでに、お前さんのことも考えておこう」

やがて、市蔵は悄然《しょうぜん》と立ち去って行った。

「お貞……」

「はい？」

「おもいのほかに、深入りをしてしまった……」

「さようでございます。なれど、あの市蔵さんを見ると気の毒でなりませぬ」

「そのことよ」

「この家には、八助がまいりますゆえ、市蔵さんの身の振り方を、別に考えてあげましては？」

「市蔵の故郷《くに》に、寄辺《よるべ》があるのか、どうか……？」

それから間もなく、表四番町に屋敷を構えている七千石の大身《たいしん》旗本・杉浦石見守《すぎうらいわみのかみ》の家来が、秋山家を訪れた。

「秋山先生の御婚礼のことを主人《あるじ》が洩れうけたまわりましたので、こころばかりの御祝を……」

と、家来の谷彦太郎《たにひこたろう》が口上をのべたので、秋山小兵衛は恐縮してしまった。

八

杉浦石見守孝豊《いわみのかみたかとよ》は、小姓組番頭《こしょうぐみばんがしら》や御書院番頭《ごしょいん》などを歴任した大身旗本だが、いまは病身を雑司《ぞうし》ヶ谷《や》の下屋敷（別邸）に養っている。

辻《つじ》道場が盛んなころは、石見守の家来が五人ほど、稽古《けいこ》に通って来ていたものだ。

石見守自身も剣術を好み、辻平右衛門《へいえもん》が表四番町の屋敷へ出稽古におもむいていた。

めったに出稽古などしたことがない平右衛門が、こころよく出向いて行ったのは、それだけ杉浦石見守の人柄《ひとがら》に好意を抱いていたからであろう。

自分が行けぬときは、

「小兵衛、たのむ」

そういわれて秋山小兵衛が代稽古に出向いたものである。

辻平右衛門は引退に際し、杉浦石見守へ挨拶《あいさつ》におもむいたが、

「辻先生の御決意が、さほどに堅いとなればいたしかたもないが……なにともして秋山小兵衛に、跡を継がせるわけにはまいらぬものか」

と、石見守は、しきりに辻道場の廃絶を惜しんでくれた。

しかし、秋山小兵衛の、ささやかな独立の決意も堅い。

「私のようなものが跡を継いで、恩師の名を汚《けが》しては相なりませぬ」

衒《てら》いでも何でもない。

真実、小兵衛はそうおもいさだめたのである。

「何とぞ、小兵衛の意にまかせてやっていただきたく……」

と、辻平右衛門も言葉を添えたので、

「師弟ともに、強情なことよ」

杉浦石見守は苦笑するよりほかなかった。

こうしたわけで秋山小兵衛は、自分の道場が完成した後、杉浦石見守へ挨拶に出るつもりでいた。

それが、石見守に、

(先を越されてしまった……)

ことになる。

しかも、小兵衛の結婚祝いと合わせ、

「些少《さしよう》ながら、役立ててくれるように」

との言葉と共に、石見守の家来が届けてきた金子《きんす》は、五十両であった。

小兵衛は、すっかり恐縮してしまった。

翌日。

小兵衛は、羽織・袴《はかま》の正装で、雑司ヶ谷の杉浦家・下屋敷へ向った。

「殿様が、秋山先生をなつかしくおもわれて……」

と、家来がいったので、

「御病状は？」

「このごろは、大分に快方に向われまして、夏一杯を御下屋敷でおすごしなされた上、御本邸へおもどりになられます」

「おお……それは何よりのこと」

これならば、御礼に出ても、石見守の療養のさまたげになることもあるまい。

果して杉浦石見守は、

「ようまいってくれた、秋山先生」

大よろこびで迎えてくれた。

七千石の旗本ともなれば、一国の大名にも等しい。

その石見守が、辻平右衛門のみか、秋山小兵衛へも師弟の礼を忘れぬ。

石見守孝豊は、この年、五十二歳になる。

病後の所為《せい》か、背丈の高い体軀《たいく》の肉は落ちていたけれども、血色がまことによろしく、

(これならば……)

小兵衛は、安堵《あんど》をした。

石見守は、すでに床払いをしていて、小兵衛を奥庭に建てられた茶室へ通し、みずから茶を点じてくれた。

近年の大名の下屋敷などは、めったに主人が使用せぬのをよいことに、中間部屋《ちゅうげん》が夜になると博奕場《ばくちば》になったりする。

それが、もう珍しくはない世の中になりつつある。

だが、杉浦石見守の下屋敷だけあって、此処《ここ》に詰めている家来たちの目が、しっかりと行きとどき、屋敷内の風紀は乱れていない。

小兵衛は厚く御礼をのべ、

「かような物が、お気に召しましょうや?」

袱紗《ふくさ》をひらき、中の小さな桐《きり》の箱を差し出した。

「何であろう?」

「ごらん下されますよう」

「ふむ……」

箱の中には〔和〕の一字を石の印材へ隷書体《れいしょたい》で篆刻《てんこく》したものが入っている。

「ほう……これは？」

「恩師の手に成ったものでございます」

「何、辻平右衛門先生みずからの篆刻と申されるか」

「はい。私も同じようなものを別にいただいておりますので、献上いたしたく存じまする」

「かまわぬのか？」

「石見守様のお気に召しますなら、恩師も、さぞ、よろこびましょう」

辻平右衛門が、小兵衛の妻となったお貞《てい》の亡父・山口与兵衛《よへえ》から書をまなんだことは、すでにのべておいたが、篆刻の手ほどきも受けたのである。

「篆刻は、剣を遣うよりも、たのしい」

などと目を細めていた辻平右衛門の面影が、いまも、はっきりと小兵衛の目に残っている。

「かたじけない」

と、杉浦石見守は桐の箱を押しいただくようにして、

「うれしいことじゃ」

満面に血をのぼせた。

その、童児《こども》のように無邪気なよろこびが、わけもなく、見ている秋山小兵衛の胸を熱くさせた。

(何という、純真な御方であろうか……)

このことである。

九

やがて……。

小兵衛は、下屋敷を辞去した。

門の外まで送って来た家来は、昨日、小兵衛宅へ祝い物を届けに来た谷彦太郎《ひこたろう》で、以前は辻《つじ》道場の門人であった。

「秋山先生。道場開きは何時《いつ》になりましょう?」

「さて……来春《らいはる》になろうか」

「われら、その日を待ちかねております。いえ、殿のおゆるしも得ておりますれば、ぜひとも門人にいたし下されたく、いまより御願い申しあげます」

「辻先生のようにはまいらぬよ。それでよろしいか?」

「はい」

と、谷は正直である。

木立に沿うた道を、谷彦太郎は小兵衛を送って歩みながら、

「向うの……木立の向うに大きな屋根が見えますが、あれは、このあたりでも有名な料理茶屋で橘屋《たちばなや》と申しまして、紀州家をはじめ、九鬼《くき》、真田《さなだ》などの大名方の御用をつとめております」

小兵衛は、

（それが何か……？）

というように、谷を見やると、

「一昨夜、曲者《くせもの》が忍び入りまして……」

「橘屋へ？」

「はい。主人《あるじ》の忠兵衛《ちゅうべえ》ひとりが殺害《せつがい》されました」

「あるじ一人《いちにん》が……物盗《ものと》りか？」

「さて……それがどうも、ふしぎなはなしを耳にいたしました」

「ほう……？」

「物盗りの仕わざではないと申します。朝になり、女中があるじ忠兵衛の寝間へ声をかけると返事がないので、戸を開けて見ると、すでに左の頸《くび》すじを斬《き》られ、絶命して

おりましたそうで」

「盗られた金品はなかったというのか？」

「そのようでございます」

「では、何やらの遺恨か……」

「よくわかりませぬ。何分《なにぶん》、橋屋忠兵衛の背後《うしろ》には諸大名や名のきこえた諸家がついており、関《かか》わり合いも深いとのことゆえ、いろいろと私どもには知れぬ事情もあるようでございます」

「なるほど」

小兵衛は格別、気にもとめず、

「では、此処《ここ》で別れよう」

「近きうちに、また、お越し下さいますよう。何よりも、殿がよろこばれますゆえ」

「うむ。では……」

谷彦太郎と別れた秋山小兵衛は、雑司《ぞうし》ヶ谷町《やまち》の通りへ出た。

少し行くと、左側に橋屋へ突き当る小道がある。

その道から通りへあらわれた女が、何やら茫然《ぼうぜん》とした面もちで、ゆっくりと歩んでいる小兵衛の前を突っ切ったとき、軽く躰《からだ》がふれた。

「あ……」

はっと、女が振り向いて、

「これは、御無礼をいたしました」

倉卒《そうそつ》として、頭を下げた。

もとより、そうしたことに気をとめる小兵衛ではない。

「いや、なに」

うなずいて見せて通り過ぎたが、

（美《よ》い女だ）

おもわず、振り向いて見た。

これに気づいた女が、また、頭を下げた。

藍鼠色《あいねずみいろ》の地味な着物に白の帯という姿《いでたち》なのだが、ほとんど化粧もしていない顔の双眸《ひとみ》がはっとして小兵衛へ向けられたときの強い印象は、この日、帰宅してからも消えなかった。

躰も大柄《おおがら》だし、目鼻立ちも大ぶりで、決して美女だというのではないが、この当時の江戸にはめずらしい容姿・顔貌《がんぼう》の女だ。

小兵衛が現代の男なら、

「異国的《エキゾチック》な……」

と、評したやも知れぬ。

(人妻で、子が二人ほどいるのだろうが、それにしても忘れられぬ顔だ)

小兵衛は、自分が小柄なためか、大柄な女が好みなのだ。

新妻のお貞《てい》も、どちらかといえば大柄といってよい。

「もし……もし、何ぞ心配事でも?」

と、お貞が、夕餉《ゆうげ》の膳《ぜん》を前に、手の箸《はし》を止めたまま、ぼんやりと女の面影を追っている小兵衛へ声をかけたほどだ。

その女が、波切八郎と関わりのあったお信《のぶ》だとは、秋山小兵衛の、

(夢にも想《おも》わぬ……)

ことだったのは、当然である。

(あの女、何やら足許《あしもと》が定まらぬ様子であったが……)

と、小兵衛が看《み》たとおり、お信は強い衝撃を受け、まだ立ち直れぬままに橘屋から出て来たのであろうか。

それならば、橘屋忠兵衛が殺害されたことによる衝撃ではなかったのか……。

もとより小兵衛は、お信と橘屋の関係など知るよしもないし、お信があらわれた道が橘屋へ通じていることも知らなかった。

それにしても、お信はいま、橘屋にいるのか、どうか……。

お信のほうは、秋山小兵衛のことなど、すぐに忘れてしまったろう。

歩いている男の前を突っ切るということは、当時の女のつつしまねばならぬことであった。

それで、小兵衛に頭を下げたのだが、すぐに通りを横切り、笠屋《かさ》の傍《かたわら》の小道を南へ入って行った。

この笠屋は、去年に波切八郎が塗笠を買った店だ。

そのとき……。

笠屋の筋向いの茶店から、すっと立ちあがった男がいる。

精悍《せいかん》な顔だちだが、縞《しま》の着物と角帯をきちんと身につけた男は、何かの職人のように見えた。

男は、伊之吉《いのきち》である。

去年、波切八郎が岡本弥助《おかもとやすけ》と共に志村《しむら》の隠れ家《かくが》に潜んでいたとき、食糧や日用品を運んで来たのが伊之吉で、岡本は八郎へ、伊之吉のことを、

「あの男は、私の手の者です。家来のようなものですよ」

そういった。

その伊之吉が、何と、お信の後を尾《つ》けはじめた。

波切八郎や岡本弥助は、このことを知っているのであろうか。

一夜明けると、小兵衛はあの女のことなど、すっかり忘れてしまっている。

例によって普請場《ふしんば》へ出て行き、あれこれと指図をするのが、たのしくて仕方がないらしく、

「先生は、向うで納まり返っていて下せえよ」

大工の棟梁《とうりょう》に、けむたがられる始末なのだ。

このごろは、

「あっ……」

という間に、一日が終ってしまう。

夕餉の膳に向ったとき、

「ごめん下さいまし」

たよりなげな声をして、またも、波切八郎の老僕《ろうぼく》・市蔵が訪れて来た。

「どうした?」

「は、はい……」

「波切殿の消息でも?」

ちからなく、かぶりを振った市蔵は憔悴《しょうすい》しきっている。

もともと筋肉質の躰なのだが、両肩の骨が着物の下から浮き出し、げっそりと頬《ほお》の肉が落ちてしまっている。

「いったい、どうしたのだ?」

「よ、夜も眠れませんのでございます」

「何……？」

「いつまた、八郎先生が忍んで見えるかとおもうと……この前のように眠りこけてしまってはいけないと、そうおもいまして……」

「もっともだが、市蔵さん。先日、あのような金と手紙を置いて行った波切殿だ。これはもう、二度と姿を見せぬ決意をかためたにちがいない。どうだろう、波切殿の言葉に従ったら……」

「いえ、それは……」

「やはり、踏切《ふんぎり》がつかぬか？」

「もう少し……もう少し、様子を見てみたいと存じます」

夜のみではない。

（もしや……？）

そのおもいを絶ち切れず、市蔵は日中から日暮れまで、目黒川の木立へ目を向けるようになってしまったらしい。

「どうしたらよいのでございましょう、秋山様……」

おもいあぐねるあまりに、自分を訪ねて来た市蔵へ、小兵衛が、

「ま、いっしょに飯を食べようではないか。そんなことでは、病気になってしまう

ぞ」

十

お貞《てい》は、すぐさま、市蔵へ夕餉《ゆうげ》の膳《ぜん》を出してやった。

うなだれたまま、市蔵は箸《はし》を手にしようともせぬ。

「さ、おあがり」

小兵衛がすすめて、

「市蔵さん。波切殿はな、あれほどの人《じん》だ。先日の手紙にもあったとおり、当分は、お前さんの目にふれることはあるまいよ」

「さ、さようでございましょうか……ですが秋山様、私は、あの……」

「ま、聞きなさい。おそらく波切殿は、お前さんが此処《ここ》へ訪ねて来たことも、密《ひそ》かに見とどけていたにちがいない」

「ま、まさか……？」

「波切殿の手紙に……秋山小兵衛どのに、いささかも迷惑をかけてはならぬ、と、書いてあったではないか」

「は、はい……」

「してみると波切殿は、お前さんの身を案じ、蔭《かげ》ながら見まもっていたことになる。どうだ、そうおもわぬか？」

また、市蔵が泣き出しそうになったので、

「さ、おあがり。ともかくも、物を食べられぬようではどうにもならぬ」

「まことに、どうも、御厄介《ごやっかい》をかけまする」

この日の夕餉は、鰹《かつお》を煮熟《にじゅく》したもの……つまり、即製の生鰹節《なまりぶし》を蒸しくずし、これを濃目《こいめ》の味噌汁《みそしる》に仕立てたものに、高菜《たかな》の漬《つ》け物《もの》。それだけであった。

初夏の江戸の鰹ゆえ、まだ価《あたい》は安くないが、それにしても質素な食膳である。

ところが、生鰹の味噌汁へ口をつけた市蔵が、目をみはるような顔つきになった。

「どうだ、旨《うま》いかね？」

「はい……このようなものを、はじめていただきました」

「そうか」

小兵衛とお貞が、顔を見合わせてうなずき合い、

「それはよかった」

「市蔵さん。おかわりをして下さいよ」

「かたじけのうございます」

久しく、人の情《なさけ》にふれることもなく、孤独に暮しつづけながら波切道場をまもって

きた市蔵だけに、小兵衛夫婦のおもいやりが、よほどにうれしかったのであろう。

いまはもう、六十を越えた老爺《ろうや》が童児《こども》に返ったように両眼から泪《なみだ》をあふれさせつつ、箸をうごかしている。

「お前さんの故郷《くに》は、下総《しもうさ》の船橋《ふなばし》の在《ざい》と聞いたが……」

「さようでございます」

市蔵の故郷には、

「姪《めい》がひとり、嫁いでいるきりになってしまいました」

「ほう。それはさびしいな」

「もう、何年にも会ってはおりませぬので……」

「なるほど」

波切八郎が置いていった五十両を持って故郷へ帰れば、市蔵も何とか老後をすごせるであろうが、それだけで市蔵の心がみたされるわけのものではない。

「市蔵さん。先日の、波切殿の手紙によると、三上達之助《たつのすけ》殿の重病については、何も知らぬらしいな」

「はい。この手紙を三上へ見せ、道場の始末をたのむように、と……」

「どうだろう。あの手紙を三上殿へ見せては……」

「では、あの、道場を始末せよとおっしゃるので……」

「波切八郎殿が、ふたたび、剣客として世に立つときは、道場の一つや二つ、何とでもなるではないか。な、ちがうか？」

「……………」

「そしてお前さんは、私のところへ来て、はたらいてくれぬか。しばらくすると、もう一人、八助という老爺《おやじ》が此処へ来ることになっているが、お前さんとは、きっと気が合うとおもう。どうだ、私のところにいて波切殿の帰りを待つことにしては……そうしなさい。そうしたがよい」

「か、かたじけのう……」

市蔵は、ひれ伏して、

「なれど、いま少し、道場にとどまってみたいと存じまする」

「さてさて……」

秋山小兵衛は、めずらしく眼《め》を潤《うる》ませて、

「波切八郎殿は、しあわせな人《じん》よ。これほどに深く慕われるとは……」

「八郎先生が赤子《あかご》のときから、お世話をしてきたものでございますから……こう申しては何でございますが、まるで、自分の子のようにおもわれまして……」

やがて、市蔵は帰って行った。

「おかげさまで、いくらか元気になりましてございます」

「遠慮なく、また、いつでもやっておいで」

「また、寄せていただいて、かまいませんので？」

「いいとも。いいとも」

しかし、事態は市蔵のおもうように運ばなかった。

異変が起ったのは、その翌朝であった。

市蔵が、

「道場の柱……」

ともたのむ三上達之助が、死亡してしまった。

このところ、三上の病状は、

「大分に、よくなった」

と、町医者の松浦玄恭も、様子を尋ねに来た市蔵へ、

「あと、半年も静養をしておれば、稽古《けいこ》はできずとも、道場へ顔を見せることができよう」

そういっていたのである。

この朝も、三上達之助は白粥《しらがゆ》を、

「旨い」

といって、おかわりをしたほどだ。

二本榎《にほんえのき》の自邸へもどってからの三上は、妻女に、

「あれこれと、道場の行末《ゆくすえ》を思い悩んでみたところで仕様もないことだ。八郎先生は、かならず、もどって来《こ》られると自分はおもう。何も彼《か》も、それから、やり直せばよい」

達観をしたような口吻《こうふん》であったそうな。

玄恭医師の薬湯も、すすんでのみ、あくまでも静養に徹していたらしい。

それゆえ、妻女も安心をしていたのだ。

ところが、この朝。

朝餉《あさげ》をすませて小用に立った三上達之助が、寝所へもどる途中、突然に廊下へ転倒した。

物凄《ものすさ》まじい音がしたので、妻女が廊下へ飛び出してみると、

「むうん……」

と、唸《うな》り声《ごえ》をあげ、倒れた躰《からだ》を起そうとした三上が唇《くち》を嚙《か》みしめ、胸を掻《か》きむしるようにして、またしても倒れ伏した。

このとき、三上達之助は息絶えたのである。

心ノ臓の病患の恐ろしさを、まざまざと見せつけられた三上の急死であった。

知らせを受けて、三上邸へ駆けつけた市蔵の悲嘆については、語るまでもあるまい。

もっとも、秋山小兵衛が三上達之助の死を知ったのは、それから十日ほど後のことで、

「どうも、市蔵のことが気にかかる。ちょいと様子を見て来よう」

お貞へ、こういって、小兵衛が目黒の波切道場へ出向いてみると、道場では稽古の物音もせず、市蔵は台所の板の間で、頭を抱えて蹲《うずくま》っているではないか。

「これ、どうした？」

「あ……秋山様……」

「何ぞ、起ったのか？」

「三上先生が、お亡《な》くなりに……」

「何……」

こうなっては、道場の運営もおぼつかぬ。

秋山小兵衛の説得を受け、市蔵は道場の始末をし、秋山小兵衛方へ引き取られることになった。

そのころ、江戸は梅雨に入った。

ここで、はなしを少し前へもどさなくてはなるまい。

十一

それは、秋山小兵衛が雑司《ぞうし》ヶ谷《や》の杉浦石見守《いわみのかみ》・下屋敷へおもむき、それと知らずに、お信《のぶ》と出合った日の翌々日であった。

元禄《げんろく》のころ、中山安兵衛《なかやまやすべえ》が義理の叔父・菅野六郎左衛門《すがのろくろうざえもん》の助太刀をして、村上《むらかみ》兄弟等《ら》と決闘をしたことで世に知られている高田の馬場の近くに、

「穴八幡《あなはちまん》」

とよばれている高田八幡宮がある。

中山安兵衛は、後に播州《ばんしゅう》・赤穂《あこう》五万石の浅野《あさの》家《け》に仕え、堀部《ほりべ》安兵衛となり、かの赤穂浪士の一人として名を残すことになるわけだが……。

それはさておき、高田八幡宮の裏手に、

〔御鞘師《さやし》　久保田《くぼた》宗七《そうしち》〕

と、暖簾《のれん》をかけた家を見出《みいだ》すことができる。

八幡宮の門前から東へ向って、町屋もあり、大名・武家の屋敷も多いが、鞘師・宗七の家のまわりは百姓地と雑木林、竹藪《たけやぶ》のみの田園風景であった。

このあたりは、いまこそ東京都新宿区の内で、早稲田《わせだ》大学を中心に、繁華な市街と

なっているけれども、当時は、

「江戸の郊外」

と、いってよい。

ここから、雑司ヶ谷の橘屋《たちばなや》までは、約十五町ほどであろうか。

お信が、鞘師・宗七の家の二階に、ひっそりと暮しているのも、うなずけるおもいがする。

刀の鞘をつくる者の家ゆえ、他の商売とちがって、町筋から外れた場所に在るのもふしぎではない。

主《あるじ》の久保田宗七は七十前後の老人で、小柄《こがら》な躰《からだ》つきの……たとえば、秋山小兵衛が老年に達したなら、

(このような……)

風貌《ふうぼう》になるかとおもわれる。

階下は七坪ほどの板敷きの仕事場と、宗七の居間、弟子たちの部屋に客間。

二階の二間《ふたま》を、お信ひとりが使用しているところを見ると、お信は、宗七から大切にあつかわれているらしい。

弟子は三十前後の男が二人と、十五、六歳の少年の三人である。

注連縄《しめなわ》を張った仕事場には、各種の鑿《のみ》や小刀《こがたな》、大小の鉋《かんな》などが三十余も整然と並ん

でいる。

仕事場につづいた、これも板敷きの部屋の棚《たな》には、木取りをされた用材が積み置かれてあった。

諸方からの注文も絶えたことがなく、朝早くから日暮れまで、宗七と弟子たちは仕事場で鞘つくりに励んでいる。

弟子の一人で、富治《とみじ》郎《ろう》という男は外に世帯《しょたい》をもっていて、仕事場へ通って来る。

八幡宮・門前から離れている所為《せい》もあって、鞘師・宗七は近所とのつきあいもほとんどなかった。

立派な風采《ふうさい》の侍が、馬や駕籠《かご》を乗りつけ、宗七の家へ入って行くのを見ることはめずらしくない。

してみると、それと名を知られた大名家や武家からの注文も少くないと、看《み》てよいのではあるまいか。

お信は、ほとんど外出《そとで》をしていないようだ。

買物は、為三《ためぞう》という少年《こども》の弟子が受けもち、お信は食事の仕度をするのみらしい。

いま一人の弟子は馬吉《うまきち》といい、その名がしめすように面長《おもなが》の顔だちで、一日中、まったく口をきかぬ。

お信が外出をせぬといっても、何やら関《かか》わり合いの深そうな橘屋忠兵衛《ちゅうべえ》が殺害されたとの知らせを受けては、十五町しか離れていない橘屋へ弔問に行かぬわけにはまいらぬ。

その帰途、お信は秋山小兵衛と出合い、伊之吉《いのきち》に後を尾《つ》けられた。

伊之吉の尾行は、巧妙をきわめていた。

お信は、これに気づかぬまま、鞘師の家へもどったことになる。

さて、その翌々日の午後。

「はじめてまいったが、鞘をたのめようか?」

こういって、鞘師・宗七方を訪れた侍がある。

年齢《とし》のころは三十五、六というところか。

両眼が黒ぐろと大きく、口も鼻も大ぶりの、いかにもたくましい顔貌《がんぼう》で、そのくせ、小肥《こぶと》りの躰に愛敬《あいきょう》がある。

総髪《そうがみ》をきれいにととのえ、羽織・袴《はかま》の立派な姿《いでたち》で、

(このお人は、剣客にちがいない)

と、取次に出た弟子の富治郎は看て取り、

「しばらく、お待ち下さいますよう」

仕事場へ取って返し、師匠の宗七へ、

「いかが、いたしましょう?」

「そうじゃな……」

「お人柄は、善いように見うけましたが……」

「剣客らしいと、な?」

「はい」

「ふうむ……」

寸時、考えていた宗七が、

「では、客間へ……」

と、いった。

件《くだん》の侍は、客間へ案内され、富治郎が茶を出した。

為三は買物に出ている。

間もなく、宗七が客間へあらわれた。

入って、ちらりと侍を一瞥《いちべつ》した宗七の眼光は鋭かったが、

「鞘師の久保田宗七にございます」

白髪頭《しらがあたま》を下げたときの宗七の両眼は、いかにもおだやかなものであった。

侍も一礼し、

「拙者は、近江《おうみ》・彦根《ひこね》の住人にて、佐々木《ささき》友太郎《ともたろう》と申す」

と、名乗った。

この名は偽名なのだ。

この侍、ほかならぬ岡本弥助《おかもとやすけ》だったのである。

伊之吉と岡本弥助の関係を思えば、お信を尾行し、鞘師の家をつきとめた伊之吉の報告を聞き、岡本が偽名を使ってあらわれたといえなくもない。

一年前の雷雨の夜、岡本弥助は橋屋忠兵衛にたのまれ、波切八郎の身柄を引き受け、志村《しむら》の隠れ家へ移した。

それでいて岡本は、お信と会ったこともないらしく、鞘師・宗七についても知るところがなかったわけだ。

ところが伊之吉は、お信の顔を見知っていた。

それでなければ、橋屋から出て来たお信を、それと知って尾行ができるわけがない。

「はじめてなれど、ぜひとも、お願い申《いた》したい」

佐々木……いや、岡本弥助が、やや傷んだ鞘におさめられた脇差《わきざし》を布に包んだ箱の中から出し、宗七の前へ置いた。

「拝見しても、よろしゅうございますか？」

「さ、どうぞ」

十二

鞘師《さやし》・久保田《くぼた》宗七は、礼儀正しい態度で、しかも気やすげな岡本弥助《おかもとやすけ》に好意を抱いたらしい。

岡本が出した脇差《わきざし》を、作法にのっとって抜き、しずかに見まもっていたが、

「ああ、見事な……」

嘆声をもらし、

「越中守正俊《えっちゅうのかみまさとし》でございますな」

「さよう」

越中守正俊は、兄の伊賀守《いがのかみ》金道をふくめ、京都において一門が大いに栄えた刀工である。

刃長一尺二寸余の剛健な脇差だ。

「これほどの刀の鞘を、つくらせていただけるとは……」

「では、お引き受け下さるか？」

「はい。なれど、すぐにというわけにはまいりませぬ」

「いかさま」

「その間、この脇差を、おあずかりさせていただきませぬと……」

「承知しております」

と、佐々木友太郎こと岡本弥助の口調は、どこまでも丁重であった。

「お好みは？」

「おまかせいたす」

「さようでございますか」

宗七の、皺《しわ》の深い老顔に血の色が浮かび、

「では、精根をこめて、つくらせていただきまする」

「かたじけない」

岡本弥助は、

「ならば、いったん、彦根《ひこね》へ帰り、この秋に、ふたたび江戸へ下る用事もあれば、その折に受け取ることにしては、いかがであろうか？」

「心得ました」

「九月の中ごろでよろしいか？」

「はい」

そこへ、使いから帰って来た為三《ためぞう》が、茶菓を運んで来た。

お信《のぶ》は、まったく顔を見せぬ。

しばらくして岡本弥助は、鞘師の家を去って行った。

岡本は市ヶ谷《いちがや》へ出て、町駕籠《まちかご》を拾い、

「浅草へやってくれ」

と、いった。

夕闇《ゆうやみ》が濃くなってから、岡本弥助は、浅草の今戸《いまど》へあらわれた。

このときの岡本は、徒歩であった。

どこかで、駕籠を下りたのだ。

大川（隅田川《すみだがわ》）を背にした、吉野屋という船宿へ岡本弥助が入って行き、女中が出迎えるのへ、軽くうなずいて二階へあがって行く。

この船宿は、岡本のなじみの店らしい。

二階の奥の座敷の前へ来て、

「岡本です」

声をかけ、障子を引き開けると、中に侍がひとり、窓から大川の暗い川面《かわも》に見入りつつ、盃《さかずき》をふくんでいる。

岡本同様の総髪《そうがみ》に羽織・袴《はかま》をつけた侍は、ほかならぬ波切八郎であった。

「御苦労をかけた」

低くいって、盃を岡本へあたえ、酌《しゃく》をしてやる八郎の顔かたちが一年前と変っているわけではないのだが、しかし、いま、此処《ここ》に老僕《ろうぼく》の市蔵がいたとしたら、息をのんだにちがいない。

波切八郎の双眸《そうぼう》は、ほとんど、光りを失ったかのように見える。

以前の八郎の、

「まるで武者人形のような……」

といわれた涼しげな両眼は深く沈みきって、頬《ほお》も瘦《こ》け、金剛力士（守護神）の彫像のようだった体軀《たいく》が一まわり細くなってしまっている。

それは、かつて愛弟子《まなでし》の水野新吾《しんご》の行動に苦悩し、憔悴《しょうすい》していたときの波切八郎ともちがう。

苦悩も喜びも、

「自分には関《かか》わり合いがない」

とでもいうような、つまり、人の血が体内にながれていないとでも表現したらよいのか、

「あの女は、その鞘師の家にいたのか？」

岡本弥助へ問いかけた、八郎の声にも感情のうごきがない。

「いると見てよいでしょう」

「姿は見なかったのだな？」

「裏手の物干し場に、女物の肌着《はだぎ》が掛かっていましたよ」

「ふむ……」

「伊之吉《いのきち》が突きとめたことです。間ちがいはありません」

このとき、女中が酒肴《しゅこう》をのせた膳《ぜん》を運んで来て、岡本の前へ置き、

「ほかに、御用はございませんか?」

「後でよぶ」

「はい」

女中が廊下を去って行った。

「波切先生……」

八郎へ酌をしながら、岡本が、

「さて、これから、どうなさる?」

八郎はこたえず、黙念と盃を口へ運ぶ。

「橘屋《たちばなや》のあるじを斬《き》って捨ててまで、あの女の居処《いどころ》を突きとめようとなされた先生だ。何ぞ、思案があってのことでしょう。ちがいますか?」

「…………」

沈黙している八郎を見やって、岡本弥助は微《かす》かにためいきを吐いた。

大川を行く荷船から、船頭の舟唄《ふなうた》がきこえて、それが夜の川面を遠ざかってゆく。

「先生は、変られましたなあ。たった一年の間に……」

あぐねきったように、岡本がつぶやいた。

しかし、八郎は依然として沈黙のままだ。

「むりもないことだ……」

と、これは岡本の独り言であった。

「先生……波切先生……」

「む……」

「これで、私の役目はすんだのですか？」

かたちをあらためた八郎が、

「かたじけなかった」

深く頭を下げたが、その声には全く抑揚がないままに、

「かようなことに、おぬしをはたらかせて、相すまぬ」

「いや、そうではない、そうではない。私が申しているのは、いつにても御遠慮なく、何なりと申しつけていただきたい、このことです」

「…………」

「こうなったら波切先生。どこまでも、あなたと私は一緒ですよ」

「む……」

「どうせ、もう、後へはもどれません。先生も私も、だ」

こういったときの、岡本弥助の顔へ濃い疲労の色が滲《にじ》み出てきた。

それは、肉体の疲労ではない。

何年かにわたって、岡本弥助の心を蝕《むしば》んできたものにちがいなかった。

「先生。橋屋の主人《あるじ》の寝間へ忍び入って、いきなり、斬って捨てたのですか？」

「問いつめても、こたえるような相手ではない。橋屋忠兵衛《ちゆうべえ》を殺害した私を、おぬしは何とおもっている？」

「別に……」

「去年、忠兵衛は、私をおぬしへあずけた……」

「い、い、あれは別の筋から、たのまれたことです。橋屋忠兵衛と私とは何の関わりもありません」

「まことに……？」

「先生に嘘《うそ》をついても、仕方がない」

「では、その別の筋というのを聞かせてくれぬか？」

岡本は黙った。

鋭い八郎の視線に刺しつらぬかれて、ついに目を伏せてしまった。

「岡本さん」

「は……」

「去年、あれから、私はおぬしがみちびくままに江戸をはなれ、京へ上《のぼ》った」

「…………」

「京へ行って、おぬしと二人で五人を斬った。そのうちの一人は堂上方《どうじようかた》(公卿《くぎよう》)であったな」

「そうです」

「その殺害の礼金を、私は百両もらった。これほどの大金も、別の筋から出たのか?」

「…………」

「また、黙ったな」

「…………」

「このほど江戸へもどり、先《ま》ず、橘屋忠兵衛を斬って捨てたのは、私を謀《たばか》った怨《うら》みをはらそうというよりも、忠兵衛が死ぬるときは、かならず、お信へ知らせが行くにちがいない。それを待ちかまえて、お信の居処《いどころ》を突きとめてくれようとおもった。そして、おぬしと伊之吉にはたらいてもらい、お信の居処は突きとめたが、いまは……」

いいさして、今度は波切八郎が押し黙ってしまった。

すると、岡本弥助がよみがえったように眼《め》を光らせ、

「それで、あの女をどうなさる?」

八郎はこたえず、暗い大川へ眼を移し、盃の冷えた酒を口にふくむ。

「何なりと、申しつけて下さい」

「…………」

「迷っておられるのですな？」

「…………」

「面倒な。あの女を斬っておしまいなさい」

ちらりと、八郎が岡本を見た。

それは、何ともいえぬ眼の色であった。

（おれと、お信のことが、おぬしにわかるはずもない）

とでもいいたげな……そして、岡本と自分自身を哀れむかのような眼差《まなざ》しであった。

八郎の眼に、はじめて感情のうごきがあらわれたといってよい。

岡本弥助は、その八郎へ挑《いど》みかかるように、

「おもいきって斬っておしまいなさい。そうなさるがいい。胸が霽《は》れて踏切《ふんぎり》がつきましょうよ」

と、いいはなった。

波切八郎が立ちあがったのは、このときである。

「岡本さん。こたびのことは忘れまい」

「どこへ?」

「いずれ、また……」

「先生。いまのお住居《すまい》を、お聞かせ下さい。私の住居は申しあげてあるのに、先生は何故《なにゆえ》……?」

「いずれ、こちらから連絡《つなぎ》をしよう」

「先生……」

よびかけた岡本弥助へ、八郎は微かな笑いをもってこたえ、音もなく廊下へ出て行った。

十三

その夜更《よふ》けに……。

岡本弥助《おかもとやすけ》は、或《あ》る屋敷の中の書院にいて、あらわれる人を待っていた。

少し前に、この屋敷の主《あるじ》の家来が茶を運んで来て、岡本の前へ無言で置き、広縁へ出て行った。

障子を開けはなった広縁の向うの、奥庭に、漆黒《しっこく》の闇《やみ》がたれこめている。

颪は絶えていたが、夜気は冷んやりとしていた。

岡本は、茶が冷えるのを待ってから一息にのみほした。

先刻《さつき》の家来は、広縁の一隅《いちぐう》に坐《すわ》り込んだまま、石像のようにうごかぬ。

と……。

彼方《かなた》の闇に、手燭《てしよく》の火がゆれうごいた。

その火が、書院の広縁へ近づいて来る。

手燭を持った侍女の背後に、衣服を着ながし、茶羽織をつけた人影が見える。

この屋敷の主であった。

主は書院へ入って来て、床ノ間を背に坐る。

岡本弥助が平伏をした。

侍女は、広縁をしずかに去って行く。

書院の照明は暗い。

二つの燭台《しよくだい》を背にして坐った主の顔貌《がんぼう》が、どのようなものか、よくわからぬ。

主は長身の背を伸ばし、脇息《きようそく》へは手もふれず、端然と坐っている。

「岡本。ちかごろ、波切八郎に会《お》うたか？」

問いかけた、屋敷の主の声は女のように細く低かったが、それでいて一語一語、はっきりと耳へ通る。

「はい」

「いかがじゃ？」

「は……」

「お前の腕で、斬《き》れるか？」

岡本弥助の喉《のど》が鳴った。生唾《なまつば》をのみこんだのである。

「いかがじゃ？」

「むずかしゅうございます」

さだかにはわからぬ、屋敷の主の顔の眼《め》の光りのみが、岡本には見える。岡本の顔は燭台の蠟燭《ろうそく》の灯影《ほかげ》を受けているので、屋敷の主からはよく見てとれる。

「むずかしいか、さほどに……？」

「はい」

「ふうむ」

主が、低く唸《うな》った。

主は、しばらくの間、何やら考えている様子であったが、

「波切は、われらのことを察してはいまいな？」

「それは、大丈夫にございます」

「さようか……」

「波切八郎は全く人が変りましてございます。生一本《きいっぽん》の男ゆえ、変り様が早《はよ》うございました。これならば……」

「まだ、使えると申すか?」

「さようでございます。波切のように剣術一筋に打ち込んでまいって、世上の風に吹かれ揉《も》まれることのなかった男は、むしろ、こうなると、使いやすいかとおもわれまする」

「ふうむ……」

「一年前の自分には、到底もどれぬものと、おもいきわめているようで……」

「なるほど」

「いま少し、飼《こ》うておきましては?」

「お前には、まだ、心をゆるしておらぬようじゃな」

「居処《いどころ》を教えませぬ」

「突きとめられぬのか?」

「なかなかもって……」

岡本は苦笑し、かぶりを振って見せた。

これまでに何度も、伊之吉《いのきち》を尾行させたのだが、波切八郎はたちまちにこれを察し、姿を隠してしまったし、この前に会ったときなど、

「岡本さん。伊之吉を死なせたくなかったら、私の後を尾《つ》けさせぬことだ」

ぴしりと、八郎に釘《くぎ》を刺され、岡本は冷汗《ひやあせ》をかいている。

「なれば、いま少し、様子をみようかの」

「それがようございます」

「何と申しても、あれほどに腕の立つ男を見つけるのは、むずかしいゆえ……」

「そのことにございます」

「岡本弥助にも斬れぬ男ゆえ、な」

「はい」

「ときに、岡本」

「は……?」

「橘屋忠兵衛《たちばなやちゅうべえ》が賊に殺害されたと申すのは、まことか?」

「さて……?」

このとき岡本は、波切八郎が忠兵衛を斬って捨てたことを、口にのぼせなかった。

「橘屋忠兵衛も、諸方の秘密を知りすぎた男ゆえ、ただの賊の仕わざともおもえぬ」

「探ってみましょうや?」

ぬけぬけと、岡本はいった。

「いや、それにはおよばぬ。いまのわれらにとっては、関《かか》わり合いのないことじゃ」

しばらくして、岡本弥助は、この屋敷の裏門から外へ出た。
月も無い夜更けの道の向うは堀割《ほりわり》になってい、闇の中に木の香が濃くただよってい
る。
このあたりは、深川の木場《きば》で、江戸の材木商があつまっているところだ。
岡本の提灯《ちょうちん》の火が堀割り沿いの道を、ゆっくりとうごいて行く。

十四

そのころ……。
波切八郎は、臥床《ふしど》へ入っていた。
枕元《まくらもと》に、箱型の小さな有明行燈《ありあけあんどん》が灯《とも》っている。
その淡い灯影《ほかげ》が微《かす》かに浮きあがらせている八郎の顔の……両眼は閉じられていたが、
まだ眠りに入ってはいない。
せまい部屋が二つきりの二階が、いまの八郎の住処《すみか》であった。
ここは、下谷《したや》の三《み》ノ輪町《わまち》の表通りにある笠《かさ》屋の二階である。
階下には、笠屋の老夫婦が住んでいて、亭主《ていしゅ》の名を茂平《もへい》、古女房《ふるにょうぼう》は、おきよという。
他《ほか》に家族はない。

三ノ輪町の外れの西側にある、この笠屋は三間《さんげん》の間口で、土間から店先へは笠のほかに合羽《かっぱ》、番傘《ばんがさ》、提灯《ちょうちん》などが、ところせましと並べられてい、日中は軒先へも種々の笠が吊《つ》り下っている。

八郎は、なかなかに寝つけぬらしく、二度、三度と寝返りを打っていたが、わずかにためいきを洩《も》らすと、床の上へ半身を起した。

枕元の盆には、白鳥《はくちょう》(大きな徳利)に冷酒が入ってい、茶わんも添えられてあった。八郎のたのみで、下の老婆《ろうば》おきよが毎夜かならず、仕度をしておいてくれるのだ。

白鳥には、まだ半分ほど酒が残っている。

八郎は茶わんへ冷酒を汲《く》み、ゆっくりとのんだ。

目黒の道場を出奔してから、一年余の月日が過ぎ去った。

波切八郎の心身を通り過ぎていった一年の月日は、八郎自身にとって、

(何物にも、譬《たと》えようがない……)

ものといってよい。

十年にも十五年にも思える一年であった。

自分の躰《からだ》までが、別人のもののようにおもえてくる。

酒がのめぬ八郎ではなかったけれども、酒量は道場にいたころにくらべると三倍にも四倍にもなっているのに、酔い乱れることはほとんどない。

いまの八郎は、

（これから先、どのように生きて行ったらよいのか……）

その思案さえ、脳裡《のうり》に浮かんではこなかった。

（得体《えたい》の知れぬもの……）

の、ちからによって波切八郎の運命は変転してしまった。

それが、あまりに激烈だったために、一時は心身が虚《うつ》ろになってしまい、その空洞《くうどう》が埋まらぬまま、今日に至っている。

去年の夏。

板橋の宿外《しゅくはず》れの、志村《しむら》の隠れ家を六人の曲者《くせもの》に襲撃され、八郎と岡本弥助《おかもとやすけ》は五人を斬《き》って殪《たお》したが、最後に残った一人は逃走した。

「六人とも、皆殺しにできなかったからには、此処《ここ》にはいられませんな」

岡本は、そういった。

「いては、危《あぶな》い」

「逃げた男が、この家を知っているからか？」

「さよう」

「すると、曲者どもは、ほかに、まだ何人もいるのか？」

「そうおもってよいかと存じます」

「いったい、おぬしは何者に、つけねらわれているのだ？」

　すると、岡本弥助は、

「わかりませぬ」

　と、こたえたではないか。

「わからぬ……？」

「さよう」

　岡本弥助は、波切八郎に対して、

（親身《しんみ》もおよばぬ……）

　ほどに世話をするかとおもうと、八郎の肝心な質問に対しては、貝のごとく口を噤《つぐ》んでしまうのである。

　すでにのべたごとく、橘屋忠兵衛《たちばなやちゅうべえ》と自分との関係についても、

「或《あ》る筋から、たのまれました」

　と、こたえるのみなのだ。

「或る筋とは何なのだ？」

「申しあげられませぬ」

「何……」

　あとはもう、別人のような陰気な顔つきになり、岡本は沈黙の殻《から》の中へ閉じこもっ

てしまう。

志村の隠れ家を出るとき、岡本は、

「江戸にいては危い。先生、上方《かみがた》へまいりましょう」

「上方……」

「御心配はいりません。この岡本が、お側《そば》についているからには、大丈夫とおもって下さい」

どうもわからなかったが、八郎も身にせまる危機感はあった。

道場を出奔してから三月《みつき》もたたぬうちに、何人もの人を斬殺《ざんさつ》してしまった八郎なのだ。

橋屋忠兵衛と、お信《のぶ》についての不審をそのままにして江戸を発《た》つことは、八郎にとって不本意きわまることだったし、ことに、お信へ対しては、

(あきらめきれぬ……)

想《おも》いが残っている。

しかし、岡本弥助は、

「一刻を争います。早く、江戸から出てしまわなくては……」

と、いった。

そのときの岡本の、いかにも切羽つまった、緊迫と不安がみなぎった眼《め》の色が、い

まも、はっきりと波切八郎の脳裡にきざみこまれている。

「半年です。半年だけ、江戸を離れていればよいのです」

岡本は、熱心に、

「橋屋のことは、来年に、江戸へ帰ってからでよいではありませんか」

説いてやまなかった。

ついに、八郎は決意し、曲者どもの死体を残したまま、岡本と共に江戸を発ち、中《なか》仙道《せんどう》を京都へのぼったのである。

八郎が、あれほど心にかけ、橋屋忠兵衛へたのんでおいた往来切手（身分証明）のことを、岡本へいうと、

「おまかせ下さい」

一言のもとに、引き受けた。

雷雨の中を隠れ家から走り出た二人は、中仙道の宿場宿場で旅仕度をととのえた。

江戸から上州、信州、木曾《きそ》、美濃《みの》、近江《おうみ》とすすむ中仙道には、関所も番所もある。

それを、どうして通過するかとおもうと、岡本弥助は、

「波切先生。しばらく、お待ち下さい」

八郎を残し、関所なり番所なりへ単身で乗り込んで行く。

しばらくすると、もどって来て、

「さ、まいりましょう」

こういって、先へ立つ。

すると、取り調べもなく、通過することができるのだ。

ことに、旅人の吟味がきびしい木曾・福島の関所を通るときなどは、関所の役人が、

岡本と八郎へ軽くうなずいて見せたではないか。

うなずいたというよりも、八郎の目には、役人たちが軽く頭を下げたように見えた。

これまた、意外のことであった。

そのことについて八郎が問いかけると、岡本弥助は、

「なれば、御心配なさることはないと申しあげたはずです」

とのみ、こたえた。

十五

京都へ着いてからの波切八郎は、何事も、岡本弥助《おかもとやすけ》のいうままにした。

申すまでもなく、八郎は、京都を知らぬ。

三方を山脈にかこまれた皇都の、雑駁《ざっぱく》な江戸とは全く異なる美しい風光や、物やわらかな京言葉にも、こころをひかれなかった。

（なるようになれ……）

このことである。

八郎が、秋山小兵衛との真剣勝負にそなえて、

（自分の剣を鍛え直そう）

と、念じた、丹波《たんば》・田能《たのう》の石黒素仙《いしぐろそせん》の道場は、京都からわずかに四里の近距離にある。

八郎は往来切手もないまま、岡本のみちびくままに、田能へは日帰りができる京都まで来てしまったのだ。

（なれど、すべて終った……）

汚《け》れ《が》てしまった自分の剣をもって、

（秋山小兵衛殿と、立合うことはできぬ）

この一事だけは、八郎もおもいきわめていた。

この一事については、いささかも迷わなかった。

野火止《のびどめ》の平林寺《へいりんじ》での約束を破ることになれば、波切八郎の剣士としての将来と人生は、恥辱と侮蔑《ぶべつ》のうちに、ほうむられることになる。

ただ、約束の日に、秋山小兵衛が平林寺へあらわれることは間ちがいないので、八郎は、それが心苦しかった。

で、何度も筆をとり、自分が勝負を放棄することを、江戸の小兵衛へ書き送ろうとした。

けれども、できなかった。

どのようにして、理由を説明したらよいのか……。

八郎自身にさえわからぬ事実が、あまりにも多すぎる。

八郎は、ただ一度の試合で、秋山小兵衛の、剣士としての人柄《ひとがら》を見ぬき、深く敬慕した。

なればこそ、真剣の勝負を申し入れた。

それほどの相手へ、こころにもない、ことわりの手紙を書けるような波切八郎ではなかった。

勝負の当日、自分が姿を見せぬときは、自分の負けとなる。

(それでよい)

ついに、八郎は、秋山小兵衛への手紙を断念してしまった。

京都では、五条橋・東詰《ひがしづめ》から少し下った、鴨川辺《かもがわべ》りの宿屋〔笹屋長八《ささやちようはち》〕方へ滞在をした。

客室は二階が三間《みま》、階下が三間という小さな宿屋で、八郎と岡本は、二人で二階の三間を使用することになった。

岡本弥助は、この宿屋と顔なじみであるらしい。

「此処《ここ》は、まあ、私の家のようなものです。くつろいで、おすごし下さい」

と、岡本は八郎へいった。

笹屋のあるじの長八は、六十がらみの品のよい老人で、妻も子もない。

中年の番頭一人、若者が二人、それに女中が二人という、それだけで宿屋を経営しているらしいのだが、めったに他の客が泊ることもなかった。

岡本弥助は、呉服屋をよび、八郎と自分の、季節の衣類をいくつもあつらえた。

「岡本さん。おぬしは、これから私を、どうするつもりなのだ？」

いつであったか、笹屋の二階で将棋《しょうぎ》をさしているときに、突然、波切八郎が問いかけたことがあった。

岡本は、つまみかけた将棋の駒《こま》を手にしたまま、目を伏せて、

「それは、先生しだいです」

「そうか……」

「ですが先生。いましばらくは、この岡本弥助と共にお暮し下さい。それがよいとおもいます」

「何故《なにゆえ》、それがよいのだ？」

「よいから、よいと申すのです」

こうなると岡本の言葉は、さっぱり要領を得なくなってしまう。

「来年、江戸へ帰りましたなら、先生のお好きなようになさってよいでしょう。なれど、いま、江戸へ帰ってはなりません。まだ危い。江戸へ帰るときは、かならず私が御供をいたします」

こういわれると、八郎は返す言葉もない。

往来切手もないままに、どうして旅ができよう。

それは、金しだいで、いろいろな抜け道もあるだろうけれども、波切八郎がそれを知るよしもない。

何しろ岡本は、堂々と関所なり番所なりを通りぬけて行くのである。

そこが、八郎にはわからぬ。

岡本弥助は、何か特別な、大きな勢力の下にはたらいている男なのではあるまいか……。

それでなくては、

(あのようなまねは、できぬ……)

ように、八郎にはおもわれる。

「よくも、あのようにして、おぬしのみか、この私までも、吟味なしに関所を通り抜けられるものだな」

酒を酌《く》みかわしつつ、波切八郎が独り言のように、いってみると、

「さようですかなあ……」

岡本は薄笑いをただよわせ、空惚《そらとぼ》けてしまった。

ときに岡本は、

「いかがです。気ばらしにまいりましょう」

と、八郎を引き出して、笹屋を出た。

京都には、かの島原の遊廓《ゆうかく》をはじめとしてさまざまな遊所がある。

だが、岡本が八郎を案内したところは、そうした遊所ではなかった。

江戸へ帰って来てからも、波切八郎は京都と、その周辺の地理を、よくおぼえていない。

日中は、

「あまり、出歩かぬことです」

岡本がそういうし、八郎もまた、名所見物をする気も起らなかった。

外出《そとで》は、ほとんど夕暮れから夜に入ってからであった。

祇園社《ぎおんのやしろ》から程近い、やたらに小路《こうじ》が入り組んだところに軒をならべている家の一つへ、岡本は、八郎へ、

「ここは、気のおけぬところです」

と、案内した。

　軒燈もなく、ひっそりと暗い石畳の両側に、格子窓《こうしまど》の内から淡く灯《あか》りが洩《も》れているのみの家並なのである。

間口はせまいが、中へ入ると奥行が深く、中庭があって、その奥座敷には明るく灯《ひ》がともっている。

そこへ、祇園の茶汲女《ちゃくみおんな》が姿を見せるのだ。

まるで、別世界へ来たような、ふしぎな場所であった。

そして……。

波切八郎は、この家で数人の茶汲女の肌身《はだみ》を抱いた。

女を抱くたびに、お信《のぶ》の顔が、肌の感触が、肌の香りがおもい出される。

ときには、岡本がいくらさそっても、

「いや、よそう」

八郎が笹屋をうごかず、岡本のみが、

「先生は、どうもまだ、吹っ切れませぬなあ」

などと、わけのわからぬことをいい、一人で遊びに出かけることもあった。

先《ま》ず、このようにして、京都での波切八郎は日を送っていたのだ。

それは、長いとも短いとも思われぬ明け暮れであった。

そして新しい年が明けて間もなく、岡本弥助が、

「波切先生。二、三日ほど留守にいたしますが、外へお出にならぬよう」

念を入れて、笹屋から出て行った。

それから四日目の、雪が降り出した夕暮れに、旅仕度の岡本が笹屋へもどって来た。

そして、夕餉《ゆうげ》を終えた後に、岡本は女中を遠ざけておいて、

「先生に、申しあげたいことがあります」

と、かたちをあらためた。

十六

このとき、波切八郎をひたと見入った岡本弥助《おかもとやすけ》の眼《まな》ざしは、真剣そのものであった。

八郎としては、岡本が何を申しあげたいのか知らぬが、

(勝手にいえ)

という心境だ。

道場を出奔してより此方《このかた》の、自分の身に起ったことを想《おも》えば、この上、何が起ろうと何を聞かされようと、

(同じこと……)

なのである。

「先生。ぜひとも、お聞き入れいただきたい。このとおりです」

と、岡本は両手をつき、深く頭をたれた。

八郎は、おもわず苦笑を浮かべた。

すると岡本が、

「や……」

瞠目《どうもく》して、

「笑われましたな、先生。これはおどろいた。降っている雪もびっくりして、熄《や》んでしまいましょう」

こうしたときの岡本弥助には、たくまぬユーモアがあって、どうしても憎めぬ。

あのとき以来、もしも岡本が側《そば》につきそっていてくれなかったら、

(自分は、どうなっていたろう……?)

とさえ、おもう。

岡本弥助への不審と疑惑が解けぬままに、波切八郎としては、岡本と、こうして共に暮しつづけていることが不快ではなかった。

ときとして、別人のように陰鬱《いんうつ》な表情を見せて沈黙してしまう岡本なのだが、それは八郎の詰問《きつもん》を受けたときのみといってよい。

ふだんの岡本には、少年のような無邪気さと明るさがあって、何かのときに八郎が、

「おぬしは、まるで子供のようなことを……」

いいさしたのへ、

「波切先生。おっしゃるとおりです。私には、子供の星がついているのだそうですよ」

「ほう。だれがそういったのだ?」

「ある易者が申しましてね。その、何とかいう星がついていればこそ、私は救われているのだそうです」

まじめ顔で、岡本が、

「いや、たしかに、自分でも、そうおもうことがありましてな」

そういったことがある。

「実は、先生に、手つだっていただきたいことがございます」

いよいよ、切り出した岡本弥助へ、波切八郎が、

「また、人を斬《き》れとでもいうのか?」

何気なくいったつもりなのだが、言下《げんか》に岡本は、

「おっしゃるとおりです」

と、いうではないか。

もはや、岡本の眼《め》は笑っていなかった。

おどろいたわけではないが、おもいがけぬことではあった。

それでいて、突然に岡本が、このようなことをいい出すのは、少しもふしぎではない気がするのである。

「だれを斬るのだ？」

八郎の問いに、岡本はこたえぬ。

「どこへ行って斬るのだ？」

これには、

「京です」

と、こたえた。

「わけも知らず、名も知らされぬ相手を斬れという。むりな
はなしだ」

「むりではありませぬ、先生」

「知らぬ」

すると岡本弥助は、屹《きっ》となり、

「天下《てんが》のためです」

と、いいはなった。

「何……いま一度、いってみなさい」

「何度でも申します。天下のためなのです」

「天下のために、私が人を斬るのか……」

八郎は、またしても苦笑を洩《も》らした。

「これは先生。笑いごとではありませぬ」

「笑わずにはいられぬ。そうではないか」

「御願い申します。私ひとりでとおもいましたが……ひとりでは、事をなしとげられぬとおもいます。手強《てごわ》いのが四人か五人……」

この岡本の言葉に、嘘《うそ》はないらしい。

できるなら、八郎には何も告げず、自分一人で、

(やってのけたい)

そうおもっていたらしいのが、八郎にはありありとわかった。

「自分が死ぬることなどはかまわぬのです。もう、いつ死んだとて悔いるところはないのですが……なれど、今度の事は、ぜひとも……」

ぜひとも、成功させなくてはならぬということなのだろう。

「岡本さん……」

「は……?」

「いま、天下のためと申したな」

「申しました」

「天下といえば……いまの天下は、徳川将軍の天下だ」

岡本は、ちょっと顔をそむけるようにしたが、すぐに八郎を睨《にら》むように見返し、

「おっしゃるとおりです」

「では、徳川の天下のために、人を斬れと申すのだな」

「……………」

「そうではないか。その道理になるではないか、ちがうか？」

この夜、波切八郎は、むしろ積極的に問い詰めていった。

それが、一種の快味をともなっていたことは、否《いな》めない。

岡本弥助と、その背後にある物との関係について、八郎は好奇のこころをそそられたのやも知れぬ。

「どうなのだ？」

「……………」

「こたえなくては、おぬしのたのみを受けるわけにはまいらぬ」

岡本は、嘆息をして、

「ああ……仕方もありませぬ」

「では、一人で仕てのけるがよい」

「いや、そうではない。おこたえします。先生のおっしゃるとおりです。なれど、斬る相手の名は申しあげられませぬ。どうしても、そこまで打ち明けよと申されるならば、これは……これは私一人にて、やってのけるより仕方がありませぬ」

「いま一度尋《き》く。徳川の天下のために、人を斬ると申すのだな？」

「さようです」

十七

このときの、岡本弥助《おかもとやすけ》の請《こ》いをいれた波切八郎は、何も岡本が、

「徳川将軍の天下《てんが》のために……」

と、いったからではない。

(どうにでもなれ。こうなれば、どうなろうと同じことだ)

自暴自棄の気味が、なかったとはいえない。

また、岡本弥助へ対する奇妙な友情のようなものも、あったやも知れぬ。

だが、それよりも、

(岡本弥助が、もてあますほどの相手とは、どのような剣士なのか……？)

勃然《ぼつぜん》として、興味が……というよりは、闘志がわき起ってきたのである。

すでにして波切八郎は、真剣の勝負を何度もおこなってきた。

その中でも、お信《のぶ》の言葉を信じて、高木勘蔵《たかぎかんぞう》と死闘をおこなったときのことは、いまも八郎の脳裡《のうり》から消えぬ。

これまで何度も、八郎の夢の中に高木勘蔵はあらわれた。

あるときは、高木のたくましい両腕に八郎が頸《くび》を締めつけられ、その苦しさに叫び声をあげて夢からさめ、はね起きたこともあった。

また、ある夜の夢では、八郎の一刀に、高木勘蔵の首が胴体からはなれ、宙に飛んだ高木の首が一転して八郎の腕へ嚙《か》みついたこともある。

(恐るべき相手であった……)

このことであった。

剣士としての波切八郎に、木太刀での試合とは、まったく異なる剣の世界が展開しはじめてきたのだ。

これは取りも直さず、一年前の水野新吾《みずのしんご》が辻斬《つじぎ》りの快味に酔っていたのと同じようにも考えられるが、それとは、どこかがちがっている。

ちがっていて、同じようなところがないでもない。

しかし、いまの八郎には、そうしたことに思いがおよんでいたわけではない。

ともかくも、そうした、いろいろなものが知らず知らず八郎の心身に積み重なり、澱《よど》んできていたことになる。

相手が自分より強く、自分が、

(斬り殪《たお》されてしまえば、それもよい。それで一切が片づこうというものだ)

その、虚無の翳《かげ》りもあった。

わずか一年の間に、波切八郎は、このように変貌《へんぼう》してしまっていた。

それは、岡本弥助がいうように、脇目《わきめ》もふらず、ただ剣一筋に生きぬいてきた八郎であったからやも知れぬ。

八郎が承知をすると、岡本は両手をつき、

「かたじけなく存じます」

折目正しく、礼をのべた。

翌日、岡本は、

「五日後には、もどります」

いい置いて、笹屋《ささや》を出て行った。

五日目の夜更《よふ》けてから、岡本は京都へもどって来て、

「いま少し、お待ち願います」

と、八郎へいった。

「今度は何処《どこ》まで行ったのだ?」

「大坂です」

「ふうむ……」

岡本弥助の顔にも躰《からだ》にも、疲労が色濃く滲《にじ》み出ていた。

頰《ほお》のあたりが、瘦《こ》けて、眼《め》が血走っている。

かつて岡本は、このような姿を八郎へ見せたことがない。

翌日。岡本は一日中、寝込んでいた。

八郎とは一間《ひとま》をへだてた奥の部屋から、岡本は出て来《こ》なかった。

八郎の夕餉《ゆうげ》の膳《ぜん》を運んで来た女中へ、

「まだ、寝ているのか？」

尋ねると、中年の女中は、

「はい」

と、こたえたのみだ。

この女中のみではない。笹屋の主人も奉公人も、無駄口《むだぐち》はまったくきかない。

八郎は、同じ二階の岡本の部屋をのぞこうともしなかった。

その翌朝になって、岡本が八郎の部屋へ、

「昨日《さくじつ》は、失礼をいたしました」

神妙な顔つきで、挨拶《あいさつ》にあらわれた。

「疲れもとれたようだな」

「はい」

その日、岡本は一人で外出《そとで》をし、二刻《ふたとき》(四時間)ほど後に帰って来た。

「波切先生……」

「む……?」

「決行は、明後日にきまりました」

「さようか……」

「今夜はひとつ、おもいきり遊びませぬか」

その夜は例の場所へ行き、女たちをよび、したたかに酒をのんだ八郎と岡本だが、まるで申し合わせたかのように、女を抱かなかった。

翌日の昼すぎに笹屋へ帰った二人は、それぞれの部屋へ閉じ籠《こ》もり、このときもまた、同じように愛刀の手入れに長い時間を費《ついや》したのである。

夕餉の折の酒は少量にしておいて、

「では……」

「うむ……」

八郎と、目と目でうなずき合い、岡本弥助は奥の自分の部屋へ引き取って行った。

岡本が奥の部屋へ入ったのは、八郎が南側の部屋をのぞんだからだ。

「実のところ、先生には奥の座敷へ入っていただきたいのですが、やはり、こちらのほうが日当りもよいし……」

岡本は一瞬、おもい迷ったようだが、ややあって、

「では、私が奥へ入りましょう」

と、いった。

八郎の部屋は、窓から外の道も、また周辺の家並みも、見わたすことができる。

それゆえ岡本は、八郎の部屋へ入りたかったのであろうか……。

平常は暢気《のんき》そうに見える岡本弥助なのだが、身辺の警戒については、なかなかに気を遣っている。

いよいよ、当日が来た。

その日の朝、波切八郎の部屋へあらわれた岡本弥助の両眼は、わずかながら血走っている。よく眠れなかったらしい。

岡本は、八郎を見て、

「よく、お寝《やす》みになれたようですな」

「うむ……」

この日の八郎は、よけいな口をきこうともせぬ。

朝餉《あさげ》をすますと、いつもなら、岡本が将棋盤《しょうぎばん》を引き寄せて、

「いかがです?」

八郎をさそうところなのだが、この朝は、朝餉をすますとすぐに、

「ごめん」

一礼し、奥へ引きこもってしまった。

それから岡本は、しばらく眠っていたようだ。

この日の二人は昼餉をとらず、そのかわり、まだ空が明るいうちに、早目の夕餉をしたためた。

すべては、岡本弥助が笹屋のあるじへ指示し、八郎はこれに従った。

二人が笹屋を出たのは、夜に入ってからで、岡本は底冷えの強い京都《きょうと》の冬の夜にそなえ、薄く綿を入れた胴着まで用意しておいたのである。

その夜、波切八郎は京都の、どのような町筋を通って行ったのか、よくおぼえていない。

当然であろう。これまでに外出をする場所はかぎられていたし、岡本もまた、八郎に名所見物などをすすめようとはしなかったのだから、八郎は岡本がみちびくままに、暗い町筋を歩んでいたにすぎぬ。

岡本は、目的の場所へ到着するために、わざと大きく迂回《うかい》して行ったようだ。

夜の、人通りが絶えた道をえらび、笹屋を出て五条橋を西へわたると、また小路《こうじ》か

ら小路をつたい、どこまでも西へ歩きつづけた後に、北へ向った。

八郎には、京都の外側を迂回しているようにおもわれた。

畑道から、川のほとりの道へ出て、提灯《ちょうちん》を提げた岡本弥助の背後から、八郎は歩むのみなのだ。

岡本の足取りは、ゆっくりとしたもので、ほとんど八郎へ声をかけなかった。

そのうちに、灯《あか》りが洩《も》れている町筋へ入ると、岡本は、

「先生。これを……」

ふところから頭巾《ずきん》を二つ出し、

「これをかぶると、大分に寒さをしのげます」

そういったが、寒さをしのぐことよりも、二人の顔を隠すための仕度であることはいうをまたぬ。

そのうちに、寺社の門前町のようなところへ出た。

彼方《かなた》に、こんもりとした木立がひろがっているのを、八郎は星あかりにみとめた。

その木立が、北野天満宮の杜《もり》であることを、岡本弥助の口から耳にしたのは、江戸へ帰って来てからのことである。

「さ、こちらへ……」

岡本は、北野天神の西側をながれている紙屋川のほとりの木立へ、八郎をいざなっ

て、

「それほど、お待たせをすることもないかと存じます」

と、いった。

十八

あのときの襲撃について、くわしく語りのべるにもおよぶまいが……。

羽織・袴《はかま》をつけた侍が、木立の外の小道で提灯《ちょうちん》を二度、三度と振って見せたので、岡本弥助《おかもとやすけ》が小道へ出て行き、その侍とささやき合ってから、

「波切先生。間もなくです」

「うむ……」

岡本と連絡《つなぎ》をつけたらしい侍は、何処《どこ》かへ消えてしまった。

「あの男は、何だ？　手つだわぬのか？」

「とんでもない。それにまた、手つだえるような男ではありませんよ。二本差していますが犬一匹斬《き》れないでしょう」

「ふむ……」

「よろしいですか、先生。目指すのは、侍たちに護《まも》られている公卿《くぎょう》の姿をした男ひと

りです」

「公卿ではないのか？」

「そのようなことは、お尋《き》きにならないで下さい」

いつになく、岡本の声はきびしかった。

「なれど先生。その公卿の姿をした男を護っている四人の侍が手強《てごわ》いのです」

「なるほど……」

「私から申しあげては失礼なのですが、このようにしていただけますまいか……？」

と、岡本は襲撃の手筈《てはず》を、八郎にささやいた。

「いかがでしょう？」

「わかった」

「連中は、向うの木立の中にある紙庵《しあん》という料亭《りようてい》から出て、この前の道を通るはずです」

「このような場所に、料亭があるのか……」

「京というところは、そうしたところなのです」

そのとき、彼方《かなた》の木立から四つの提灯があらわれ、ゆれうごきつつ、こちらへ近寄って来た。

「先生。あれ、、です」

すでに、岡本は提灯の火を吹き消している。

「では、お願いします」

岡本は羽織をぬぎ捨てた。

羽織の下には、早くも襷《たすき》をまわしてあった。

岡本は、八郎から離れ、木立の闇《やみ》に消えた。

波切八郎も羽織をぬぎ捨て、愛刀・河内守国助《かわちのかみくにすけ》を、しずかに抜きはらい、木蔭《こかげ》へ身を寄せた。

立烏帽子《たてえぼし》や直衣《のうし》こそつけていないが、頭巾《ずきん》をかぶり、指貫《さしぬき》（袴）に羽織をつけ、前後を二人ずつの侍に囲まれて、小道へさしかかったのが、

「公卿の姿をした男……」

と、いうわけなのであろう。

波切八郎は呼吸をととのえ、一気に躍り出て、前の二人の侍に体当りをくわせるような凄《すさ》まじい突進を見せ、先《ま》ず、公卿ふうの男へ一太刀あびせたが、これは浅傷《あさで》だ。

斬られた公卿らしき男は、悲鳴をあげて、よろめいた。

この襲撃は、ごく短い時間のうちに終った。

しかし、四人の侍たちは、まさに手強かった。

そのうちの一人は右手に刀、左手に提灯をはなさず、あたりに目をくばりつつ、傷

ついた公卿ふうの男を護っていた。

護衛の侍たちは、どうしても八郎ひとりを相手に、闘わねばならなかった。何となれば、波切八郎が尋常の相手ではなかったからだ。

八郎が一人を斬って殪《たお》し、一人に手傷を負わせたとき、突然、後方の闇の中から、岡本弥助が飛び出して来た。

八郎ひとりに気をとられていた侍たちの隙《すき》を衝《つ》いて、岡本は、たちまちに一人を殪し、泳ぐようにして木立の中へ逃げ込む公卿風の男の背中へ、決定的な一刀を送り込んだ。

襲撃は成功した。

波切八郎は左肩を、浅く切り裂かれていた。

暗い夜の闇の中に呼吸を荒げて、

「先生。おかげをもちまして……」

岡本弥助が走りつつ、礼をのべた。

「手強い侍たちだ。肩を少しやられた……」

「何ですと……だ、大丈夫なのですか？」

岡本の声には、真情がこもってい、足をとめて八郎へ抱きつくようにした。

「浅傷だ」

「このまま、京を離れたいとおもうのですが……」

「かまわぬ。何でもない。だが、笹屋《ささや》へもどらなくてよいのか？」

「よいのです」

何から何まで、岡本は手配をととのえてあった。

こうして、二人は京都を出て、江戸へ向ったのだが、途中、伊豆《いず》の熱海《あたみ》の温泉《ゆ》へ立ち寄り、かなり長い間を宿屋に滞在している。

そのころには、八郎の傷は、もう癒《い》えていた。

熱海では、海辺に近い〔次郎兵衛《じろべえ》の湯〕という宿へ滞在をした。

波切八郎が、

「岡本さん。江戸へもどったら別れよう」

と、いい出たのは、このときである。

「本気なのですか、先生……」

「本気だ」

「いけません」

「何故《なぜ》だ？」

「何故でも、いけません」

「江戸へもどったら、私の好きにしろと、おぬしもいったはずだ」

「それはそうなのですが……なれど、先生。橘屋忠兵衛《たちばなやちゆうべえ》を、どうなさるおつもりです？」

「気にかかるのか？」

「先生のことが気にかかるのです。橘屋忠兵衛には義理もつきあいもない私です。今度は先生。私がお手つだいをしたい。いけませぬか？」

「………」

「お手つだいを、させていただきたい」

「共に暮さなくとも、よいか？」

岡本は、うつむいてしまった。

「それでよければ、手つだってもらおう」

「し、仕方がありませぬなあ。ですが先生。それほど、この岡本弥助に愛想がつきたのでしょうか？」

「そうではないが……」

「では何故に別れようと？」

「独りきりになりたいのだ」

十九

江戸へもどった二人は、先《ま》ず、神田《かんだ》の下白壁町《しもしらかべちょう》にある〔和泉屋平七《いずみやへいしち》〕という宿屋へ旅装を解いた。

和泉屋も、京都の笹屋《ささや》同様に、小体《こてい》な宿屋で、岡本《おかもと》と八郎は二階の三間を二人で使うことにした。

岡本は和泉屋とも深く馴染《なじ》んでいるらしく、我家《わがや》へでも帰って来たようにふるまっていた。

和泉屋へ落ちついて五日目に、岡本を訪ねて来た者がある。

それが、だれなのか、波切八郎は知らなかった。知りたいともおもわなかった。

岡本は階下で、その来客と会った。

「先生。お受け取り下さい」

こういって、岡本弥助《やすけ》が金百両もの大金を差し出したのは、その夜のことだ。

「大金だ、な」

「ま、そうなのですが……」

「京での、暗殺代か？」

「ちがいます」

「では、何だ？」

「これは、波切先生への御礼です」

「だれが私へ礼金をよこした？」

「私から、差しあげるのです」

「ほう……」

「妙な目つきをなさらんで下さい」

「おぬしは、大変な金持ちなのだな」

江戸を出てから、波切八郎は自分の金を、ほとんどつかっていない。

すべての費用《ついえ》は、岡本のふところから出ている。

したがって、目黒の道場から持って出た五十両と、橘屋忠兵衛《たちばなやちゆうべえ》がよこした金（三十両）には手をつけていない。

それに、この百両が加わるとなれば、なんと八郎は百八十両もの金を、ふところにしていることになる。

これは、庶民の一家族が十五年も楽に暮せるほどの大金であった。

やがて、このうちの五十両を持ち、波切八郎は目黒の道場へ忍んで行き、老僕《ろうぼく》の市蔵へ手紙と共に置いてくることになるのだ。

「もらっておこう」

八郎は、金百両を手にした。

この上、金の出どころについて岡本を問いつめても、そうなると岡本は別人のごとく口が堅くなってしまうのだから、どうしようもないのだ。

「かたじけなく存じます」

岡本弥助は、深ぶかと頭を下げた。

「では、岡本さん。そろそろ、別れようか」

「やはり……?」

「うむ。やはり、そうしたほうがよい」

「何処《どこ》へまいられます?」

「わからぬ。明朝、この宿を出てからのことだ」

「こころもとないことです」

「私が、世間知らずだからと申すのだな」

「……………」

岡本は目を伏せ、沈黙した。

金百両が、岡本から出たものでないことは、当然であろう。

(徳川の天下《てんが》のための、暗殺……)

そして、暗殺した男は、

（公卿《くぎょう》……）

なのである。

公卿は朝臣だ。

天皇の臣下なのだ。

天皇と朝廷が、天下の権を武家に奪われてから六百年もの歳月がすぎている。

武家の天下は変り移ったが、天皇の存在は、日本の国の象徴として温存され、いかに強大な武家政権といえども、これを抹殺《まっさつ》することは不可能であった。

徳川の天下といえども、これは少しも変らぬ。

しかし、徳川の世も飽和の頂点へさしかかりつつあった。

ことに近年は、諸国に飢饉《ききん》がつづき、民衆たちが強訴《ごうそ》をおこなったり、商家を襲ったりすることが、

「めずらしくもない……」

世の中になってくると、当然、武家の政権への批判も鋭くなる。

徳川将軍の独裁政治の欠陥が、いたるところにあらわれはじめてきた。

朝廷にも、不満が少しずつ募りはじめてきたのではあるまいか……。

江戸にいると、そうしたことはよくわからぬが、徳川幕府の皇室へ対するあつかい

は、表面は尊崇のかたちをとりながら、内実は、かなりひどいものらしい。

と、そこまで波切八郎が考えおよんでいたわけではない。

けれども、岡本弥助と行動を共にする日々がつづき、それが公卿の暗殺にむすびついたとなると、これは一種の感覚として、八郎の脳裡《のうり》へ閃《ひらめ》くものがあったといってよい。

不満は朝廷のみではない。

諸国を治める大名たちも、幕府の強圧に対する不満が、内攻しつつある。

さて、翌日の昼前になって……。

波切八郎は、岡本弥助へ、

「では……」

その一言を残し、旅仕度で和泉屋を出て行こうとした。

「お待ち下さい、先生。まさかに、旅へ出られるのではないでしょうな?」

「出ても、おぬしのように勝手がわからぬ。では、これで……」

立ちあがった岡本が、八郎の両腕をつかみ、

「私との連絡《つなぎ》について、まだ、打ち合わせをしてはおりませぬ」

「この上、まだ、私に人を斬《き》らせようとおもっているのか?」

「そうではありません。私は、ただ……」

「ただ？」

「波切先生と、このまま別れ切るのが、辛《つら》くなっているのです。よろしいですか、先生。私は、まだ、自分の居場所をきめておりませんが……此処《ここ》へ、この和泉屋へ、お声をかけて下されば、かならず、わかるようにしておきます」

「ふむ……」

「よろしいですか。よろしいですな？」

「わかった」

「しかと……？」

「くどい」

「いたしかたありません。では、かならず……かならず連絡を、お忘れ下さいませぬよう」

「うむ……」

和泉屋を出た波切八郎は旅姿に、塗笠《ぬりがさ》をかぶり、一年ぶりの江戸市中へ歩み入ったことになる。

先ず、目黒の道場を、

(蔭《かげ》ながら……)

見たいとおもったが、それよりも、身を落ちつける場所を決めておかなくてはならぬ。

当所《あてど》もなく、八郎は神田から下谷《したや》へ……上野山下へ出た。

ともかくも、宿を見つけなくてはならぬ。

目黒には、自分の住居と道場があるのに、八郎は、そこへ帰れぬ身となってしまったのだ、わずか一年の間に……。

宿は、何も江戸の中心でなくともよかった。むしろ、そのほうがよい。

上野山下から、八郎は坂本の通りへ出た。

坂本から金杉《かなすぎ》、三《み》ノ輪《わ》を経て千住《せんじゅ》へ通ずる往還は、奥州《おうしゅう》・日光両街道《かいどう》へつながっているし、夜に入っても人通りが絶えぬ。

道筋の両側には、さまざまな店屋が軒をつらねている。

（ともかくも、千住まで出てみよう）

ゆっくりと足を運びながらも、八郎は油断をしていなかった。

岡本弥助を、うたがうわけではないが、岡本ならば自分の尾行をしかねない。

尾行者はないようであった。

金杉下町まで来て、八郎は通りの左側の飯屋へ入った。

この往還は、むろんのことに江戸市中なのだが、街道へつづいているだけに旅人の姿も多く、大きな宿場町の雰囲気《ふんいき》もないではない。

飯屋で腹ごしらえをしてから、八郎は、ふとおもいついて、親切そうな飯屋の亭主《ていしゅ》へ、

「このあたりに、宿屋はないだろうか？」

尋ねてみた。

江戸に生まれ育った波切八郎だが、この辺りには、まったくの不案内なのだ。

亭主は、かざりけのない八郎に好意を抱いたらしく、

「小さな宿屋ですが、ようござんすか？」

「そのほうがよいな」

「すぐ近くにありますがね」

その〔三州屋《さんしゅうや》〕という宿屋は、飯屋の裏道にあり、馴染みの旅商人などを安く泊めているらしい。

飯屋の亭主の案内で、八郎は、その日から三州屋へ泊ることになった。

このときの波切八郎には、

（橘屋忠兵衛に、何としても会わねばならぬ）

その決心をしてはいたが、忠兵衛を斬殺《ざんさつ》することなど、おもってもいなかった。

二十

波切八郎が、三《み》ノ輪町《わまち》の笠屋《かさや》茂平方の二階へ引き移ったのは、それから七日後のこ

とであった。

「この近くに、部屋を借りたいのだが……」

八郎が、三州屋《さんしゅうや》の老主人へ言ってみると、

「ようございます。探してみましょう」

こころよく、引きうけてくれた。

三州屋の老夫婦は、八郎に好意をよせてくれたらしい。

妙な、はなしだが、

「あの旦那《だんな》には、邪気というものがない」

と、三州屋のあるじが、飯屋の亭主《ていしゅ》へ洩《も》らしたそうな。

波切八郎は、三州屋へ、

「丹波《たんば》の剣客で、三上市蔵《みかみいちぞう》」

と、名乗っておいた。

かつての高弟・三上達之助《たつのすけ》の姓と、老僕《ろうぼく》市蔵の名からおもいついたのだ。

三州屋のあるじは二日後に、貸部屋を見つけてくれた。

それが、笠屋茂平の二階だったのである。

金杉下町《かなすぎしもまち》の三州屋から、笠屋までは約七町（七百メートル強）ほどであろう。

（ここならば、よい）

八郎は、ほっとした。

波切八郎が、三ノ輪の笠屋の二階にいようとは、だれも気がつくまい。

岡本弥助《おかもとやすけ》にしても、これを知ったなら、

(よくも一人で、そうしたところを見つけたものだ)

目をみはるにちがいない。

笠屋の老夫婦も、八郎に好意を抱いている。

これまた、邪気がないというわけなのだろうか。

そのときの波切八郎は、お信《のぶ》と橘屋忠兵衛《たちばなやちゅうべえ》の関係をつきとめ、何故《なにゆえ》に自分が、

(高木勘蔵を斬《き》らねばならなかったのか……)

その真相を知りたいだけで、その他のことは念頭になかった。

いまの八郎は、自分の行末《ゆくすえ》について夢もなく、希望をもてぬ身の上になってしまっている。それはつまり、一種の無欲状態になったことであり、そうした八郎の心境が、端《はた》から見ると、邪気のない人柄《ひとがら》に映るのであろうか。

お信と橘屋のために、八郎の人生は狂ってしまった。

しかし、お信が憎いともおもえぬ。

あの事件の前後の、お信の様子をふり返ってみると、お信には、それなりの苦悩があったように感じられる。

（お信もまた、橋屋忠兵衛に、あやつられていたのではないか？）

そのような気がしてならぬ。

身が落ちついた八郎は、雑司《ぞうし》ヶ谷《や》の橋屋の様子を見に出かけようとして、笠屋を出たとき、われ知らず、足が神田《かんだ》の宿屋・和泉屋《いずみや》へ向っていた。

しばらく顔を見ていない岡本弥助が、妙になつかしくおもわれたといってよいだろう。

目黒の道場へも、すでに足を運び、蔭《かげ》ながら市蔵の姿も見て、波切八郎もこのときばかりは、深く重い感慨をおぼえ、二、三日はよく眠ることができなかった。

和泉屋では、八郎へ、

「かしこまりましてございます。明後日ならば、いつにても此処《ここ》に岡本様が待っておいでになりましょう」

と、いった。

「岡本さんは、何処《いずこ》に住んでいる？」

「いえ、岡本さまのほうから、一日置きに使いの人が見えますので……」

「なるほど」

八郎が、翌々日の午後に和泉屋へ行くと、

「朝から、お待ちしておりました」

と、岡本弥助が満面に、いかにもうれしげな笑いを浮かべて、八郎を迎えた。

二人は、二階の奥の間へ入った。

この宿も、泊り客の姿をめったに見ない。

「先生。何処《どこ》へ落ちつかれました？」

いきなり、しかも然《さ》りげなく岡本が尋《き》いた。なかなかに呼吸を心得ている。

うっかりしていると、つい、こたえてしまいかねないが、波切八郎は薄く笑ったのみである。

「先生。江戸の市中でしょうな？」

これには、八郎もうなずいて見せた。

「で……？」

何の用事かと、いわんばかりに、岡本弥助が膝《ひざ》をすすめてきた。

「橘屋の様子を見てきてもらいたいのだが……以前と変りなくしているか、どうか、それだけでよい」

「わかりました。わけもないことです。伊之吉《いのきち》がおります。打ってつけです」

「たのむ」

「いよいよ、乗り込まれるおつもりですか？」

「おぬしが何もこたえてくれぬゆえ……」

「なれば私は、橘屋忠兵衛と深く関《かか》わってはおりませぬ。申しあげたはずです」

「こうなってしまったからには、もはや取り返しのつかぬことだが、忠兵衛にこたえてもらわなくては納得ができぬ。いや、これから自分の歩む道の、見当がつかぬ」

「ごもっともです」

岡本弥助は、お信と八郎の関係について、知っているのか、どうか……。

また、八郎が高木勘蔵を斬殺《ざんさつ》したいきさつを、わきまえているのか、それもわからぬ。

むろんのことに、八郎は何一つ打ちあけてはいなかったし、岡本も尋ねようとはせぬ。それはつまり、すべてを心得ているようにもおもえる。

現に、いま、岡本は「ごもっともです」と、いったではないか。

少くとも岡本は、八郎が高木を斬ったことだけは知っていると看《み》てよい。

「私は夜更《よふ》けてから、だれの目にもとまらぬように、橘屋忠兵衛の寝間へ入りたい。それができるか、どうかをたしかめてもらいたい。以前のままの橘屋なら、私にできるとおもうが、あるいは、見張りをきびしくしているやも知れぬ」

「はい」

「たのまれてくれるか？」

「お引き受けいたします」

「返事は？」

「明後日、此処で。私は、それまで、この宿に泊っております」

「わかった」

和泉屋を出てから、波切八郎は目黒の道場へ行き、その後の市蔵の様子を見たいとおもった。

道場が寂《さび》れていることは、目黒川の対岸の木立の中から窺《うかが》って見ても、よくわかった。

(三上達之助も、道場へあらわれぬらしい。あの三上が……)

すべてをあきらめてはいても、無念であった。

八郎は、三上の発病を知ってはいない。

一度だけ、市蔵が外出《そとで》をする姿を見て後を尾《つ》け、秋山小兵衛宅へ入るのを見とどけた。

平林寺の勝負を投げた自分の行方を尋ねに、

(秋山殿は道場へまいられて、市蔵と語り合ったらしい)

と、推察できる。

目黒へ向って歩むうち、八郎は後を尾けて来る者に気づいた。

尾行者は伊之吉で、これは岡本が密《ひそ》かに命じておいたらしい。

伊之吉は、日が暮れてから和泉屋へもどって来て、待ちかねていた岡本弥助へ、

「波切先生には一分《いちぶ》の隙《すき》もありませんでした。増上寺のあたりで、みごとに撒《ま》かれてしまいました」

「増上寺……」

「さようで」

「ふうむ……では仕方もない。明後日、また尾けてくれ」

「波切先生が、また、此処へ？」

「そうだ。その前に一つ、たのみがある。雑司ヶ谷の橘屋の様子を探ってきてもらいたい」

二十一

翌々日。

波切八郎は和泉屋《いずみや》へあらわれ、岡本弥助《おかもとやすけ》から、橘屋《たちばなや》に異状がないことを聞いた。

橘屋忠兵衛《ちゅうべえ》は、行方知れずとなった波切八郎のことなど、気にもとめていないのであろうか。

「先生。ほかに、何か御手つだいをすることはありませぬか？」

と、岡本弥助が、

「何なりと、申しつけ下さい」

「また、たのむことが起るやも知れぬ」

「橋屋などに、関《かか》わらぬほうがよいと存じますが……」

「おぬしの知ったことではない」

「それは、まあ、そうなのですが……」

「どうも……」

いいさして、八郎が沈黙した。

「どうなさいました？」

「いや。おぬしと私の間では、肝心のことが何一つ、わかっていないような気がする。もっとも、おぬしのほうでは、私が考えているよりも、私のことをよくわきまえているのやも知れぬが……」

「いえ、先生のことは何も存じません」

妙に、きっぱりと岡本はいいきった。とらえどころがない男なのだが、八郎は、岡本が自分にかたむけている好意だけは感じとることができた。

それでいて岡本は、伊之吉《いのきち》に八郎を尾行させたりするのだ。

翌日の夕暮れに、塗笠《ぬりがさ》をかぶった波切八郎が雑司ヶ谷《ぞうしや》へあらわれた。

ふところに、金五十両を用意している。

八郎は夜が更《ふ》けるまで、橋屋の周辺を何度も歩いてみて、異状がないことをたしかめた。

それから、橋屋の裏庭から潜入した。

一年前のままであった。

自分が住み暮していた離れ屋の前に立ちつくして、八郎はあたりの気配をうかがったが、見咎《みとが》める者とてない。

(お信《のぶ》は、いま、此処《ここ》へもどって来ているのだろうか?)

橘屋忠兵衛は「お信が逃げた」といって、お信の書き置きまで、八郎に見せたものである。

やがて、八郎は石畳の通路から母屋《おもや》へ入った。

戸締りもしていないのは、一年前と同じであった。

忠兵衛の寝所の前の廊下へ立った八郎へ、

「だれじゃ?」

まだ灯《あかり》がともっている寝所の内から、まぎれもない忠兵衛の声がきこえた。

八郎は襖《ふすま》を開け、中へ入った。

そこは長四畳の控えの間で、境の襖が半分ほど開いてい、敷きのべてある夜具の裾《すそ》が目に入った。

「どなたじゃ?」

こたえず、波切八郎は控えの間から寝所へ入って行った。

「あ……」

枕元《まくらもと》に坐《すわ》って煙草《たばこ》を吸っていた橘屋忠兵衛が、口をあけたまま、めずらしいものでも見るように、八郎をながめた。

だからといって、おどろいた様子でもない。

むしろ、八郎のほうが意外の感に打たれた。

忠兵衛の、肥えていた躰《からだ》が半分になってしまったように、窶《やつ》れ方《かた》がひどい。

「八郎さんか……」

暗い眼《め》の色になって、忠兵衛が、

「これまで、何処《どこ》にいなされた？」

「お信さんは、何処にいる？」

「知らぬな」

「おぬしは、私を謀《たばか》ったな」

「知らぬ」

ふてぶてしいというか、傲岸《ごうがん》というか、波切八郎などは、

（虫けら同様……）

とでもいいたげな、橘屋忠兵衛なのだ。

われ知らず、八郎は怒りの血がわき立ってきた。

(得体《えたい》の知れぬ……)

怪物のような忠兵衛であった。

血相が変った八郎を見ても、忠兵衛は人を呼ぼうともせぬ。

「おぬしは、お信をもそそのかせて、私に高木勘蔵を斬《き》らせたのだな」

「知らぬな」

「言え」

「知らぬものは言えぬ」

別の意味で、忠兵衛は岡本弥助同様の、いや、それ以上のしぶとさをもっている。

かっとなって、八郎の手が刀の柄《つか》へかかった。

じろりと、それを見た忠兵衛が、

「斬りなさるか……」

と、いった。

憎々しいまでに落ちつきはらっている。

この上、いかに問いつめてもむだなことが、はっきりと八郎にわかってきた。

岡本同様に、橘屋忠兵衛の背後にも、はかり知れぬ秘密が存在しているらしい。

「斬りたくば、斬りなされ」

まるで、八郎を子供あつかいにしている。

「斬られたほうがよい」

「………」

「さ、斬りなされ。もはや、この世にみれんはない」

そういって、急にかたちをあらためた橋屋忠兵衛が、八郎へ斬りつけるような気魄《きはく》のこもった声で、

「八郎さん。わしが斬れぬのか!!」

と、いった。

八郎は、われを忘れて大刀を抜き打った。

忠兵衛の左の頸《くび》すじから、血が疾《はし》った。

白く剝《む》き出た両眼がそのままに、声も立てず、橋屋忠兵衛が倒れ伏した。

波切八郎は満面に血をのぼせ、息絶えた忠兵衛を睨《にら》み据《す》えた。

廊下を駆け寄って来る足音もきこえぬ。

呼吸をしずめ、刀にぬぐいをかけて鞘《さや》へおさめてから、八郎は廊下へ出た。

屋内は、しずまり返っている。

石畳の通路から奥庭へ出て、重くたれこめた初夏の闇《やみ》に抱きすくめられたとき、八郎は、

(忠兵衛は、いずれにせよ、死ぬることをのぞんでいたような……?)

気がしてきた。

となれば、それに八郎が手を貸してやったことになる。

八郎は、舌打ちをした。

橘屋忠兵衛という老人の、二重、三重になった底の深さには、とても手がとどかぬ。

波切八郎が目黒の道場へおもむき、用意してきた五十両と置き手紙を、老僕《ろうぼく》の市蔵へ残してきたのは、実に、この夜のことだ。

そして、翌日の明け方に、八郎は和泉屋へあらわれた。

岡本弥助は、まだ、和泉屋に滞在している。

「お早いですな」

二階へ八郎を迎え入れた岡本が、

「いかがでした？」

「斬った」

「ほう……」

忠兵衛を斬ったことが、このように淡々といえるのは、相手が岡本なればこそだといってよい。

二人は協力して、何人もの男たちを斬って殪《たお》してきたからだ。

「たのみがある」

「うかがいましょう」

そこで八郎は、お信のことを、わずかに語った。

お信の容姿、顔貌《がんぼう》を語り、

「忠兵衛が死ねば、かならず、お信はあらわれよう。もしやすると、橋屋にいるのやも知れぬ。そこのところをたしかめてもらいたい」

「伊之吉が打ってつけです」

「ふむ……」

それからのことは、すでにのべておいた。

二十二

十日ぶりに、江戸の空が晴れた。

この梅雨の晴れ間に、人びとは洗い物や外出《そとで》の用足しにいそがしい。

江戸の西郊・高田の馬場の近くの、高田八幡宮（穴八幡《あなはちまん》）へも参詣《さんけい》の人びとがあつまって来て、門前の茶店も活気をとりもどした。

その茶店の一つ、釘《くぎ》ぬき屋《や》から出て来た客がひとり、穴八幡の境内へ入って行った。

波切八郎である。

八郎は浅目の編笠《あみがさ》をかぶり、袴《はかま》をつけ、雨あがりの道を歩むために日和下駄《ひよりげた》を履いている。

穴八幡の境内へ入りはしたが、拝殿へぬかずくわけでもなく、境内を北へ横切り、裏門から道へ出た八郎は、そのまま西の方へ向って、ゆっくりと歩む。

間もなく、田圃《たんぼ》をへだてた左の方に、鞘師《さやし》の久保田《くぼた》宗七宅の裏手が見えた。

塀《へい》に囲まれた宗七宅の、二階の小窓が見える。

お信《のぶ》は、その二階に住み暮しているらしい。

編笠をかぶったまま、波切八郎は足をとめ、彼方《かなた》の鞘師の家を凝《じっ》と見つめた。

今日で三度、八郎は鞘師宗七の家を見にあらわれている。

だが、訪れたわけではない。

先《ま》ず、穴八幡・門前の茶店へ入り、ゆっくりと一本の酒をのみ、それから鞘師の家のまわりを徘徊《はいかい》する。

けれども、お信は顔を見せぬ。

ほとんど、二階へ閉じこもったままでいるらしい。

八郎も、積極的に、お信を訪ねようとはせぬ。

ひと通り、徘徊を終えると、今度は別の茶店へ入り、また酒を一本のむ。

それからまた、鞘師の家を遠目に見ながら歩む。

今日も、同じであった。

いま、八郎は一度目の徘徊にかかったところだ。

八郎が歩み出した。

道を迂回《うかい》し、鞘師の家の前の道へ出た。

そして、また、道端の木の蔭《かげ》へ身を寄せ、彼方の鞘師の家を見つめる。

と……。

おもいもかけず、お信が道へ出て来たではないか。

鞘師の家の小さな傍門《わきもん》から出て、お信は、あたりに目をくばったが、八郎には気づかぬ。

それから、お信は日傘《ひがさ》をさし、穴八幡の門前へ向って歩み出した。

八幡宮の門前まで来ると、人通りも多い。

木蔭《こかげ》から出て、お信の後を尾《つ》けはじめた波切八郎は、

(橘屋《たちばなや》へ行くのか?)

はじめは、そうおもったが、ちがうらしい。

お信は、八幡宮門前から馬場下町の通りを東へ向った。雑司《ぞうし》ヶ谷《や》への道筋ではない。

やがて、お信は早稲田《わせだ》の建勝寺《けんしょうじ》という寺院へ入って行った。

浄土宗の、かなり大きな寺である。

（はて……？）

尾行して来た波切八郎は、建勝寺の門の下に佇《たたず》み、

（お信は、墓詣《はかまい》りに来たのであろうか……すると、もしやして、この寺は橋屋忠兵衛《ちゅうべえ》の菩提寺《ぼだいじ》なのではあるまいか？）

この推測が適中したことは、後になってわかる。

しばらく佇んでいた八郎が、おもいきって、寺の境内へ入った。

塀の内側に沿って、編笠の内から注意ぶかく目をくばりつつ、木蔭をえらび、墓地の方へ近づいて行く。

境内に樹木が多い寺院の、庫裡《くり》の北側に墓地があった。

その一隅《いちぐう》に、線香のけむりが立ちのぼっている。

古びてはいるが、立派な墓の前に、お信が手を合わせていた。

八郎は、別の墓石の蔭から、お信を凝視した。

橋屋忠兵衛の墓を拝み終えてからも、お信は、そのまま立ちつくしている。

したたるような青葉の匂《にお》いがただよってい、何処《どこ》かで老鶯《おいうぐいす》が鳴いている。

墓石と墓石の間から、お信の横顔が見えた。

去年のお信にくらべると、たしかに窶《やつ》れてはいたけれども、意外に血色がよい。

波切八郎が、はっとしたのは、墓の前にいるお信の顔に、不可解な笑みがただよう

のを見たからであった。

（………？）

この時点での八郎は、お信の拝んだ墓が橘屋忠兵衛のものとは知っていない。

ゆえに、

（私が尾けて来たのを、知っていたのか？）

そのようにも、おもわれた。

だが、お信は八郎が隠れている方へ目を向けようとはせぬ。

お信の目は、久しぶりに晴れあがった夏空へ向けられていた。

何やら放心したような……むしろ、うっとりとしたような表情になり、わずかに唇《くち》をひらき、お信は微《かす》かに笑みをふくみ、老鶯の声に聴き入っているかのように見える。

どうも、八郎の尾行に気づいた様子はなかった。

そもそも、気づいたとしたら、笑ってなどいられぬはずではないか。

わからぬ。

謎《なぞ》めいた笑顔を、いつまでも空に向けている、お信という女が、いよいよ八郎にはわからなくなってきた。

もしも、お信が橘屋忠兵衛の墓の前で笑っているのだとしたら、これまた不可解なことだ。

八郎が斬殺《ざんさつ》したばかりの忠兵衛の死を、お信は、

(悲しんではいない……)

ことになるからだ。

午後の夏の日ざしも、長雨の後だけに、むしろ快いほどであった。

その温気《うんき》が、お信の顔の血色を、さらに鮮やかなものにしている。

重い荷物を背負って山道を登りつづけ、ようやくに頂上へ達し、

(あとはもう、下るだけ……)

の解放感に荷物をおろし、ひとやすみしているような、お信であった。

去年、橘屋の離れ屋へ忍んで来たときのお信には、いまにしておもえば、何処《どこ》とはなしに暗い翳《かげ》りがあったようにおもわれる。

それにくらべて、いま、墓の前に佇んでいるお信には、少女のような生気が感じられた。

ややあって……。

お信は藍色《あいいろ》の日傘を手に、橘屋の墓の前をはなれ、諸家の墓に囲まれた石畳の道を歩み出した。

前方の左側の榎《えのき》の木蔭から、編笠をかぶった侍があらわれた。

それを見て、お信の足が停《とま》った。

波切八郎の手が編笠の内へ差し入れられ、笠の紐《ひも》を解くのを、お信は目をみはったままに見入っている。

編笠をぬいだ八郎が、

「お信どの。この顔を覚えておいでか?」

と、声をかけた。

低く、重い、その声は去年の波切八郎のものではないが、顔は、まぎれもなく八郎である。

目をみはってはいるが、お信に驚愕《きようがく》した様子はない。

二人とも凝とうごかず、目と目を見合わせている。

白い蝶《ちよう》が一羽、ひらひらと、お信と八郎の間に揺蕩《たゆた》いはじめた。

二十三

その翌々日、また、梅雨がもどって来た。

神田《かんだ》・下白壁町《しもしらかべちよう》の宿屋〔和泉屋《いずみや》〕の二階座敷で、岡本弥助《おかもとやすけ》と伊之吉《いのきち》が泥鰌鍋《どじようなべ》で酒を酌《く》みかわしていた。

薄暗い昼下りの奥座敷に、雨の音がこもっている。

岡本は苦い顔つきで、黙りこくったまま、盃《さかずき》を口に運ぶ。

「旦那《だんな》……もし、旦那……」

と、伊之吉が、

「いいかげんにしておくんなさいよ」

「………」

「そんな顔つきで、むっつりのんでいられたのでは、酒の味がしません。ほれ、ほれ、煮詰った泥鰌なぞ旨《うま》くも何ともねえ」

伊之吉は岡本のことを「先生」とよんだり「旦那」とよんだりする。

「旦那……旦那……」

「うるさいな」

「今日は帰りますよ。帰してもらいますからね」

「ならぬ」

「そんな、旦那……」

「相手をしろ」

「いつまででござんす？」

「お前が、波切先生の居所《いどころ》をつきとめるまでだ」

岡本弥助は、このように、波切八郎がいないときでも、八郎を「先生」とよんでいる。

してみると、岡本の八郎へ対する好意と敬慕は本物のようにおもわれる。

「ですから旦那。今度こそは、つきとめて見せると……」

「なれば、おれの側《そば》をはなれるな。いつなんどき、波切先生が此処《ここ》へあらわれるやも知れぬ」

このところ七日ほど、岡本と伊之吉は和泉屋へ泊りつづけている。

「なあ、伊之吉」

「え……？」

「どうだ、明日から毎日、あの鞘師《さやし》の家を見張ってくれぬか」

「この十日の間に五度びも見張っているのですぜ」

「お前が見張りに出なかった日に、波切先生があらわれたやも知れぬ」

「ですが旦那。あそこは、まことに見張りにくいところで……」

「それはわかっている」

「まわりに何もなくて、人通りも少い。いつまでも見張っていたら、怪しまれてしまいますよ」

「ふうむ……」

「旦那も、見張りに出なすったらいかがなもので？」

「おれはだめだ。見張りは得手でないし、そもそも、あの鞘師の久保田宗七には、この秋に江戸へ来て、注文の鞘を受け取ると言ってあるのだ。それが、もし、鞘師の家の者に見つけられたなら、怪しまれること必定ではないか。おい、これ、伊之吉」

と、膝《ひざ》をすすめた岡本弥助へ、伊之吉が、

「だ、旦那。何も、そんなに睨《にら》みつけなくてもいいじゃあございませんか」

「おれがたのみを、きけぬというのか?」

「そうではねえ。やりにくいと申しあげているので……」

岡本は舌打ちをして、

「伊之吉。もっと、酒を……」

と、いった。

「ずいぶんと、あがりますね」

「早く持って来《こ》い」

「へい、へい」

伊之吉が、空の徳利を盆に乗せ、階下へ去った。

岡本は、虚《むな》しげな眼《まな》ざしを壁に向け、煙管《きせる》に煙草《たばこ》をつめはじめた。

しばらくして、二階へ酒を運んで来た伊之吉が、

「ようござんす。波切先生が姿を見せるまで、此処へ泊り込み、旦那のお相手をつと

めましょうよ」

「見張りはだめか？」

「却《かえ》っていけねえとおもいますがね」

「だが……だが、波切先生は、二度と、おれの前へ姿を見せぬのではあるまいか……？」

「そんなに、気にかかるので？」

岡本はこたえず、手酌《てじゃく》で酒をのみはじめる。

「旦那は、いつか、波切先生には、もう用はないと、そういいなすったじゃあござんせんか」

「ないような、あるような……」

「なあに大丈夫ですとも。きっと、波切先生は此処へお見えになりますよ」

「そうおもうか？」

「旦那。いったん、旦那を知ったからには、はなれようとしても、なかなか、はなれられるものではねえ。そもそも……」

と、伊之吉が自分の顔を指さして、

「この伊之吉がそれだ。むかし、細川様の下屋敷の博奕場《ばくちば》で、中間《ちゅうげん》どもと大喧嘩《おおげんか》をやらかし、半殺しになった私《あっし》を助けておくんなすった旦那に、そりゃ恩義がある。あるけれども、それだけで、こんなに長く、つき合っていられるものではねえ。そうじゃございませんか？」

「おれが一度でも、恩着せがましいことを、お前にいったことがあるか」

「そんなことではねえというのに……」

「では、なんだ？」

「くわしい事情《わけ》も知らされず、旦那のいうままに、あっちこっちへ探りをかけたり、人の後を尾《つ》けまわしたり、いのちがけの目に合ったのも一度や二度ではありませんよ」

「きさま、おれに恩を着せるのか。しかるべき金を、そのたびにわたしてあるぞ」

「金ずくではねえ」

と、今度は伊之吉が、屹《きっ》となって、

「旦那だって、金ずくで私を使っているつもりはねえはずだ」

「むう……」

岡本弥助が低く唸《うな》り、上眼《うわめ》づかいに伊之吉を見た。

「旦那の人柄《ひとがら》が、そうさせるのだ。どうも、わけがわからねえのだが……旦那には心がひかれる。旦那には親身なところがある。もしも……もしも、私が危ねえ目に合ったときは、旦那はいのちがけで助けておくんなさる。きっと、そうだ」

と、伊之吉は、いささか昂奮《こうふん》してきはじめた。

岡本は、照れくさそうにうつむく。

こうしたときの岡本弥助は、暗殺の剣を揮《ふる》うときの岡本とは別人のように素朴《そぼく》で純真な、まるで少年のような感じがするのである。

「だから、よ」

伊之吉は、急にぞんざいな言葉づかいになって、ごろりと身を横たえた。

酔いが、まわってきたらしい。

「だから、波切八郎も、きっと、此処へ来るというのだ」

「酔ったな、伊之吉」

「酔ったが悪いかえ」

「こいつ、酒ぐせの悪いやつだ」

「悪いが、どうした。え、どうしたよ」

半身を起しかけたが、また、ぐったりと寝倒れて、

「勝手にしやがれ」

つぶやいたかとおもうと、伊之吉は眠りに落ちた。

岡本弥助は立って、押入れから夏夜着を引き出し、伊之吉の躰《からだ》へ掛けてやった。

そして、また酒をのみはじめた岡本の両眼に光るものがあった。

屋根を叩《たた》く雨音が、強くなってきている。

二十四

やがて……。

この年の梅雨も明けた。

岡本弥助《おかもとやすけ》と伊之吉《いのきち》は、あれからずっと、下白壁町《しもしらかべちょう》の和泉屋《いずみや》へ滞在をしている。

波切八郎も、依然として、二人の前に姿をあらわさなかった。

この間に、伊之吉は何度も鞘師《さやし》・久保田《くぼた》宗七の家を見張りに出たし、岡本も、たまりかねたかして、

「よし。おれも……」

二度ほど、編笠《あみがさ》に顔を隠し、伊之吉と共に出向いて行ったが、むだであった。

こうなれば、泊りがけで鞘師の家を見張るよりほかはない。

それがまた、むずかしい。

何しろ、鞘師宗七の家のまわりは雑木林と百姓地のみだし、少し先に旗本屋敷が一つあるのみなのだ。

これが、穴八幡《あなはちまん》の近くの馬場下町あたりならば、宿屋も一つ二つはあるし、店屋も軒をつらねているので、何とか、もっともらしい理由をつけ、部屋の一つも借りるな

り、泊り込むなりして見張ることもできるのだが、鞘師の家の前の竹藪《たけやぶ》に、二人が交替で四六時中の見張りをするわけにもまいらぬ。

町奉行所が犯人を捕えるのとは、ちがうのである。

「女は、まだ、鞘師の家に暮しているらしいな」

「さようで」

というのは、裏手の物干し場に、女の肌襦袢《はだじゅばん》などが干してあるのを見たからであった。

「波切先生は、あの女に、まだ会わぬのだろうか？」

「橘屋忠兵衛《たちばなやちゅうべえ》を殺してまで、居所《いどころ》をつきとめようとなすったのにねえ……」

岡本と伊之吉は、八郎が、はじめから殺意を抱いて橘屋忠兵衛の寝間へ潜入したのだと、おもい込んでいるようだ。

しかし、あの夜の、忠兵衛の出方ひとつで、八郎は刀を抜かなかったにちがいない。

「旦那《だんな》。これはもう、あきらめなすったほうがようございますぜ」

「ふうむ……」

「波切先生の、おもうままにしておあげなさいまし」

「そうだなあ……」

お信と橘屋忠兵衛と波切八郎の関係については、もとより岡本弥助の知るところではない。

橋屋が、八郎を岡本へあずけたのは、別の筋へたのみこみ、そこから岡本へ指令が
あたえられたからだ。

その「別の筋」とは何か……。

深川の木場に近い武家屋敷の主《あるじ》が、それであった。

夜更《よふ》けの暗い書院で、岡本を引見した屋敷の主は、橋屋忠兵衛の死について、

「いまのわれらにとっては、関《かか》わり合いのないことじゃ」

と、洩《も》らしている。

では、以前には、関わり合いがあったというのか。どうも、そうらしい。

その夜。

岡本弥助は屋敷の主に、

「波切八郎を、いま少し、飼《こ》うておきましては……」

とすすめ、主は、

「何と申しても、あれほどに腕の立つ男を見つけるのは、むずかしいゆえ……」

そう、こたえている。

なればこそ、岡本弥助は波切八郎の居所を、

(つきとめておきたい)

と、おもいつめているのであろうか。

いや、それぱかりとはいえまい。

「波切先生を、いまのままで、一人歩きをさせては、何やらこころもとない」

と、岡本が伊之吉へ洩らしたことがある。

「冗談をいいなさる」

「いや、ほんとうだ」

「あのお方は、この伊之吉が後を尾《つ》けるのを、物のみごとに撒《ま》いてしまうようなお人ですぜ」

「それとこれとは別だ」

「どう別なので?」

「波切先生は、まだ、世の中を、よく御存知ないのだよ、伊之吉」

「何を、いいなさることか……」

伊之吉は、笑って取り合おうとはせぬ。

「旦那は、波切先生と別れなすって、何となく、その、物さびしいのだ。ね、そうでござんしょう?」

「ばかをいえ」

「いや、そうにきまっている。旦那というお人は、そういうお人なのだ」

「もういい。お前も少し外へ出て、羽をのばして来たらどうだ」

「かまいませんかえ?」

「行って来《こ》い、行って来い。おれのお守りをいつまでもさせておいて、愛想をつかされては困る」

「それ、それ、それだ」

「何?」

「そんな台詞《せりふ》が出る旦那ゆえ、私も、こうして腐れ合ってついて来ているのだ」

「憎まれ口も、いいかげんにしろ」

「へ。ごめんなさいまし」

伊之吉が和泉屋を出て行った翌日に、羽織・袴《はかま》の侍があらわれ、岡本弥助へ何かささやき、立ち去った。

岡本が、深川の件《くだん》の武家屋敷へあらわれたのは、その夜であった。

この前の夜と同じように、屋敷の主は侍女の手燭《てしょく》の灯《あか》りにみちびかれ、渡り廊下から書院へ入って来た。

二つの燭台を背にして坐《すわ》った主が、平伏した岡本弥助へ、

「大御所様《おおごしょさま》が、いよいよ危のうなってまいった……」

呻《うめ》くがごとくに告げた。

「さようで……」

おもわず、岡本も声をのむ。

いま、大御所といえば前将軍・徳川吉宗《とくがわよしむね》をさす。

代々の徳川将軍の中で、将軍位をゆずり、隠居の身となっても〔大御所〕の名称をもってよばれるのは、三人のみだ。

一は、初代将軍の徳川家康《いえやす》。二は二代将軍秀忠《ひでただ》。そして八代将軍の吉宗である。

大御所とは、江戸城・西ノ丸へ引退したのち、将軍の後見として政治に関わることをも意味している。

吉宗の長男で、九代将軍となっている徳川家重《いえしげ》については、波切八郎や岡本弥助のような者の耳へも、とかくの噂《うわさ》が入ってきていた。

現将軍は、

「廃人同様……」

だというのだ。

なればこそ前将軍の吉宗は、引退後も、

(目をはなせぬ……)

と、いうことなのであろうか。

「この春には、御病状もよくなり、御狩りをあそばされたというに……」

いいさして、屋敷の主は深いためいきを吐いたが、

「岡本」

「は……?」

「明日から、しばらくの間、この屋敷へ身を移してもらいたい。何が起るか知れぬゆえ……」

「心得ました」

蒸し暑い夏の夜の闇《やみ》が、奥庭にたちこめている。

屋敷の主も岡本弥助も、それぞれのおもいを、胸にかみしめているようであった。

そして、三日後に、大御所・徳川吉宗は六十八歳の生涯《しょうがい》を終えた。

この年、寛延四年(一七五一年)は改元の事あって、宝暦《ほうれき》元年となる。

二十五

岡本弥助《おかもとやすけ》が、久しぶりで、下白壁町《しもしらかべちょう》の宿屋〔和泉屋《いずみや》〕へ姿を見せたのは、夏も終ろうとする或日《あるひ》のことで、

「お帰りなさいまし」

二階の廊下へ出迎えたのは、ほかならぬ伊之吉《いのきち》であった。

岡本が、深川の武家屋敷へ移った後には、伊之吉が和泉屋へ泊り込むようになって

いた。

いうまでもなく伊之吉は、岡本の指示をうけ、波切八郎が和泉屋へあらわれるのを待っていたわけだ。

だが、いまだに八郎は、姿を見せぬ。

岡本と伊之吉との連絡《つなぎ》は、和泉屋の主人《あるじ》の平七《へいしち》がつとめていた。

それはつまり、深川の武家屋敷の所在を、岡本弥助が伊之吉にも隠していることになる。

それでいて、和泉屋平七は、あの曰《いわ》くありげな屋敷の所在をわきまえているのだ。

「ねえ、和泉屋さん。岡本の旦那《だんな》は、いったい何処《どこ》に潜《もぐ》っていなさるので？」

伊之吉が尋ねても、和泉屋平七は薄笑いを浮かべるのみで、こたえようとしない。

「まったく、水くさい人たちばかりだねえ」

嫌味《いやみ》をいってみても、通じない。

和泉屋平七は、五十がらみの、実直そうな男なのだが、女房《にょうぼう》も子もいない。

八郎と岡本が、京都で滞在をしていた宿屋〔笹屋《ささや》〕の老主人・長八《ちょうはち》にも妻子がいなかった。

泊る客もいないではないが、ほとんど二階を使わぬ。これも笹屋と和泉屋に共通していた。

二階へあげて滞在をさせるのは、岡本弥助のような特別の者だけということになる。

もっとも伊之吉は、いつも岡本が使う二階の部屋に寝泊りをしているが、

「こんなに客が少くて、よくまあ、商売が成り立つものですね？」

いつであったか伊之吉が、それとなく岡本へ探りを入れたことがある。

すると、岡本はこういった。

「お前ともあろう者が、むだなことを尋《き》くものではない」

「これが、むだなことなので？」

「そうだ」

こうしたときの岡本弥助は、

「取りつく島もない……」

男になってしまう。

もっとも、伊之吉のほうでも自分の所在を、はっきりと打ちあけたことがないのだ。

こちらから伊之吉へ用事があるときは、例の浅草・今戸《いまど》の船宿〔吉野屋〕へ言づけをしておくと、その翌日には伊之吉が岡本の許《もと》へ駆けつけて来る。

それも、めったにはないことで、岡本弥助が江戸にいるときは、伊之吉のほうからぬかりなく、連絡を絶やさぬようにしていた。

岡本は、かつて一度も、

「お前は、何処に住み暮しているのだ?」

伊之吉へ尋ねたことはない。

もしも尋ねたとしたら、きっと、伊之吉はこういうにちがいない。

「旦那ともあろうお人が、つまらねえことを尋きなさる。男という生き物には、みんな別の顔があるものです。女もそうなのだろうが、男の別の顔は、ちょいとちがう。それは旦那も、よく御存知じゃあござんせんか」

さて、和泉屋の二階で、岡本と向い合って酒を酌《く》みかわしながら伊之吉が、

「旦那、今夜は?」

「此処《ここ》へ泊る」

「明日は?」

「明日もだ」

「それでは、お暇ができたので?」

「まあ、そんなところだ」

と、岡本はたのしげに、

「さ、今夜は、おもいきりのむぞ。つき合えよ、いいな?」

「ようござんすとも。そのかわり、今度はこっちが羽をのばさせてもらいますよ」

「いいとも」

「今夜は妙に、物わかりがいい旦那だ」

岡本弥助は、和泉屋を出て行ったときにくらべると、

(少し、窶《やつ》れたような……)

と、伊之吉は看《み》たが、そのことについては口に出さぬ。

しかし、この夜の岡本は、長く打ちつづいた緊張から解きはなたれたように、

「旨《うま》い。酒が旨い」

何度もいった。

「一滴も、おのみにならなかったので?」

「のまぬというわけではないが……味がしなかった」

「へへえ……?」

「そんなことは、どうでもよいさ。それよりも、波切先生は……」

「何処にいなさることやら……?」

「時折は、鞘師《さやし》の家を見張りに出たのか?」

「その留守に、波切先生が此処へ見えたら、どうなさいます。私は後を尾《つ》けられませんぜ」

「むう……」

「こんなことを……暑いさかりに、私一人にやらせるなんて、土台、むりなはなしと

いうものだ」

岡本は無言で、ふところから袱紗《ふくさ》包《づつ》みを出し、伊之吉の前へ置いた。

包みの中は小判だ。

ちらりと見やった伊之吉が、

「金ずくで、私を使いなさる……？」

上眼《うわめ》づかいに岡本を見た。

「どうでも好きなように解釈するがいい」

「いただいておきましょう」

さっぱりした顔つきで、伊之吉は金包みをふところへ仕まった。

翌朝。伊之吉は和泉屋を出て行ったが、岡本弥助は、まだ、ぐっすりと眠り込んでいた。

昼すぎになって、伊之吉が穴八幡《あなはちまん》の門前の茶店へあらわれた。

何処で着替えたものか、真新しい単衣《ひとえ》に羽織をつけた伊之吉は、どう見ても商人《あきんど》の姿《いでたち》だし、それがまた、よく似合うのだ。顔つきまでが変って見える。

伊之吉は茶店を出ると、鞘師・久保田《くぼた》宗七の家の前を通りすぎ、大きく迂回《うかい》して、田圃《たんぼ》道《みち》を引き返した。

田圃をへだてて、鞘師の家の裏手がのぞまれる。

低い板塀《いたべい》の上から、物干し場が見え、洗濯物《せんたくもの》が干されていた。

（おや……？）

おもわず伊之吉は、目を凝らした。

その洗濯物の中に、女の肌着《はだぎ》が一つもなかったからである。

つぎの日も、また、そのつぎの日も、伊之吉は鞘師の家の物干し場を見に出かけた。

「岡本の旦那は、おいでなさいますかえ？」

と、伊之吉が和泉屋へあらわれたのは、深酒をして眠りこけている岡本弥助を残し、この宿を出てから五日目の夕暮れどきであった。

道に、蝙蝠《こうもり》が飛び交っている。

盛りの夏が駆けもどってきたかのような、蒸し暑い夕暮れであった。

岡本弥助は湯殿で水を浴び、二階で酒をのみはじめたところらしい。

「そんな恰好《かっこう》をして、何処で羽をのばしてきたのだ？」

「旦那。おどろいてはいけませんよ」

「何だと……？」

「鞘師のところに、もう、あの女はいませんぜ」

「何……」

岡本が、口へ運びかけた盃《さかずき》が、音をたてて膳《ぜん》の上へ落ちた。

桐屋《きりや》の黒飴《くろあめ》

一

その日。

老僕《ろうぼく》の市蔵《いちぞう》は、下谷《したや》の三《み》ノ輪《わ》まで使いに出た。

さよう、いまでも市蔵は老僕なのだ。

去年の夏に、秋山小兵衛《あきやまこへえ》のすすめによって市蔵は決心をし、秋山家へ身を移したのである。

目黒の道場の敷地は、近くの明王院《みょうおういん》という天台宗の寺のものなので、これを同院に返したわけだ。

明王院では、道場や母屋《おもや》などの建物について、

「いつまた、波切《なみきり》先生がもどって来るやも知れぬゆえ、一、二年はそのままにしておこう」

と、いってくれたそうな。

市蔵は小兵衛の指示により、波切八郎失踪《はちろうしっそう》の事情を、明王院へ打ちあけてはいなかった。

なんといっても、波切道場の高弟・三上達之助《みかみたつのすけ》の急死は、道場にとっても、また市蔵にとっても非常な痛手であった。

指導者を失った道場は、

「何の意義もない……」

のである。

耐えに耐えていた市蔵も、さすがに、あきらめざるを得なかった。

秋山小兵衛は、

「このまま、いつまでも、市蔵を独りで波切道場に置いておけば、近いうちに死んでしまうやも知れぬ」

妻女のお貞《てい》へ洩《も》らしたことがあった。

事実、秋山家へ引き取られて間もなく、長い間の心労が躰《からだ》に出て、市蔵は二月《ふたつき》ほど寝込んでしまったのだ。

三上家では、当主の達之助亡《な》きあと、娘に養子を迎え、百石五人扶持《ぶち》の家柄《いえがら》を何とか相続させることができた。

これは、三上家の親類たちのはたらきによるものといってよい。

三上達之助が、心ノ臓の発作で倒れてのち、

「万一ということもあるゆえ……」

と、親類たちが、養子縁組を急いだことがよかった。

ところで……。

急死したといえば、結婚前のお貞と共に、旧辻《つじ》道場にいた老僕の八助《はちすけ》も、いまは、この世の人ではない。

八助は、辻道場の始末がついた去年のいまごろに、秋山家へ引き取られて来たのだが、それから十日目に倒れた。いまでいう脳溢血《のういっけつ》であったのだろう。

倒れて意識を失ったまま、八助は三日後に亡くなった。

小兵衛夫婦も、長年にわたって旧師に仕えてくれた八助ゆえ、

「これからは、楽をさせてやろう」

「それがようございます」

語り合っていただけに、落胆は大きかった。

八助の死を、山城《やましろ》（現・京都府）の大原《おはら》の里に隠棲《いんせい》している恩師・辻平右衛門《へいえもん》へ知らせると、平右衛門は深く悼《いた》み、

「八助は身寄りのない者ゆえ、墓を立ててくれるよう、小兵衛へたのみ入る」

書状にそえて、少からぬ金子《きんす》が送られて来た。

秋山小兵衛は、わが家の近くの香蓮寺《こうれんじ》へたのみ、墓地の一隅《いちぐう》に八助の墓を立てた。

さ、そこで……。

八助急死の後、まだ病みあがりで、ふらふらとしていた市蔵が、

(八助さんが亡くなってしまったからには、いつまでも、こうしてはいられない)

気もちに張りが出てきたらしく、生まれ変ったかのように、急に、しっかりとしてきて、立ちはたらき出した。

「むりをしてはいけない」

と、案じる小兵衛にも、市蔵は、

「なあに、大丈夫でございます」

食欲も出てきたし、めきめきと体力が回復してきたのだ。

凝り性の大工の棟梁《とうりよう》・芳五郎《よしごろう》の仕事ゆえ、秋山道場が完成したのは、宝暦《ほうれき》二年（一七五二年）となった今年の二月であった。

いまは、母屋の改築も終っている。

市蔵は、これも長らく、剣客の波切父子に仕えてきた者だけに、秋山道場の老僕としては、申し分がなかった。

波切八郎のことは一日も忘れたことがない市蔵だが、その哀《かな》しさから逃《のが》れるように

してはたらいてきた。

ちかごろでは小兵衛も、

（もう、市蔵は大丈夫……）

と看《み》たかして、外への使いにも出すようになった。

この日は、三ノ輪町を西へ入ったところにある大関信濃守《おおぜきしなののかみ》（下野《しもつけ》の黒羽《くろばね》一万八千石）の下屋敷（別邸）へ、市蔵が使いに出た。

大関家の下屋敷の留守居をつとめている福沢彦五郎《ふくざわひこごろう》は、かつて、辻道場で秋山小兵衛と同門であった。

以来、交際がつづいている。

市蔵が小兵衛の手紙を福沢彦五郎へわたし、

「では、これを秋山殿へ……」

と、福沢がよこした返書をふところに、市蔵が三ノ輪の通りへ出たのは、四ツ半（午前十一時）ごろだったろう。

冬が近い、晴れわたった空に雲ひとつなく、暖い日和《ひより》で、風も絶えている。

外の用事が時分どきに重なるときは、お貞が、かならず食事代を市蔵へわたしてよこす。

市蔵は、金杉《かなすぎ》から坂本四丁目まで来て、小玉屋《こだまや》という蕎麦屋《そばや》へ入った。

熱々《あつあつ》の柚子《ゆず》切《きり》蕎麦で腹ごしらえをし、たっぷりと蕎麦湯をのんでから、市蔵は外へ出た。

少し行くと、左側の、小野照崎明神社《おのてるさきみようじんしや》の門前へさしかかった。

小野篁《おののたかむら》の霊を祀《まつ》る、この神社を土地《ところ》の人びとは、

「小野照さま」

と、よびならわしている。

言い伝えに、

「当社の地主《じしゆ》、稲荷明神《いなりみようじん》の使者なりける白狐《しろぎつね》、夜ごとに尾の末照りかがやきて台嶺《たいれい》の松樹に映じければ、尾の先照るという意《こころ》にて、小野照崎とは号《なつ》けるなり」

と、ある。

境内は小さなものだが、柳の立木が多く、藁屋根《わらやね》の稲荷堂や地蔵堂があったりして、格別の風趣がある。

市蔵は石の鳥居の正面に見える社殿へぬかずき、賽銭《さいせん》をあげ、

(一日も早く、八郎先生と会えますように……)

と、祈った。

祈り終えて立ちあがり、振り向いた市蔵が、

「あっ……」

驚愕《きょうがく》の叫び声を発した。

二

いましも、鳥居の傍《かたわら》から小野照崎明神の境内へ入って来たのは、まぎれもなく、波切八郎だったのである。

八郎は、浅目の編笠《あみがさ》をぬぎながら境内へ入って来た。

参拝をするつもりではなかったにせよ、神社の境内を裏門の外へぬけるからには笠をとるのが、当時の人びとの習慣化した常識というものであった。

境内がせまく、他に参詣《さんけい》の人もなく、振り向いた市蔵と、笠をとった八郎が正面から顔と顔を合わせてしまったのだから、どうにもならぬ。

波切八郎も、はっと口を開けたまま、むしろ立ちすくむかたちとなった。

二年前の八郎とは、いささか面変《おもがわ》りをしていたろうが、八郎は八郎であって、市蔵が見誤るはずもない。

市蔵の躰《からだ》が、まるで瘧《おこり》にでもかかったように、わなわなとふるえはじめた。

八郎は、やや蒼《あお》ざめ、身を返すこともなく、市蔵を見つめている。

よろめくように、市蔵が八郎へ近寄って来て、八郎の足許《あしもと》へ、両膝《りょうひざ》を折り、男泣きに泣きながら、両腕で八郎の両脚を抱え込んだ。

市蔵の両腕には、恐ろしいまでにちからがこもっている。

(死んでも、はなすまい……)

そのおもいが、こめられていた。

あまりに強く、市蔵の両腕が締めつけてくるものだから、着ながしの両脚を抱え込まれた八郎が立っていられなくなり、

「これ、市蔵。はなせ、はなしてくれ」

市蔵は嗚咽《おえつ》しながら、激しくかぶりを振った。

「これ、腕をはなしてくれ……逃げはせぬ。逃げぬからはなせ」

「き、きっとでござりますか、きっとでござりますか？」

「おお、逃げぬ」

うなずいた波切八郎の両眼に、光るものがあった。

「嘘《うそ》だとおもうなら……さ、この、私の腕をつかむがよい」

と、八郎が左腕を市蔵の目の前へ出した。

「は、はい」

市蔵は、八郎の左腕へしがみついた。

八郎は右腕を市蔵の左腕へかけ、その躰を引き起してやりながら、

「苦労をかけたな」

やさしく、いった。

市蔵の前では、二年前の波切八郎そのままになってしまっている。

「すこやかにしていてくれて、何よりだ」

「なぜ……江戸においでになりながら、なぜ、道場へもどっておいでになりませぬので？」

「故郷《くに》へ帰らなんだのか……」

ためいきを吐くように、八郎がいった。

「帰って、どうするのでございます。帰ったとて、生きる甲斐《かい》もござりませぬ」

「すまぬ」

「なぜ……なぜに？」

「市蔵。いま、何処《どこ》にいて、何をして暮しているのだ？」

「秋山小兵衛先生のところに……」

「何……」

八郎が、目をみはった。

そのことを、まったく知らぬらしい。

「そうか……」

といった、八郎の声は呻《うめ》き声《ごえ》に近かった。

そのとき、参詣の老婆《ろうば》がふたり、境内へ入って来たので、

「市蔵、まいれ」

八郎は編笠をかぶって、歩み出した。

その袂《たもと》を、しっかりとつかんだ市蔵が、

「はなしませぬ。はなしませぬ」

「案ずるな。こうなっては、いたしかたもないではないか」

境内を出た波切八郎は、通りを横切り、坂本の裏道へ入った。

この道を西へ行くと、間もなく、根岸《ねぎし》の里へ出た。

すると、

(ここが、江戸市中か……?)

目を疑うばかりの、田園風景となる。

「呉竹《くれたけ》の根岸の里は、上野の山蔭《やまかげ》にして幽婉《ゆうえん》なるところ。都下の遊人これを好む。この里に産する鶯《うぐいす》の声は世に賞愛せられたり」

と、物の本に記《しる》してあるように、清らかな小川のほとりや木蔭《こかげ》に、茅《かや》ぶきの風流な寮(別荘)が点在している。

根岸の円光寺《えんこうじ》という寺の門前に、茶店が一つ在った。

八郎は市蔵を、この茶店へいざなったのである。

老爺《ろうや》と小女《こおんな》がひとりだけの茶店の奥に、小座敷が一つ、設けてあった。

八郎は、たのんだ酒がきてから、

「市蔵。よいか、ききわけてもらいたい」

「な、何を、ききわけろとおっしゃるのでございます。市蔵はもう、何が何やら、さっぱりわかりませぬ」

「泣くな……低い声ではなしてくれ」

「は、はい」

「秋山小兵衛殿へ、さほどに迷惑をかけていたとは、な……」

「目黒へ、もどって下さいまし。そうして下されば市蔵も……」

「まあ、待て」

「なぜでございますか。明王院《みようおういん》さんのおなさけで、まだ、道場も母屋《おもや》も取り壊してはおりませぬ」

「そうか……」

八郎は両眼を閉じ、盃《さかずき》を置いて、

「なれど市蔵。私は二度と、人に剣術を教えることができぬ身となってしまった……」

「何があったのでございます、いったい、何が……?」

波切八郎は、この世にないものとおも
「いつぞや、手紙にも書いておいたが、もはや波切八郎は、この世にないものとおもってくれ」
波切八郎が寂しげに微笑《ほほえ》み、
「市蔵の知らぬことよ」

「そ、そんなことを、急におっしゃられても……」

と、市蔵は満面に血をのぼせて、

「市蔵は、納得がまいりませぬ」

「秋山殿へ、帰りが遅うなってはいかぬのではないか?」

「かまいませぬ。あなたさまのお住居《すまい》へ、お供をいたします」

「それはならぬ」

「それならば市蔵、勝手に、お供を……」

波切八郎は、あぐねきったかのごとく、嘆息を洩《も》らし、盃の冷えた酒を口にふくんだ。

茶店の裏の木立で、しきりに鵙《もず》が鳴いている。

「あなたさまは、それほどに、あの水野《みずの》新吾《しんご》さんのことを、お気にかけてでございますか?」

「…………」

「あなたさまが成敗なすったのは、当り前のことでございます」

あたりを見まわしつつ、市蔵が声を押し殺していう。

「市蔵。今日のところは、ともかくも帰ってくれ。そうしてもらわねばならぬ」

「あなたさまは、すっかり……」

いいさして市蔵は、泪《なみだ》だらけになった顔へ手ぬぐいを押しあてた。

八郎が手をのばし、窓の障子を開けると、風もないのに落葉がひとつ、座敷の中へながれ込んで来て、肩をふるわせている市蔵の白髪頭《しらがあたま》へ、しずかに降りた。

こうして、二年ぶりに市蔵が見る波切八郎は、以前と少しも変らぬようにおもえた。

しかし、よくよく見れば、両眼の下から頰骨《ほおぼね》の上にかけて、深く長い皺《しわ》が刻まれているし、何よりも変ったのは、八郎の顔にも声にも秘密の色が濃く、それが壁となって、市蔵に一歩も踏み込ませぬ。

「すっかり、お変りになりました」

と、市蔵は、またも嗚咽しはじめた。

「しずかにしていてくれ」

せつなげに、八郎がたのんだ。

「も、申しわけ、ございませぬ」

「市蔵。今日は、ゆるりと語り合うわけにもまいらぬ」

「いえ、かまいませぬ」

「ききわけのないことを申すな」

きびしい声になって八郎が、

「三日後に、会おう」

「え……？」

「目黒の……そうだ、明王院に用事ができたとでもいって、一日なり半日なり、秋山小兵衛殿に暇をいただいて来るがよい」

「まことでございますか？」

市蔵は、疑わしげに、

「そのようにおっしゃっても……？」

「市蔵。私が一度でも、お前との約束を違《たが》えたことがあるか。お前から逃げようとおもえばわけもないことなのだ。それが、わからぬのか」

「わ、わかっております……わかりましてございます」

三

波切八郎は、車坂の駕籠《かご》屋へ市蔵をともない、町駕籠に乗せた。
市蔵は、しきりに辞退をしたが、
「秋山小兵衛殿に怪しまれてはならぬ」
と、八郎がいった。
市蔵が八郎と出合ってから、約一刻《いっとき》(二時間)の時間をつぶしている。
仕方もなく、市蔵は身をすくめるようにして、駕籠に乗った。
八郎が駕籠賃を先へわたし、
「四谷《よつや》の紀州様御屋敷のあたりまで行ってくれ」
と、たのんだ。
乗り慣れぬ駕籠の中で、
(三日後に、八郎先生は来て下さるだろうか?)
まだ、不安は消えぬ。
しかし、八郎の言葉を信ずるよりほかはない。
八郎がいうように、逃げようとおもえば、市蔵が息せき切って追いかけても、走る八郎を、たちまちに見失ってしまうであろう。

市蔵は、喰違御門外《くいちがいごもん》で駕籠を下り、秋山道場へ帰った。

淡い夕闇《ゆうやみ》がただよっていたけれども、新しい道場の中から、木太刀の打ち合う音と気合声《きあいごえ》がきこえている。

いまのところ、秋山小兵衛の門人は三十に足らぬが、いずれも熱心で、朝早くから日が暮れるまで、小兵衛がいるかぎり、稽古《けいこ》がつづいているのだ。

波切八郎の父・太兵衛《たへえ》が病歿《びょうぼつ》し、八郎が道場の跡をついだとき、一時は門人の数が減ったことがある。

それを、若い八郎と、これを三上達之助《たつのすけ》がたすけ、それこそ、火の出るような稽古がつづいたものだ。

（ああ……何としても、八郎先生に目黒へ帰っていただかねば……）

秋山道場の稽古の物音をきくたびに、市蔵は、そのことを念じつづけてきている。

三日後の四ツ半（午前十一時）ごろに、市蔵は、目黒不動堂の境内で波切八郎と会う約束をした。

「きっとでございますよ。雨が降っても槍《やり》が降っても……きっとでございますよ」

市蔵は、何度も念を入れた。

八郎は、

「安心しているがよい。そのときまでに、お前と私のことも、よくよく思案しておこう」

そういってくれた。

市蔵は、福沢彦五郎《ひこごろう》の返書を、お貞《てい》へわたした。小兵衛が、まだ道場から母屋《おもや》へ引きあげて来ていなかったからである。

夕餉《ゆうげ》の折に、お貞が小兵衛へ、

「市蔵は、すっかり丈夫になりましてございますね」

「いまさら、何を……」

「いいえ、今日は遠くまでの使いゆえ、いささか案じておりましたが、それはもう、元気よく帰ってまいりました」

「そういえば……」

小兵衛は、口へ運びかけた盃《さかずき》をとめ、台所の方へ目をやった。

道場から引きあげて来たとき、裏手の通路にいて、小兵衛を迎えた市蔵の眼《め》の光りが、妙に生き生きとしていたのを、おもい出したからだ。

だが、さすがの秋山小兵衛も、まさかに市蔵が波切八郎に出合ったとは、おもいおよばぬことであった。

二日後の夜。

夕餉を終えて居間へ入った小兵衛の許《もと》へ、市蔵があらわれ、

「おねがいがございます」

「おお、何だね?」

「明日、目黒へ行かせていただきたいのでございますが……」

「いいとも」

小兵衛は微笑して、

「まだ、波切道場のことが、忘れられぬとみえるな」

「どのようになっているかとおもいまして……それに、明王院《みょうおういん》さんへも御挨拶《ごあいさつ》をしておきたいと存じます」

「ゆっくりと行ってきなさい」

小兵衛は、気にもとめなかった。

翌朝……といっても、小兵衛が起きるのは、あまり早くない。

目ざめてから、臥床《ふしど》の中で、

「ぐずぐずとしているのが、好き……」

なのだそうである。

これは若いころからの習癖で、辻平右衛門《つじへいえもん》の道場に住み込んでいたころは、

「稽古よりも何よりも、早起きが、いちばん辛《つら》かった」

と、お貞に述懐したこともある。

この朝、秋山小兵衛は五ツ（午前八時）に起き出した。

すでに道場では、これは早起きの内山文太《うちやまぶんた》が若い門人たちを相手に稽古をはじめていた。

秋山道場が出来てから、ほとんど毎朝のように内山は姿を見せる。

そして、小兵衛が道場へ出るのと入れかわりに引きあげて行く。

「すまぬなあ」

「私の代稽古で、かまいませんかね？」

「酒代《さかて》を、はらわねばならぬ」

「受け取りませぬよ」

「困った代稽古だ」

というわけで、この朝も、内山の元気な気合声が母屋まできこえてきている。

小兵衛の朝餉《あさげ》は、濃目《こいめ》の重湯《おもゆ》を一椀《ひとわん》に生卵《なまたまご》を二個である。

これでないと、稽古がやりにくい。

「お、そうだ。今日は市蔵が目黒へ出かけるそうな。明王院へ挨拶に行くと申していたから、何か、みやげを持たせてやってもらいたい」

「はい。そのようにいたしました」

「何だ、もう出て行ったのか？」

「昨夜、旦那様《だんなさま》におゆるしをいただいたと申し、大よろこびで……」

「大よろこび……」

「今朝は、いそいそと出て行きました」

「いそいそと……？」

それほどに、人気《ひとけ》もない旧主の道場を見るのが、

（うれしいのか……？）

小兵衛は一種、奇異の感をおぼえた。

人が住み暮さぬ家は、たちまちに荒れ果てるという。

市蔵が小兵衛の許に引き取られてから一年余の月日が経過しているし、雨戸を閉ざしたままの道場や母屋がどのようになっているか、小兵衛にも、およそ想像がつく。

市蔵は、半年ほど前にも波切道場の様子を見に出かけている。

そのときは秋山家を出て行くときも、しょんぼりとしていたし、帰って来たときは打ちのめされたようになっていたものだ。

半日かかって、道場と母屋の掃除をしてきたらしい。

（市蔵は、まだ、波切殿が帰る日のことをあきらめてはいないらしい）

なればこそ、明王院へも立ち寄り、でき得るかぎり、建物を取り壊さぬようにと、

たのむつもりなのであろう。

それは、事実であった。

市蔵は目黒の道場へ着くと、先《ま》ず、建物の戸を開け放しておいて、明王院へ出向き、挨拶をした。

この前のときとはちがい、市蔵の声には張りがあった。

「近いうちに、かならず、八郎先生がもどっておいでになるような気がいたしますので、何とぞ何とぞ、いましばらくの間、あのままにしておいて下さいますよう」

両手を合わせてたのむ市蔵へ、明王院の和尚《おしょう》に代って出た中年の僧が、

「いまのところ、和尚様も、あのままにしておくようにとのことゆえ、安心をしておいで」

そういってくれた。

市蔵は、くどいほどに礼をのべ、道場へ引き返した。

この前に来たときもそうだったが、奥庭の、水野新吾《しんご》の遺体を埋めてある椎《しい》の木の下へ水を打ち、草花を供えて合掌した。

波切八郎を出奔させた、大きな原因は水野新吾にあると、市蔵はおもいこんでいるだけに、

(憎い新吾さんだが、お前さんも、あの世で後悔していなさるだろう。それならば、

一日も早く八郎先生が此処《ここ》へもどっておいでになるよう、草葉の蔭《かげ》から、ちからを貸しておくれ）

と、祈るのであった。

それから市蔵は、汗みずくになって、道場と母屋の掃除に取りかかった。

八郎との約束の時間もせまっていた。ゆっくりとしてはいられない。

今日も、空は晴れわたっていた。

掃除を急ぐ市蔵の手足に、弾みがついている。

四

波切道場から目黒不動堂までは、それこそ、

「目と鼻の先……」

と、いってよい。

目黒不動は、むかし、草深い田舎の小さな不動堂にすぎなかった。

それが、徳川三代将軍・家光《いえみつ》の尊崇をうけて再興され、いまは三十余の堂塔がたちならぶ大不動霊場となった。

四季を問わず、江戸市民の参詣《さんけい》が絶えることなく、門前五、六町の間は貨食店《あきない》や料

理屋が軒をつらねている。

老僕《ろうぼく》の市蔵は、波切八郎と約束をした刻限よりも早く目黒不動へ着いた。

(そうだ……)

ふと、おもいついて、門前の桐屋《きりや》という店へ入り、名物の黒飴《くろあめ》を買った。

ここの黒飴は、波切八郎の大好物で、以前はよく、汗に濡《ぬ》れた稽古着《けいこぎ》のまま、台所へあらわれて、

「市蔵。桐屋へ行って来てくれ」

と、黒飴を催促したものである。

激しい稽古の合間に、この黒砂糖の味がする飴を口へ入れるのは、

「何ともいえぬ」

八郎は、そういっていた。

市蔵は、八郎のために先《ま》ず一袋を買い、店を出かけたが、また引き返して、さらに一袋を買いもとめた。

この一袋は、秋山小兵衛夫婦へのみやげにするつもりであった。

つまりは、それだけ、いまの市蔵は小兵衛夫婦のあたたかい人柄《ひとがら》に心をひかれていることになる。

波切八郎は、

本堂の後ろの、鬼子母神堂《きしもじんどう》の前で、

「待っているように」

と、市蔵にいった。

本堂の背後には、大日、太子、天神、稲荷《いなり》などの小さな堂宇がたちならんでいる。

市蔵は鬼子母神堂の前へ立ち、胸を弾ませつつ、八郎があらわれるのを待った。

よい日和《ひより》の昼どきゆえ、本堂前から高い石段、仁王門へかけて、参詣の人びとで雑踏している。

(まだか……まだか……)

市蔵は、頸《くび》をのばし、あたりをきょろきょろと見まわした。

仁王門のあたりまで出て見たいのだが、此処《ここ》を離れて、八郎と入れちがいになっては困る。

じりじりしながら、市蔵は待った。

八郎は、なかなかに姿を見せなかった。

(お見えにならない……どうしたのだろう?)

約束の刻限は、すぎてしまっている。

(やはり、八郎先生は嘘《うそ》をつきなすったのか。この市蔵を騙《だま》したのか……)

居ても立ってもいられなくなってきた。

本堂の裏側へまわって来る参詣人は少い。

市蔵の躰《からだ》に、冷汗《ひやあせ》が浮いてきた。

(見えない……もう、だめだ)

がっくりと屈《かが》み込んだ市蔵の前に、音もなく人影が立った。

(あっ……)

と、おもって立ちあがったが、その人は波切八郎ではなかった。

女である。

はじめ、市蔵は、その女を五十すぎの老女だとおもった。

身につけているものが、それほどに地味であったからだろう。

着物の上に渋い茶色の被布《ひふ》のようなものをつけ、灰色の女頭巾《おんなずきん》をかぶっているのだから、どう見ても老女だ。

市蔵は落胆し、またも屈み込んだ。

「もし……」

老女とも思えぬ女の声が、

「市蔵さんでございますか?」

「え……?」

見あげると、女頭巾からのぞいた女の眼《め》が笑いかけているではないか。

その双眸《そうぼう》が黒ぐろと光ってい、わずかにのぞいている肌《はだ》の色も、老女のものではなかった。

背丈の高い、大柄な女である。

市蔵は立ちあがって、

「どなたさまで？」

「市蔵さんなのですね？」

「はい」

「わたくしは、波切八郎先生の、使いの者でございます」

「えっ……」

「よんどころないわけあって、今日は、此処へまいることができませなんだ」

「な、何でございますって……」

「ま、これを……」

女が結び文を、市蔵へわたした。

受け取った市蔵は、ふるえる手で結び文をひらいた。

まぎれもなく、波切八郎の筆で、

「この文を、お前にわたした人と、よくよく、はなし合《お》うてもらいたい」

と、簡単にしたためてある。

「八郎先生は、何処《どこ》に、おいでなのでございます？」

尋ねた市蔵の声は、叫びに近かった。

本堂からまわって来た参詣の男が、その高声《たかごえ》に振り向いた。

「ま、おしずかに……」

と、女が市蔵をたしなめ、

「ついておいでなされ」

市蔵へ背を向けて、歩み出した。

「もし……もし、あなたさまは？」

「信《のぶ》と申します」

こういって振り向いた女が、

「おぼえておいて下さるよう」

「お信、さま……」

「はい」

市蔵は、狐《きつね》につままれたような顔つきになった。

女頭巾で、その顔は鼻の下のあたりまでしか見えぬが、どう見ても二十七、八の年齢にしかおもえぬ。

それが何故《なにゆえ》、このような老女の風体をしているのであろう。

お信と名乗った女は、市蔵の先へ立ち、石段を下って行く。

その足取りも、老女のものではない。

黒飴の袋を二つ提げ、市蔵は女の後について行くより仕方もなかった。

五

この日、老僕《ろうぼく》の市蔵は、みやげの黒飴《くろあめ》を一袋提げ、七ツ(午後四時)すぎに秋山道場へ帰って来た。

稽古《けいこ》を終え、湯殿で汗をながそうとして、秋山小兵衛が石畳の通路へ出て来ると、そこに待ちかまえていた市蔵が、

「今日は、ありがとうございました」

深ぶかと、頭を下げた。

「おお……どうだったね?」

「はい。あの……まだ、そのままになっておりました」

「明王院《みょうおういん》さんは、何といっていた?」

「いま、しばらくは、建物に手をつけぬそうでございます」

「そうか。そりゃあよかった」

ある。


「はい」

「うむ、うむ……」

うなずいて見せ、小兵衛は湯殿へ入った。

はじめのころ、市蔵は小兵衛の入浴について来て、背中をながそうとしたことがある。

そのとき、小兵衛は、

「私には、そのような気づかいをしなくともよい」

と、いった。

市蔵は焚《た》き口《ぐち》へまわり、

「湯かげんは、いかがでございましょう?」

「む。ちょうどよい」

湯殿の、開け放した小窓から、小兵衛の声が、

「今日は、疲れたろう?」

「いえ……勝手な、お願いばかりいたしまして……」

「気がねをするな、よいか。何事にも遠慮をしてはいけない」

「は、はい……」

「私も遠慮をせず、お前に、はたらいてもらっているのだからな」

「かたじけのう存じます」

「それは、こっちでいう台詞《せりふ》だ。お前がいてくれて、お貞《てい》も私も大助かりをしているのだから……」

焚き口へ屈《かが》み込み、火のかげんを見ている市蔵の眼《め》に光るものがあった。

小兵衛夫婦の世話になっていながら、いまも尚《なお》、あきらめきれずに波切八郎の帰りを待ち、目黒の道場の再興を夢見ている自分を、小兵衛夫婦は、

(何と見ておいでになるか……?)

それは絶えず、市蔵が気にかけていることであった。

(その、わしの胸の内を察して下さればこそ、遠慮するなといって下さる……)

波切八郎はさておき、秋山小兵衛ほどに、細やかな気づかいをしてくれる人も、めずらしい。

(これが、剣術をやるお人なのか……?)

市蔵は、小柄《こがら》で細い躰《からだ》つきの小兵衛が、

(ほんとうに、お強いのか?)

疑念を、おぼえたこともある。

道場の稽古は一度も見ていないが、門人たちが小兵衛を慕い、熱心に稽古をしているところを見ると、やはり、

（お強いのだろう）

と、おもわざるを得ない。

しかも、波切八郎とは、以前に一度、本多伯耆守《ほんだほうきのかみ》邸で試合をしたことがあると、小兵衛はいった。

（それならば、お強くないはずはない……）

のである。

湯殿から出て、居間へ入った小兵衛に、お貞が夕餉《ゆうげ》の膳《ぜん》を運んで来た。

市蔵は台所で、酒の燗《かん》にかかる。

「やはり……」

と、小兵衛が台所の方を指して、

「萎《しお》れているようだ」

お貞に、ささやいた。

「さようでしょうか？」

「そう見えぬか？」

「なれど、この前のときよりは元気に帰ってまいりましたようで……」

と、お貞が桐屋《きりや》の黒飴を出し、

「市蔵の、みやげでございますよ」

「ほう……目黒不動へ参詣《さんけい》をして来たのだな」

「はい」

「なるほど。それだけ、市蔵の心にも余裕《ゆとり》が生じたというわけか」

「そのようにおもわれます」

そこへ、市蔵が酒を運んであらわれると、すかさず小兵衛が黒飴の袋を手にして見せ、

「ありがとうよ。なつかしいものを買ってきてくれたなあ」

いかにも、たのしげにいうのだ。

「いいえ、つまらぬものを……」

いいながらも、市蔵は、うれしくないことはない。当然であろう。

これが波切八郎だと、市蔵が買って来てくれた黒飴の袋を、

「うむ」

うなずいて、受け取るのみだ。

子供のときからのことで、毎度のことだといえばそれまでだが、八郎は胸の内を率直にあらわす術《すべ》を心得ていなかったようにおもわれる。

だが、そうした、武骨ともいえる八郎の性格が、多くの人に好まれたことも事実なのである。

（八郎先生に、もし、秋山先生のようなところがあったなら、このようなことにならずにすんだのではあるまいか……）

市蔵は、そうおもうことがあった。

道場を出奔して後の波切八郎に、どのようなことが起ったのか、それは知らぬが、

（世間知らずの八郎先生だけに、どこかの悪いやつどもに引っかかって、苦労なすっているのでは……？）

などと、考えることもある。

秋山小兵衛は、まだ市蔵に、自分と八郎との真剣勝負の始末を語ってはいない。

（それにしても、あの女のひとは、いったい何ものなのだろう？）

その夜、玄関傍《わき》の納戸《なんど》の一隅《いちぐう》へ敷きのべた臥床《ふしど》へ身を横たえてからも、市蔵は目が冴《さ》えてきて寝つけなくなった。

お信《のぶ》と名乗った女は、市蔵を、目黒不動の裏門の前にある〔伊勢虎《いせとら》〕という料理屋へいざなった。

伊勢虎は古い料理屋で、季節には目黒名物の筍飯《たけのこめし》を出す。夏は多摩川の鮎《あゆ》を食べさせる。

小兵衛も若いころ、恩師・辻平右衛門《つじへいえもん》の供をして、伊勢虎へ二度ほど来たことがあった。

伊勢虎の奥座敷へ入ると、裏手一面に田圃《たんぼ》がひろがっていて、辻平右衛門は、

「小兵衛。伊勢虎は料理よりも、この座敷じゃ。いかにも、のんびりとしていてよいなあ」

といったものだが、小兵衛は、

「ははあ……」

それほどの感銘を、おぼえなかった。

女は、市蔵と、この奥座敷へ入って、

「昼餉《おひる》を、つきあって下さいね」

くだけた口調でいった。

伊勢虎の女中とも、顔見知りらしい。

そこで女頭巾《おんなずきん》をぬいだわけだが、とても老女どころではない。

ほとんど化粧をしておらず、大きな双眸《そうぼう》と、女にしては太目の鼻すじなど、当時の感覚では決して美女だといいきれぬが、彫りの深い印象的な顔だちゆえ、一度見たら忘れられぬといってよい。

「市蔵さん。波切先生は、二度と、道場をなさらぬと申されておいでになります。そのことを市蔵さんが、よくよく、わきまえて下さるのなら、時には会《お》うて、語り合《お》うてもよい。このようにおつたえしてくれとのことでございました」

くだけた口調になるかとおもうと、落ちつきはらって物しずかに語る様子が、町屋の女ともおもえぬ。

被布《ひふ》の下も、渋いこしらえで、髪は、笄髷《こうがいまげ》に結いあげており、着ているものと髪と顔のかたちが、どうしても一つにならぬ。

市蔵は、当惑してしまい、しばらくは言葉も出なかった。

六

お信《のぶ》という女は、市蔵へ、

「このことは、かならず他言をなさらぬように」

念を入れた上で、毎月の中旬《なかごろ》に、自分が四谷《よつや》の秋山道場まで出向いて、市蔵との連絡を絶やさぬようにするといった。

道の掃除をしたり、使いに出たりして、市蔵は日に何度か、外へあらわれる。それを見て、

「わたくしのほうから合図をいたしましょう」

と、女はいった。

さらに、

「市蔵さんのほうで、どうしても急に、波切先生へ用事があるというときは、高田の馬場の穴八幡《あなはちまん》裏の鞘師《さやし》・久保田《くぼた》宗七《そうしち》方へ、わたくしの名を告げておいでなされ。そのときすぐというわけにはまいりますまいが、翌日のうちに、波切先生の耳へきこえるようにいたしましょう」

そういわれても、市蔵は手ばなしでよろこぶわけにはまいらなかった。

その前提として、八郎が道場へもどることを、あきらめなくてはならぬからだ。

酒と食膳《しょくぜん》が運ばれてきて、女がすすめるままに箸《はし》を取った市蔵は、料理の味もわからぬほどであった。

しかし、八郎との縁が切れてしまっては困る。

それに、

「市蔵さんが、波切先生のお言葉に従い、いましばらく、秋山小兵衛様の許《もと》で辛抱をして下さるなら、いずれは、波切先生と共に暮す日もあろうかとおもいますよ」

と、女が一語、一語へちからをこめるようにいってくれたので、

「よく、わかりました」

市蔵は、承知をした。

八郎と女との関係について、いくら問いかけても、

「それがいけないのですよ、市蔵さん。そのようなことは、お前さまと何の関《かか》わり合

いもないことです」

笑いながらも、女は市蔵をきっぱりとたしなめた。

いまは、ただ、八郎に仕えて暮す日をたのしみに待つよりほかはない。

（ああ……もう二度と、八郎先生は道場へおもどりにならないのか……）

それをおもうと、残念でたまらぬが、ともかくも、八郎との連絡がついたことをよろこばねばならぬ。

お信という女の言葉は、信じてよいようにおもわれた。

（あのようにいっていなすったが、八郎先生だとて、このまま朽ち果てることはあるまい。まだ、お若いのだし、いつか、きっと立ち直って下さるにちがいない）

あれこれと、おもいをめぐらせつつ、市蔵はようやくに浅い眠りの中へ入ることができたようである。

そのころ。

神田《かんだ》・下白壁町《しもしらかべちょう》の宿屋〔和泉屋《いずみや》〕の二階で、岡本弥助《おかもとやすけ》と伊之吉《いのきち》が酒をのんでいた。

夜が更《ふ》けてから訪ねて来た伊之吉へ、

「今日な、鞘師《さやし》のところへ行き、たのんでおいた脇差《わきざし》の鞘を受け取って来た」

と、岡本が告げた。

「へへえ……それで？」

「脇差は越中守正俊《えっちゅうのかみまさとし》。いつまでも、あずけてはおけぬ」

「それで？」

「伊之吉。お前の目は、どうかしているのではないか」

「何ですって？」

「女は、いたぞ」

「え……そりゃ、ほんとうなので？」

「おれが鞘師の家を出たのは、もう夕暮れに近かったが、裏手から入って来た女が二階へあがって行くのを、ちらと見た」

「どんな女で？」

「廊下のあたりが薄暗くて、ようわからなんだが、まさに女。間ちがいはない」

「それでは旦那《だんな》。また、もどって来たのでしょうよ」

「ふむ……」

「ようござんす。明日、さっそくに探ってまいりましょう」

「たのむ。なあ伊之吉。おれはな、何としても波切先生に、お目にかかりたいのだ」

「また、人斬《ひとき》りですかえ？」

この伊之吉の問いかけに、岡本弥助はこたえなかった。

「むずかしい顔をしていなさるねえ」

と、伊之吉が岡本の盃《さかずき》へ酌《しゃく》をしながら、独り言のように、

「よほど、困っていなさるようだ」

「おい……」

「え……？」

「少し、黙っていてくれ」

「私はねえ、旦那。あの波切八郎という人は、どうも気にくわねえ」

「波切先生を呼び捨てにするな」

「おお、怖《こわ》。何も、そんな目つきで睨《にら》むことはねえ」

「睨んではおらぬ」

「波切……先生というお人は、旦那に災難を運んで来るお人だ」

「何だと……」

「私は、そうおもいますよ。ああいうお人は、かまわねえほうがいい」

「波切先生は、そのように悪いお人では……」

「悪い人ではねえから、かえって災難を運んでくるのですぜ。この道理を旦那がわからねえはずはねえ。私はね、悪い奴《やつ》よりも善《い》い人のほうが恐ろしい」

岡本は、沈黙した。

「むりに、あのお人を手許《てもと》へ引き寄せねえほうがいいとおもいますがね。旦那。この

伊之吉だけでは不足でございますかえ？」

語尾にちからが入って、伊之吉が坐《すわ》り直した。

岡本は苦笑し、

「怖いのう」

「そうですとも」

「おれが、ただの一度でも、お前に不足をとなえたことがあるか」

機嫌《きげん》をとるように、岡本が、

「熱い酒を取《の》って来《こ》よう。な……」

立ちあがって、階下へ降りて行った。

伊之吉は舌打ちをし、ごろりと身を横たえ、口の中で何やらぶつぶつ、ぶつぶつ、といいつづけている。

同じころ……。

臥床《ふしど》で眠っていた波切八郎が、むっくりと半身を起した。

八郎は、いまも下谷《したや》・三ノ輪町《みわまち》の、笠屋《かさ》の二階に住み暮している。

ひと眠りして、目がさめたらしい。

枕元《まくらもと》の白鳥《はくちょう》（大きな徳利）に残っていた酒を茶わんへ注《つ》ぎ、ゆっくりとのむ。

一年前に、身一つで、この二階へ入ったときにくらべると、わずかながら道具も増えている。

たとえば机、硯箱《すずりばこ》、刀架《かたなかけ》。そして大小の葛籠《つづら》が一つずつ。

それに手鏡が一つ、葛籠の上へ置かれてい、その上に紫の絹布が掛けられていた。

そもそも波切八郎は、目黒の道場にいたときも、自分の部屋へ鏡などを置かなかった男である。髭《ひげ》や髪の手入れは老僕《ろうぼく》の市蔵がしてくれたからでもある。

黙念として、白鳥の酒をすべてのみ終えてから、八郎は、また臥床へ身を横たえた。

と……。

屋根に雨音がしはじめた。板屋根を掃いてゆくような雨音だ。

初時雨《はつしぐれ》であった。

臥床の中から八郎の腕がのびて枕元の紙袋を引き寄せ、中をまさぐり、小さな黒いものをつまみとり、口へ含んだ。

桐屋《きりや》の黒飴《くろあめ》であった。


（下巻へつづく）

剣客商売番外編《けんかくしょうばいばんがいへん》 黒《こく》白《びゃく》(上)

新潮文庫 い-17-17

平成十五年五月十日発行
平成十八年六月五日九刷

著者 池《いけ》波《なみ》正《しょう》太《た》郎《ろう》

発行者 佐藤隆信
発行所 株式会社 新潮社
郵便番号 一六二―八七一一
東京都新宿区矢来町七一
電話 編集部(〇三)三二六六―五四四〇
読者係(〇三)三二六六―五一一一
http://www.shinchosha.co.jp

価格はカバーに表示してあります。

乱丁・落丁本は、ご面倒ですが小社読者係宛ご送付ください。送料小社負担にてお取替えいたします。

印刷・二光印刷株式会社 製本・憲専堂製本株式会社

ISBN4-10-115747-2 C0193